舞台には誰もいない

岩井圭也

No one on stage

IWAI Keiya

祥伝社

contents

装幀　坂野公一＋吉田友美（welle design）
写真　高倉大輔
monodramatic / I am my stage (2018)
courtesy of TEZUKAYAMA GALLERY

舞台には誰もいない

No one on stage

IWAI Keiya

序幕

舞台には誰もいない。

ステージの上の暗闇に、行き場のない視線がそそがれている。

東京都渋谷《しぶや》区、宮下《みやした》劇場。開場はおよそ四十年前。客席数は四百弱。集められた十数人の男女は、全員が客席にいた。ある者はひとりで静かに、ある者は周囲と話しながら、この場にみなを呼び出した張本人が現れるのを待っていた。

電源を入れたばかりで空調が十分に効いていないせいか、場内は蒸し暑いようだった。呼び出された面々は、手で顔を煽《あお》いだり扇子《せんす》を使ったりしている。窓のない場内では、空気の密度がいやに高く感じられる。最後列の男性は重苦しさに耐えるようにうつむいていた。別の女性はじっとりとした空気を振り払うように、声高《こわだか》に話している。

私は劇場の隅《すみ》でその様子をながめていた。

本来なら、この時刻にはある演目が上演されているはずだった。『幽人《ゆうじん》』と題された新作舞台。原作は、山本明日美《やまもとあすみ》という作家が書いた小説だ。

ストーリーはこうである。二十七歳の今日子《きょうこ》は夫とふたり暮らしの公務員で、休日にはたまに実家へ帰って母と会う。退屈だが平穏な毎日を過ごしていた今日子だが、ある日、見知らぬ女性の幽霊と出会ったことで徐々に日常を逸脱していく。

実力派の俳優たちをそろえた、見ごたえのある舞台になる。そういう前評判だった。けれど上演当日、『幽人』は公演中止に追いこまれた。

私のせいで。

「名倉《なぐら》さん、遅いですね」

誰にともなく言ったのは最前列の城亜弓《じょうあゆみ》である。今日子を演じるはずだった俳優で、年齢も役と同じ二十七歳。前列に座っているのは城をはじめ、役者が多かった。

「いろいろ、後始末もあるんだろ」

ひとつ後ろの列に座っている神山一喜《かみやまかずき》がぽつりと応じた。陰気な表情は演技ではなさそうだ。神山は、今日子の夫を演じることになっていた。

「十八時に、って言ったのは名倉さんですよ。もう十五分も過ぎてる」

「電車でも遅れてるんじゃないか」

「だったら、誰かに連絡くらいしてもいいのに」

城と神山の会話に割りこむように、ふん、と鼻息が聞こえた。蒲池多恵《かまちたえ》だった。今日子の母親役で出演する予定だったベテラン俳優だ。彼女は神山と同じ列で、数席離れた場所に座っている。

「そういうタイプだからね、名倉さんは」

「どういう意味ですか」

問いかけた城に、蒲池は目を細めた。

「わざと遅刻してきて、自分の多忙さを知らしめる傲慢《ごうまん》なやつってこと。こんなに忙しい俺がわざわざ時間を取っているんだとアピールして、周囲にありがたがらせる。チンピラと同じ手口なの」

蒲池は意識的に、ゆっくりした調子で話しているようだった。テンポは遅いのに、隙《すき》がない。自分がどう見えているのか熟知している人間にしかできない話し方だった。口をつぐんだ城がスマートフォンに視線を落としたことで、雑談は途切れた。

待ち人が現れたのは、十八時二十分だった。

場内の扉が開いた音はかすかだったが、聞き逃す者はいなかった。みなが振り向いた視線の先には、名倉敏史《としふみ》がいた。紺色のジャケットにグレーのスラックスという出で立《いた》ちは、先ほどまでフォーマルな場にいたことを物語っている。

資金繰りの件かな、と私は想像した。

名倉自身は名の知れた劇作家であり、演出家だ。だが彼が主宰する劇団「バンケット」は、お世辞にも金回りがいいとはいえない。名倉がクオリティにこだわるあまり、予算を使いすぎるからだ。そのせいでしょっちゅう銀行やスポンサーに頭を下げている。

顔には年相応の苦労が滲《にじ》んでいた。たるんだ頰《ほお》や目尻《めじり》の皺《しわ》を見ていると、老けたな、となんのひねりもない感想が浮かぶ。かつて気鋭の劇作家だった名倉も、来年で五十歳だ。老けて当然である。

「遅れてすみません。前の用事が押してしまって」

名倉は言い訳を口にしながら、段差を上って暗いステージに立った。無人だった舞台の中央に、黒い人影が立つ。

場内は静まりかえっていた。誰もが硬い面持《おもも》ちで、名倉が語りだすのを待っていた。なぜ、このタイミングなのか。なぜ、宮下劇場なのか。みなが同じ疑問を抱いているはずだった。たっぷりと間《ま》を取ってから、名倉が第一声を発する。

「はじめに、公演中止という判断に至ったことをあらためてお詫《わ》びします」

反応はない。咳払《せきばら》いひとつ起こらない沈黙のなか、やるせない空気が漂っていた。

ここに集まっているのは『幽人』の関係者たちだった。出演する予定だった俳優、舞台監督、照明、美術、音響、その他舞台に関わるスタッフ。彼ら彼女らは、今頃この劇場で本番を迎えているはずだったのだ。

私が死んでいなければ。

「今さらながら弁解させてもらえれば、彼女の死は演劇界の大きな損失であると同時に、ぼく個人にとって長年の戦友を失ったことを意味します。あの時延期という選択肢を取らなかったのは、率直に言えば、ぼくの精神的ショックによるものです……」

「もういいですよ」

割りこんだのは蒲池多恵だった。針のような鋭い視線だった。

「そのことはもう納得しています。ゲネプロであんなことになって、それでも延期して上演しろなんて考えている人はいませんよ。あなたは詫びを入れるためにみんなを集めたんですか。違うでしょう？」

名倉は蒲池の視線を正面から受け止め、「失礼しました」と言った。実際、ゲネプロ——本番直前に行う通し稽古《げいこ》——でのトラブル、それも死者が出る事態など前代未聞だ。公演中止はやむをえなかった。

「迂遠《うえん》な話し方であることは許してください。ただ、これからお話しすることは、一足飛《いっそくと》びに結論だけ提示してもおそらく理解してもらえないと思います。ですから、回りくどいとは思いますが、事実の確認からはじめているんです」

蒲池は腕を組み、背もたれに身体《からだ》を預けた。曲げられた口元は不満を表明しているが、もう言葉にはしなかった。名倉は他に異論がないか確認するように客席を見渡してから、話を再開した。

「遠野茉莉子《とおのまりこ》は死んだ」

自分の名前を呼ばれているはずなのに、自分のことだとは思えなかった。奇妙な感覚だ。まるで、遠野茉莉子という赤の他人についての話に聞こえた。

「ゲネプロの最中、茉莉子は奈落に転落して亡くなりました。ぼくをふくめ、このなかにいる大半の人が現場に居合わせたはずです」

その通りだった。私は、奈落と呼ばれる舞台装置へ転落した。ゲネプロが佳境に差し掛かり、ステージ上の高揚が最高潮に達した瞬間、深さ三メートルの奈落の底へと落ちたのだ。

「彼女の死亡が確認された後、ぼくは長時間警察から聴取を受けました。警察の方は、最初から事故死だと決めつけていました。当然でしょう。自殺にしてはあまりに不確実な方法だし、ゲネプロの真っ最中に死ぬ意味がわからない。状況からしても、足を滑らせて転落したと考えるのが普通です」

名倉が言葉を切ると、場内は静寂に支配された。黒い影と化した劇作家の表情は見えない。みな、顔のこわばりをごまかそうともせず、次の言葉を待っていた。

「しかし、ぼくだけは知っている」

なにを？

そう問い返したが、私の発言は誰の耳にも届かなかった。

「遠野茉莉子を殺したのは、ぼくです」

名倉は暗いステージで両拳《こぶし》を握りしめ、正面を見据えていた。その姿は妙にさまになっている。劇作家が舞台に立ち、客席の俳優たちがそれを観《み》ている。普段と逆転した構図を、私は横からながめていた。

客席には緊張の糸が張りめぐらされている。誰かが一言でも口を開けば、この糸は切れる。それに気が付かないほど鈍感な人間はいないだろう。曲がりなりにも、演劇で食べている人たちなんだから。

沈黙には二つある、と言ったのはハロルド・ピンターだ。

ひとつは台詞《せりふ》がない静かな状態のこと。もうひとつは滔々《とうとう》と台詞が語られている状態で、こちらはその饒舌《じょうぜつ》さの下に別の言葉が覆い隠されているという意味での〈沈黙〉を指している。

名倉の独演は後者の〈沈黙〉だった。

彼はまだ、語るべき事柄を十分に語っていない。これからそのすべてを明かすのか、あるいは自分に都合のいい事実だけを話すのか。いずれにせよ私には口出しできない。私はもう、彼らの世界にはいないから。

名倉が再び口を開く。客席の面々は、固唾《かたず》を呑《の》んで次の言葉を待っている。

第一幕

　高校三年の、一学期最後の日だった。

　最高気温は週を追うごとに高くなり、夏から真夏へと移行しつつあった七月下旬。ひとりで駅に降りた私は、蒸し暑さに閉口しながら家への道を歩いた。汗と一緒に気力を搾《しぼ》り取られていく人間と違って、蟬《せみ》の鳴く声は日に日に大きくなっていく。空に浮かぶ雲はアクセント程度しかなく、日差しを遮《さえぎ》ってはくれない。正午の太陽が放つ光は、都会にも田舎《いなか》にも同じように降りそそぐ。群馬県の南東にあるこの町にも。

　ハンカチで額《ひたい》の汗を拭《ぬぐ》いながら、住宅街のフェンスの間を歩く。

　じー、じー、じー。

　蟬は勤勉に鳴き続けている。

　蟬が鳴くのは義務なのか、それとも趣味なのか。以前、テレビ番組かなにかで蟬が鳴く理由を紹介していた記憶がある。たしか、オスの求愛行動ではなかったか。大きな音を発することで、自分はここにいるぞ、と知らせるため。

なんて自己顕示欲が強いんだろう。

もしかしたら、求愛のために鳴く虫は蟬に限らないのかもしれない。だとしても感想は変わらない。呆《あき》れる対象が、蟬をふくむ昆虫全般に広がるだけだ。

大声で鳴けば求愛になると思っている蟬のオスはバカだが、メスも同じだ。その大声につられてふらふらとオスに近づき、交尾をして子孫を残す。蟬の社会ではきっちり役割が分かれているのだろう。求愛するのはオスで、されるのはメス。

――人間とたいして変わんないな。

物心ついたころから、母はよく言っている。

あんたは女であることを自覚して生きろ。気遣《きづか》いさえ完璧にできていれば、あとはちょっと抜けているくらいのほうがいい。そこそこ真面目に働いて、あんたを養ってくれる相手なら、多少のことには目をつぶれ。どうしてもやりたいことがあるなら、うまく手綱《たづな》を引いて男をコントロールしろ。それが女の役割だ。

暗唱できるくらい、何度も何度も、同じようなことを言い聞かされていた。女は賢くあれ。しかし賢くありすぎるな。男は甲斐性《かいしょう》、女は愛嬌《あいきょう》。夫を操縦するのも妻の務め。

母の考え方が全面的に間違っているとは思わない。高校の同級生も、三分の一は同じ類《たぐい》の思想の持ち主だ。そういうタイプは漏れなく地元に残る。他の三分の一は、漠然とした憧《あこが》れを抱いて都会へ飛び出す。

私はどちらでもない。都会への憧れを抱きながら、しがらみに囚《とら》われて地元に残留する、残りの三分の一。

それにしても暑い。ただ歩いているだけなのに、汗が止まらない。べたついた肌が不快だ。制服の生地《きじ》が背中に張り付いている。

学校を出る前に制汗剤を使わなかったことを悔やんだ。家に帰るだけだし、少し我慢すればいいと思ったのが間違いだった。カバンには制汗スプレーが入っているが、路上で使うわけにもいかない。以前、陸上部の女子が人前で腋《わき》に思いきりスプレーを吹きかけているのを見たが、とても真似《まね》できない。私には、異性の視線を浴びているという自覚がある。彼らの幻想を壊すのは気の毒だった。

小学生のころから、私はモテる。

かなりモテると言っていいと思う。母の言いつけを守ってきたおかげかどうかはわからないが、とにかく、私に求愛行動を示す男は少なくない。かわいい系よりは美人系、とよく言われる。ただ私自身は、かわいいと美人の境界がよくわからない。切れ長の二重瞼《ふたえまぶた》とか、小さめの小鼻とか、とがった顎《あご》とか、私の顔のそういった要素を指していることは理解できる。

でも私だって、小学生のころはかわいいとしか言われなかった。それなのにいつからか美人系と呼ばれ、高校生になってからは、近寄りにくい、と敬遠すらされるようになった。私はいつ、かわいくなってしまったのだろう。そして私はいつ、美人でなくなってしまうんだろう。

こういうことを普通は考えないらしい。中学二年くらいまでは、考えていることを友達や母に話すことも稀《まれ》にあった。たとえば、大人と子どもの境目はどこか、男と女の違いは身体《からだ》だけなのか、今ここにいる自分は自分と言えるのか。

友達に話すと怪訝《けげん》そうな顔をされ、天然の烙印《らくいん》を押された。母は端《はな》から聞こうとすらしなかった。

——そんなこと、考える必要ない。

吐き捨てるように言われると、それ以上は話す気になれなかった。いつからか、私は自分の考えを一切口にしなくなった。本心を押し殺すのは得意だ。昔から、母にはそうすることを求められてきたから。

——そういう言葉遣いは女らしくない。

——そんな服装じゃ恥をかく。

——みっともない友達と歩くんじゃない。

あらゆる場面で母から投げかけられた言葉たちが、今も私を縛っている。常に母の顔色をうかがい、母に文句を言われないよう行動するようになった。結局、思考停止がいちばん傷つかずに済む。

民家の庭から一際《ひときわ》大きな蝉の声がした。庭に植えられたケヤキの木には、数匹の蝉が止まっていた。立ち止まってよく見れば、そのうちの二匹は尻《しり》を擦《こす》りあわせるようにして折り重なっている。

そうか。交尾してるのか。

それに気が付いた瞬間、噴き出してしまった。虫とはいえ、他人の行為を覗《のぞ》き見しているのがおかしくて、笑いがこみ上げた。

私はまだ初体験を済ませていない。

付き合ってみた数人の男子には何度か迫られたけど、キスから先を許したことはなかった。力ずくで事に及ぼうとされた時は、なんとか逃げきった。そういう話も田舎では軽々しく話せない。隙《すき》を見せた女が悪い、と言われるに決まっているから。

耐えられるのはキスまでだった。胸や下半身に触れられると、身体が拒否する。

性的な行為への嫌悪感を自覚したのは、小学校の低学年だった。男子が女子のおしりを触って逃げる、という遊びが流行《はや》った。「おしりタッチ」と呼ばれたおそろしく下品な遊びだけど、やられた女子は怒りながらも最後にはそれを許した。許すしかなかった。本気で親や先生に告げ口すれば、空気が読めないやつ、という汚名を着せられるから。

それでも、私は我慢できなかった。

仲がよかった男子におしりを触られた私は、その場で絶叫して泣いた。反射だった。泣きやまないと、と思っても涙が止まらない。女子がわらわらと集まってきて、慰めてくれた。触った本人はただおろおろとしていた。

その日の帰りの会で、先生は「おしりタッチ」の全面禁止を言い渡した。つまんな、と男子の誰かがつぶやくのが聞こえた。なぜか、被害者のはずの私が罪悪感を覚えて、会が終わるまでうつむいていた。

触ってきた男子とはしばらく疎遠になったけど、中学で同じクラスだった時、遠足で強制的に同じ班にされた。あしかがフラワーパークでぞろぞろ歩いている最中、なんとなく「おしりタッチ」のことを話した。あったあった、と懐かしそうに笑っている彼の顔を見ていると、意地悪を言いたくなった。

——私のおしり触ったせいで、全面禁止になったよね。

そう言うと、きょとんとした顔をしていた。

——え、俺やってないよね？

愕然《がくぜん》とした。嘘《うそ》にしては露骨すぎるが、彼はむしろ不満そうな顔をしている。どうやら本気で、自分はやっていないと信じているようだった。頭のなかで記憶が上書きされたのだ。そう考えなければ、辻褄《つじつま》が合わない。

男子は責任を取ってくれない。それどころか、自分がやったという事実すら忘れてしまう。フラワーパークの美しい花々に囲まれながら、私は学んだ。いちばん学びが多かった課外学習だったかもしれない。

性行為も、その先にある妊娠出産も、私にはグロテスクな非日常としか思えない。でも母にとっては、日常の一部に過ぎないようだった。

数日前、夕食の席でもそうだった。私と母はテレビのニュースを見ながら食事をしていた。あるコーナーで、甲子園を目指す高校球児が紹介された。一歳違いの兄と弟で、ふたりは同じ高校の野球部に所属し、日々練習に励んでいた。

――あんたもきょうだいがいたら、違ったのかもね。

なにが違ったんだろう。母はひとりで話を続ける。

――お母さんたちも頑張ったんだけど、これぱっかりは運だから。おばあちゃんにもずいぶん嫌味言われたけど、やりゃあいいってもんでもないからね。あんたにとっても、弟や妹がいたほうがいいだろうから、いろいろ試してみたけどね。

ひとりっ子である点に不満を感じたことは特になかった。どうして、弟や妹がいたほうがいいのだろうか？

抱いた疑問は口にはせず、そう、とだけ答えた。無言でいれば、ねえ聞こえてるの、と怒られ、意見らしきものを返せば、あんたになにがわかんの、とあしらわれる。適当に相槌《あいづち》を打つのが正解だった。

だが、母はその反応すらも気に食わないようだった。

――そうやってまた、バカにするような目で見て。

バカにしてるわけじゃない。めんどくさ、と思っているだけだ。

母から虐待を受けているなんて、微塵《みじん》も思っていない。同級生の話を聞いていると、うちよりも束縛が厳しい家庭なんてごまんとあった。だから、うちの母は特異なわけじゃない。ただ、私が母を嫌いだということだけは、間違いのない事実だった。

相手を求めるオスたちは、いつまでも執拗《しつよう》に鳴き続けている。酷暑のなかで、私の二の腕には鳥肌が立っていた。

東《とう》武《ぶ》鉄道の駅から徒歩十五分の距離に、我が家はある。切妻屋根《きりづまやね》が乗っかった二階建ての一軒家。生まれてから十八年を過ごした家。私より二歳上だから、今年で二十歳《はたち》になる。

成人式の年齢を迎えた家は、すっかり若々しさを失っていた。一度も清掃していない外壁は雨《あま》垂《だ》れや泥で汚れ、ベージュ色の塗装がくすんでいる。ガレージのコンクリート材はひび割れ、隙間から雑草が伸びていた。ガレージに車は停まっていない。今日は平日だから、車は父が使っている。取引先の会社が製造した、無駄に新しい車。

父は工場に勤めるサラリーマンだ。大手自動車メーカーに納入する部品を作るのが仕事らしい。前に気が向いて質問してみたら、パワートレインとかドライブユニットとか言っていたけど、どういう部品なのかは知らない。平日は七時半に家を出て、夜はだいたい十九時まで帰ってこない。帰宅が深夜になるのもざらだった。

たまに休日出勤がある他、土日はたいてい休みのようだった。なにをしているのか知らないけど、食事と風呂とトイレ以外は自分の部屋にこもっている。家のなかでの存在感はないに等しい。

あんなおとなしい人でも会社では管理職らしい。けど、興味はない。会社での父のふるまいは、私の人生とは一切関係ない。

人差し指を伸ばして門柱のチャイムを鳴らした。指先に、かちっ、とスイッチを押しこむ感触が伝わる。家族であっても、帰宅したらチャイムを鳴らすこと。そして、家にいる家族は玄関に出て帰ってきた人を出迎えること。これが我が家の決まりだった。

なんていやな家なんだろう。

短いアプローチを通って玄関ドアを開ける。鍵《かぎ》はかかっていなかった。ドアの向こうにいた母が無表情で現れる。穿《は》いているのは、ハーフパンツより半ズボンと呼ぶほうが似合いの代物《しろもの》だった。

「ただいま」

「おかえり」

用は済んだ、とばかりに母はダイニングに消える。自分で決めたルールのくせに、母はいつも心底興味なさそうに私を出迎える。父が相手の時は違う。おかえり、という声がわずかに高い。

手を洗い、うがいをする。水だけのうがいは風邪《かぜ》予防にあまり意味がない、と聞いたことがあるけれど続けている。がらがら、という音が聞こえないと母に注意されるから。あんた、うがいしたぁ？

二階の六畳の部屋にカバンを置き、冷房をつける。私の部屋の窓は南向きで、とにかく暑い。Tシャツとジャージパンツに着替えながら、いちばん日当たりのいい部屋だからいいでしょ、といつか母に言われたことを思い出す。

着替えてから、シャワーを浴びればよかったと思う。けどまあ、どうでもいい。まずは横になって休憩したい。閉めきった窓の外から蟬の声が侵入してくる。うるさくはないけれど、不快だ。自分の部屋で男の求愛なんか聞きたくない。

　スマホをいじっていたら、どん、どん、と階段を上ってくる足音が聞こえた。はあ、と盛大に息が漏れる。

「あんた、お昼どうするの？　食べてないんでしょ？　すぐに下来なさい。蕎麦茹《そばゆ》でたから、食べちゃいなさいよ。伸びないうちに」

　ドアの向こうで、母は自分の言いたいことだけ一気にまくしたてた。

　食欲はなかった。後で食べる、と言いかけてやめる。この間、そう言ったら猛烈な勢いで怒られたのを思い出した。

　――だったらあんた、自分でごはん用意してよ。毎日三食、作りも片付けもしないで。後になってお腹空《す》いても知らないから。

「どうすんの？　食べるの、食べないの？」

「……食べる」

　母はようやく満足したのか、どん、どん、と階段を下りていく。

　だるい身体を引きずって一階に下りる。ダイニングではすでに母が冷たい蕎麦を食べはじめていた。テレビではワイドショーが流れている。母の向かいに座って、空《から》の器にめんつゆをそそぐ。水道水で薄めて席に戻ると、母が目ざとく器のなかを見た。

「濃すぎだって、いつも。もっと薄めて」

　無言で水道水を足す。

しばし、百円均一のざるに盛られた蕎麦を無言ですする。薬味はチューブのしょうがとわさび。母はつゆにしょうがをどっさり溶かしている。あれは濃すぎじゃないんだろうか。

「あんた、受験勉強大丈夫そう？」

ワイドショーをちらちら見ながら、母が問いかけてくる。

「大丈夫」

「本当に塾とか行かなくていいの？」

「先生も、まず不合格はないだろうって」

この会話を何度繰り返しただろう。

私は来年一月、父の出身校である地元の私大を受験する。そこにしろ、と母が勧めたから。実際は強制に近いけど。抵抗しないのは、しても無駄だからだ。母は自分の思い通りにならなければ、学費を出さないとか言いだすに決まっている。

先月、その大学の入試過去問を解いてみた。余裕で合格基準点を超えていた。三年分やってみたけど結果は同じだった。それからひと月、ほとんど受験勉強はしていない。やってもやらなくても合格するなら、やる意味がない。

私の目の前には、あらかじめ決められた未来が待っている。

別に地元の私大だからいやだってわけじゃない。親から言われたところに行くということ自体、ときめかないだけだ。仮に東大だろうが群大だろうが、自分で志望校を選べなければ同じことだ。

ワイドショーでは東京にあるテーマパークの特集を流していた。アトラクションに乗ったお笑い芸人とアイドルがはしゃいでいる。母は蕎麦をくちゃくちゃと咀嚼《そしゃく》しながら、死んだ目でそれを見ていた。

「東京なんか行ったって、いいことないのにね」

同意を求めるように私を見る。うつむいたまま気が付かないふりをして、蕎麦をすすった。

東京には一度だけ行ったことがある。といっても、羽田《はねだ》空港だけだけど。昨年秋の修学旅行で、沖縄へ行くためだった。

出発日、私たちは学校に集合してバスに乗り、三時間かけて羽田空港まで向かった。途中でクラスメイトが、ここが夢の島だとかここがお台場《だいば》だとか言って騒いでいた。海と倉庫ばっかりで、トラックは多いけど人気《ひとけ》は少なくて、あんまり都会に来た実感はなかった。もっと建物がごちゃごちゃと林立していて、人でごった返している光景が見たかった。表のステージを観《み》る前に、いきなり舞台裏を見せられたような戸惑いが残った。

帰りも羽田経由だったけど、バスのなかで寝ていたから記憶にない。だから、東京に行ったのは私にとって行きの一度だけ。

「家賃も物価も高いし、仕事だって言うほどないらしいじゃない。給料も安くて、使い捨てにされるような仕事ばっかりでさ。人も多いし、家は狭いし」

母はまだぐちぐちと言っている。どこか恨みのこもった口調の奥に、根深い嫉妬《しっと》が見え隠れしていた。

「お母さん、東京行ったことある？」

「そりゃ、何度も。浅草《あさくさ》とか、東京タワーとか行ったことあるよ」

さっきまであれほどバカにしていたのに、なぜか誇らしげだった。母の口にした観光名所は、私の心をときめかせない。海と倉庫よりはいいけど。「ふうん」と答えると、「なにその顔」と母に言われた。

「変な顔してた？」

「また、バカにしたような目だった。無意識でやってんのかもしれないけど、やめたほうがいいよ。お母さんは全部わかってるからね」

ふっ、と笑いが漏れそうになるが、危《あや》ういところで耐えた。

お母さんは全部わかってる？　なにを？　自分が嫌われてることも？

「あんたはどこに行きたいの」

「別にどこにも。だから地元に残るんだよ」

「そういう話じゃなくて。東京に遊びに行くならどこ、って話」

数秒、迷った。行ってみたい街はある。でもたぶん母は知らないし、否定される。そう思いながらも他に思いつかず、渋々口にした。

「吉祥寺《きちじょうじ》」

案の定、母は思いきり眉《まゆ》をひそめた。

「どこ、それ」

「武蔵野市《むさしの》だって」

この間、首都圏で住んでみたい街ランキングというのをネットで見かけた。一位は吉祥寺という場所だった。理由は、便利で、オシャレで、ほどよく自然もあるから。

私はたちまち、非の打ちどころのない吉祥寺に魅了された。なにより、吉祥寺に住んでみたい、と答えること自体に〈東京を知っている〉感があった。無知な田舎者には思いつきもしない地名だ。目の前の母がそれを裏付けている。

「二十三区じゃないの？　若いんだから、渋谷とか原宿《はらじゆく》のほうがいいんじゃない？」

「それもいいけどね」

「変わってるねぇ、あんたって」

母が盛大に蕎麦をすする。めんつゆが数滴、テーブルの上に飛んだ。母が麺《めん》類を食べた後は、いつもテーブルが汚くなる。汚さず食べようとするのではなく、どうせ後で拭《ふ》くから汚してもいいいと思っているのだ。

この人はそういう生き方を選んだ。少しくらい傷つけても、後でフォローしておけば問題ない、と信じている。でも、心の傷はテーブルに飛んだめんつゆとは違う。布巾《ふきん》で拭いても、完全に元通りにはならない。

私は、本当に言いたいことを押し殺した。

「変わってるのは前からだよ」

母は「あ、そう」となんでもなかったように応じて、ワイドショーを見ている。もう、東京のことも私のこともどうでもいいようだった。自分の気持ちだけが最優先の、くだらない女。そのくだらない女の言いなりになっている私。

　すべてが滑稽《こっけい》なのに、笑えないコメディみたいだった。


　十五時過ぎ、昼寝から目覚めた。

　蕎麦を食べ終えて自分の部屋に戻った私は、しばらくスマホをいじっていた。そのうち眠くなってきたから、ベッドに倒れこむようにして寝た。予定も、やるべきことも、なんにもない。どれだけ眠っても、私の人生は変わらない。

　起きてすぐ、蟬の声が耳に届いた。盛《さか》ったオスの声だと思うと不快で仕方ない。

　帰り道で見た蟬の交尾を思い出す。蟬にとって子を残すことは本能なんだろう。その本能はたぶん、どの生物にも共通している。もちろん人間にも。だとしたら、性行為を嫌悪する私には人間の本能が備わっていないのだろうか？

「うるさいよ」

　つぶやきの対象が蟬なのか自分なのか、よくわからなかった。

　喉《のど》の渇きを覚えてダイニングに下りた。母はいなかった。

　玄関に置きっぱなしになっていた、手提《てさ》げ袋や日傘がなくなっている。買い物にでも出たのだろう。麦茶を飲んで、部屋に戻り、またスマホをいじった。チャイムが鳴ったら、すぐに玄関で出迎えなければいけない。想像するだけで面倒だった。

しかし十七時を過ぎても、チャイムは鳴らなかった。近所へ買い物に行っているだけなら、こんなに遅くなるはずがない。再びダイニングに下りたが、書き置きは見当たらない。

あまり使っている形跡はないが、一応スマホは持っているはずだ。メールを送ってみることにした。

〈遅くなりそう？〉

文面を作り、送信する直前で指が止まった。どうして、私が母の心配なんかしないといけないのか。帰りが遅くなるのは歓迎すべき事態のはずだ。それに、こんなメールを送ればきっと後で笑われる。寂しかったの？　子どもじゃないんだから。頭のなかで母の声が再生された。メールは送信せず、引き続きひとりの時間を楽しむことにした。

十七時半を過ぎたころ、唐突に電話が来た。着信は常に唐突なものだけれど、スマホの〈父〉という表示がより唐突感を増している。これまで父から電話がかかってきたことは一度もなかった。

「もしもし」

探《さぐ》るような声音で出ると、父は「俺だけど」と当たり前のことを言った。

「どうかしたの」

「警察から電話あってな。お母さん、交通事故に遭ったって」

あっ、と声が出た。父からの電話という異常事態と、母が帰ってこない事実が時間差で結びついた。そして、メールの送信をやめてから今まで、母のことを忘れていた自分の薄情さに驚いた。母が私に関心を持たないように、私もまた母に関心がなかったらしい。

父は落ち着いていた。市内にある総合病院の名を挙げ、すぐにタクシーで来るよう私に指示した。わかった、と答えて通話を終了しようとしたが、父は言い残したことがあるかのように沈黙していた。

「まだ、なんかある？」

「……ならないのか」

「なんて？」

「お母さんの容態、気にならないのか」

たしかに父は、母が交通事故に遭ったとは言ったが、怪我《けが》の程度までは口にしていなかった。娘なら尋ねるのが自然なのかもしれない。けど、父の言いようは私を試しているようで不快だった。

「もったいつけてないで、知ってるなら教えてよ」

「意識はない。内臓破裂しているおそれがあるんだと」

えっ、と部屋に響くほど大きな声が出た。それって死んでいないとしても、かなり重体じゃないのか。内臓破裂という非日常的な言葉と、けだるそうに蕎麦を咀嚼していた母の姿がうまく重ならない。

「なんで最初に言ってくれなかったの！」

「いきなり伝えたらショックだろうと思った。詳しいことは、後でな」

父は逃げるように通話を切った。

胸元に熱いものがこみあげてくる感覚があった。スマホを置いて、横になる。すぐにタクシーを呼ぶべきだとわかっていた。それなのに、指先が動くことを拒絶している。

これから病院に行って、なにをすればいいのか。瀕死《ひんし》の母とそう簡単に対面できるとは思えない。きっと集中治療室とかにいるはずだ。処置が終わるまで、ずっと治療室の外で待つことになる。その間、なにを考えていればいい？

誰か教えてほしい。こんな時、娘ならどう振る舞うべきか。

じんわりと涙が滲《にじ》み、視界がぼやけていく。自分が本心から泣いているのか、娘にふさわしい反応を演じているだけなのか、それすらわからなくなった。

少し気力が湧いたところでタクシーを呼んだ。後部座席に座り、総合病院の名前を告げ、到着するまで呆然《ぼうぜん》としていた。とうに見飽きた田畑が窓の外を流れていく。内臓破裂。のどかなこの町に、そんな物騒な言葉を持ちこまないでほしい。

予想していた通り母には会えなかった。待合室の長椅子《ながいす》で待っていると、じきに父が現れた。最初に受付へ向かった父は少しの間、看護師と話しこんでいた。保険証がどうとか言っていた。話が終わった父は私の隣に座った。

「……看護師さん、なにか言ってた？」

「意識は戻っていない。処置が終わるまではここで待て、だと」

父は他人事《ひとごと》のように淡々と言った。

「それだけ?」

返事はない。父は太ももに両肘《りょうひじ》をついて、手で顔を覆った。タオルで拭くようにごしごしと擦る。指の間から見える瞼は、現実から逃げるように固く閉じられていた。目尻に寄った深い皺《しわ》を見て、ようやく私は理解した。

――お父さんもつらいんだ。

淡々と語り、私を試すような問いかけをした父も、ひそかに動揺していた。いや、動揺していたからこその態度だったのかもしれない。

それから、さほど長い時間はかからなかった。看護師が父と私を呼びに来て、小部屋に通された。テーブルひとつと椅子六つでいっぱいになるくらいの狭さだった。座って待っていると、すぐに医師が現れた。白衣じゃなくて、紺色の、動きやすそうなユニフォームを着ている。

四十代くらいの男性医師は私たちの向かいに座り、無表情で切り出した。

「全力で対応したのですが」

最初の一言で、私は結論を悟った。

死刑の言い渡しに似ていると思う。ドラマで見たんだったか。裁判長が被告人に死刑を言い渡す時は、先に判決に至る経緯などを長々と読み上げ、死刑だという結論を伝えるのは最後にするらしい。そして傍聴席にいるマスコミの記者は、主文が後回しにされた時点で、死刑の判決だと判断して裁判所を飛び出す。

医師は最後に主文を読み上げた。

「午後七時二十七分、お亡くなりになりました」

母が死んだ。今日のお昼、一緒に蕎麦を食べた母が。

うっ、ぐふっ、おえっ。

喉の奥から嗚咽《おえつ》がこみあげてくる。両手で口元を押さえると、手の甲を涙が流れた。鼻水で指が濡《ぬ》れる。ハンカチで顔を拭こうとしたけど、持ってくるのを忘れていた。今さらながら、自分が部屋着のままスマホと財布だけ持って家を出てきたことに気が付いた。

父が私の背中に手を置いた。熱い手だった。父の手はこんなにも熱を持っているのに、私の身体は冷え切っている。その温度の差が教えてくれた。私が号泣しているのは悲しいからではない。娘なら悲しむのが自然だから。母が死んだと聞かされて泣かないのは普通じゃないから。私は、母を愛していた娘、という役割を演じているに過ぎなかった。

意図した演技じゃない。けど、無意識に身体が反応していた。

医師と父がなにか話していたけど、自分の嗚咽で聞き取れなかった。別に聞かなくたっていいよ。どうせ、子どもには関係ない話だから。自分のなかの冷静な部分がそう語りかけてくる。

私は思う存分、泣くことに集中した。そうしている間だけは、これからのことを何ひとつ考えなくて済んだ。

夏休みはあわただしく過ぎていった。

通夜や告別式を済ませ、母は火葬場で骨になった。私は最後まで、一度も遺体を目にしなかった。父に「やめたほうがいい」と言われたからだ。グロテスクな姿だったのだろうが、見ておいたほうがよかったかもしれない。灰になった姿を見ても、母が死んだという実感はまったく湧かなかったから。

あれほど口やかましかった母は、小さい壺《つぼ》に収まって、一言も話さなくなった。

父は仕事を休んで、諸々《もろもろ》の手続きをしているようだった。ようだった、というのは、具体的になにをしているのか、私にはほとんどわからなかったからだ。役所に行ったり、保険会社の営業の人と話したり、とにかく忙しそうだった。

私のほうはほとんど無風だった。

変わったことといえば、家事をするようになったくらいだ。見よう見まねで洗濯をしたり、炒《いた》め物を作ったりした。夏休みで学校がないのは幸いだった。クラスメイトから腫《は》れもの扱いをされないから。たぶん、母親を交通事故で亡くした女子生徒に対して、周りは過剰なまでに気を遣う。

唯一めんどくさかったのは、一か月付き合っただけの後輩や、告白されたけど振った同級生たちから連絡が来たことだ。

〈力になれることがあったら、いつでも言って〉

〈心配してます〉

〈俺はいつでも味方だから〉

彼らは蝉だ。人の親の死につけこんで口やかましく求愛する、オスの蝉。頼むから黙っていてほしい。私に必要なのは静寂だった。しつこくメールしてくる男もいたけど、無視を決めこんでいるうちに連絡は絶えた。

父が仕事に復帰したのは、八月に入ってからだった。毎日残業をしていた父は、定時に帰るようになった。家事はふたりで分担した。私と父は、新しい生活に少しずつ慣れていった。

日曜の昼間。ごはん作りの担当は私だった。袋のインスタントラーメンを茹でて、プチトマトとコンビニで買った味付き玉子を添えた。父はその日も朝から部屋にこもっていたが、昼ごはんができたことを伝えるとダイニングに出てきた。

父と向かい合って食べている間、基本的に会話はない。あったとしても、おばあちゃんがうちに来るとか、洗剤を注文しておいたとかいった、事務的な連絡くらいだ。

だから、ラーメンを食べていた父が箸《はし》を止め、「ちょっといいか」とあらたまった調子で言った時には身構えた。父は思い詰めた顔をしていた。

「怖い顔して、なに」

「お前の卒業後の進路だけどな」

そんなこと、話すまでもない。地元の私大を受験する。以前、伝えたはずだった。父は小さい目を精一杯見開いて、私を正面から凝視していた。

「お前がやりたいこと、やっていいんだぞ」

やりたいこと。いきなりそんなことを言われても、思いつかない。

「前に言ったんだけど。私、お父さんと同じ大学に……」

「地元の大学なんか行きたくないんだろう」

槍《やり》で突き刺すような一言だった。穂先が胸に食いこんだ私は、数秒、言葉を発することができない。父は返事がないことを気にも留めない様子で、「どっちでもいいけどな」と付け加えた。

「ただ、お母さんはもういない。お前が大学に行っても行かなくても、それをどうこう言う人間はこの世にいないんだ。だったら、やりたいことをやったほうがいい」

「お父さんは、どうしてほしい？」

「なんでもいい。俺に、他人の人生を決める権利はない」

「そんな」

無責任だと思った。ちゃんと要望を伝えてくれないと、ちゃんと指示してくれないと、困る。今まではそうだった。黙って母が指さす方向に歩いていればよかった。母のせいにできた。でも自分で決めたら、自分で責任を取らないといけない。

「お金は？　お金は、平気なの？」

学費や生活費を盾に言うことを聞かせるのが、母のやり方だった。金。それはこの世のどんな事情にも勝《まさ》る都合なのだ。だがこの切り札も、父には通じなかった。

「大学や専門学校に行きたいなら、学費くらいは出す。そんなことより、お前がまずどこでなにをやりたいか。金の話はそれからだ」

私は絶句した。

あんまりだ。理不尽だ。十八年間も敷いたレールの上を走らせておいて、今さら好きに進めと言われても、どこをどう走ればいいのかわからない。そもそも、好きとか嫌いとかの基準で将来を考えたことがない。

黙りこんだ私を見かねたのか、父は「行きたいんだろう？」と穏やかに言った。

「どこに？」

「東京」

そうだった。私は東京に憧れていたんだった。本当に行けるなんて想像すらしていなかったから、自分の将来とすぐに結びつかなかった。そして、娘に無関心だと思っていた父がそれを知っていることに驚いた。

「うん。行きたい」

「だったら行けばいい。東京でなにをやるか少し考えてみろ。これからは全部、お前が自分で考えて、自分で決めるんだ。いいな」

器に残っていた麺を一気にすすりこみ、父は席を立ってまた自室にこもった。私は伸びた麺とぬるいスープを、時間をかけて食べた。食後のテーブルは綺麗《きれい》で、スープはほとんど飛んでいなかった。

流しでふたり分の食器を洗いながら、小さい声でつぶやいてみる。

退屈だけ。

「東京」

実在しないユートピアのようなものだと、今まで思っていた。その街にはすべてがある。人も、物も、金も。栄光も挫折《ざせつ》も、成功も失敗も、名誉も汚名も。そこにないのはただひとつ、退屈だけ。

——本当に、東京に行きたい？

食器用洗剤の細かい泡を流しながら、自問する。これも無意識による演技かもしれない。東京に憧れる、片田舎の女子高校生を演じているだけではないか。そう言われれば、完全に否定することはできない。だって無意識のことなんだから。

でも、大都市の表舞台を見てみたいのはたしかだった。私は修学旅行のバスで見た、海と倉庫とトラックで構成された東京しか知らない。ちゃんとエントランスから入り、客席に座って、彩《いろど》られたステージを鑑賞したい。

にぎやかな舞台の上は、底抜けの退屈とは無縁のはずだ。

問題はなにをするか。とりあえず、私の学力で合格できそうな、適当な大学を選んで受験するのが手っ取り早そうだった。地元を離れる人のほとんどが、進学か就職を理由にしている。それに倣《なら》えばいい。

蛇口の水を止めると、亡くなった日の母が蘇《よみがえ》った。誰もいないテーブルを振り返る。あの日、母はワイドショーを見ながら言っていた。

——東京なんか行ったって、いいことないのにね。

冷水を浴びせられたように、興奮が鎮まっていく。あれは予言だったのかもしれない。母はこの世からいなくなってもなお、私をこの地に縛りつけようとする。流しの蛇口から、滴《しずく》がぽたり、ぽたり、と落ちていた。堪《こら》えてもなお溢《あふ》れ出る涙のように。

目的が必要だった。東京に行くための大義名分。それがなければ、母がかけた呪《のろ》いは解けない。でも、私には果たしたい夢なんかない。秀《ひい》でた能力もない。野望も知恵も持っていない、ただの女。

だからこそ、余計に東京へ行くべきだと思った。こんなに空っぽの女を満たしてくれるのは、東京の猥雑《わいざつ》さしかなさそうだから。


夏休みが終わり、二学期がはじまった。

長い休みを無為に過ごしていた私は、まだ上京の目的を見定められていなかった。進路を尋ねられたら、適当にごまかすつもりだった。なにも決めてないけど東京に行くつもり、なんて言ったら噂《うわさ》の的になる。

登校すると、友達や同級生はこちらの反応をうかがうような、形式だけの挨拶《あいさつ》をしてきた。予想通りだ。急に母を亡くした私をどのように扱っていいのか、決めかねているようだった。気にしないで、とは言わない。言えば、周囲は余計に気を遣う。

教室はざわめきに包まれていた。久しぶりに会う友達同士、会話が盛り上がっているようだ。そのざわめきに私はふくまれない。ただ自分の席について、ホームルームがはじまるのをじっと待っている。

少し離れた場所でひそひそと話していた女子ふたりが、意を決した表情で近づいてきた。いやな予感がする。彼女たちとは割と仲がいいほうだが、親友と呼べるほどの間柄ではない。正面に立ったふたりは、つらそうな表情で私を見ている。

「聞いたよ。お母さんのこと」

「遅くなってごめんね。私、部活とかで忙しくて知らなかった」

ふたりは示し合わせたように、慰めの言葉を交互に口にする。元気出して。しんどかったら私たちに言って。力になれるかわからないけど。私も少し前におじいちゃんが亡くなって。ひとりだと考えこんじゃうから。今度高崎《たかさき》にごはん食べに行こう……。

私は休む間もなく繰り出される言葉の波に、呆然としていた。

彼女たちに悪意はない。オス蟬たちのように、性欲で動いているわけでもない。私が心配だという気持ちは本物だろう。

ただ、あまりにもふたりが発する言葉は軽かった。なぜなら、彼女たちが私を慰めているのは私のためではなく、彼女たち自身のためだから。母を亡くした同級生という異物をうまく消化できないから、慰め、励まし、勇気づけることで、消化できる存在に引きずりこもうとしている。悲しみから立ち直ってくれれば、彼女たちはその後、普通に接することができる。

私は、異物でなくなることを要求されている。この教室に溶けこみ、風景の一部となるよう強制されている。そういう意図が透けて見えるから、彼女たちの言葉はどこまでも軽く、響かない。

「だから、あの、すぐには無理かもだけど、元気になってほしい」

真剣な表情で、ふたりは話を締めくくった。たぶん、励ましてくれる友人がいるというのは幸せなことなんだろう。けれど私がほしいのは孤独だった。

すうっ、と深く息を吸って、ささやかな笑《え》みを浮かべた。暗さは引きずったまま、派手になりすぎない程度に、しかし友人からの励ましにはきちんと感動している、内向きの人間にだけ許された微笑。

「ありがとう」

感謝を伝えると、ふたりは満足したように離れていった。机に突っ伏して顔を隠す。微笑をやめた瞬間の顔を、誰にも見られたくなかった。きっと醜《みにく》いだろうから。

いつもこうだ。私は目の前の現実を素直に受け取ることができず、物事の裏面ばかりを気にする。悲しみも、喜びも、心の深いところまで浸透しない。徹底的に本心で生きていいのなら、きっと二十四時間、無表情だと思う。無関心。無感動。なんにも入っていない空の器。それが私の正体だ。

固く閉じた瞼の内側で、閃《ひらめ》くものがあった。

ああ、わかった。

私は、私という役を演じることに飽きたんだ。でもこの土地に留《とど》まっている限り、私という役からは逃れられない。だから東京へ行きたい。まったく新しい、別の役を演じるために。

最初に東京の舞台裏を見たのは、偶然じゃなかった。私が興味を抱いているのは、浅草や東京タワーではなく、海と倉庫とトラックだった。それが東京のすべてであり、それで十分だったんだ。

始業式の後で、担任の教師に呼び出された。社会科を担当する三十代の男だ。職員室まで連れていかれ、部屋の隅《すみ》にあるパイプ椅子に座らされた。

「お母さんの件、大変だったな」

はい、と素直に答える。教師の質問に、はい、と答えるのは反射みたいなものだ。大変なのは父だけで私はぼんやりしていました、とは言えない。まだ、自分がどうして呼ばれたのかわかっていなかった。教師は煙草《たばこ》の臭《にお》いをまとった息を吐く。

「受験とか、大丈夫なのか。差《さ》し障《さわ》りないか？」

なんだ、そんなことか。やっと呼ばれた理由がわかった。要は、この教師は進学への影響を確認するために私を呼んだのだ。どういうお達しがあったのか知らないが、最近、この学校は卒業生の進学実績をいやに気にしている。特に大学へ進むかどうかが重要らしい。

変わりません、という答えが出かかったが、喉元で押しとどめた。

ここで地元の私大に行くと宣言すれば、この担任教師はその通りに報告するのだろう。校長だか教頭だか学年主任だか知らないけど、とにかくそれ相応の人に。二学期のこのタイミングで宣言すれば、後で撤回するのは厄介だ。考えなおせ、と余計な口出しをされかねない。

「どうした？」

黙りこんだ私の顔を、教師が覗きこんできた。

「いえ」

「不安でもあるのか。学費の心配なら、給付型の奨学金があって……」

「東京に行くつもりです」

言ってから、もうひとりの私が「言っちゃったな」と思う。私はまた、無意識のうちに演じていた。東京に憧れる女子高校生を。

教師はあからさまに渋い顔をしていた。口の下に皺が寄る。

「なんだ、いきなり。東京の大学に行きたいのか」

「大学には行きません」

勘弁してくれ。頭の片隅では冷静に嘆息しているのに、口は勝手に動く。もはや、主導権を握っているのは演じているほうの私だった。その目に映っているのは、極彩色と灰色に塗り分けられた都会という舞台だ。

「だったらなんのために行くんだ？」

「この私ではない、他の誰かを演じるためです」

もう止まらない。教師は困惑を通り過ぎて、呆れていた。

「役者にでもなるつもりか」

教師は私の発言を履き違えたのか。あるいは、冗談のつもりだったのだろうか。

しかし、役者という選択は悪くなかった。自分以外の役柄を演じることが、そのまま存在意義になる仕事。片田舎に根を張った女ではない、別の誰かになれる。そして演じるのが上手《うま》ければ上手いほど賞賛される。

演技なら得意だ。生まれてから十八年間、私という人間の演技を続けているのだから。

「そうです。役者になりたいんです」

前のめりになった私を遠ざけるように、教師はのけぞった。

「本気で言ってるのか？」

「当然です。役者になるなら、やっぱり都会に——東京に行かないといけないと思うんです。劇場の数も劇団の数も比べ物にならないし、一流の役者も東京にはたくさんいます。やるからには悔いのない環境で挑戦したい。だから、東京に行きたいんです」

自分のものとは思えないほど、舌も唇も滑《なめ》らかに動く。こんなに熱をこめてなにかを語ったのは初めてだった。私は別の人間に生まれ変わろうとしている。いや、正確には、演じる役柄を変えようとしている。

「それでいいのか。夏休み前は、進学希望じゃなかったのか？」

「心境が変わったんです、母の死で」

故人を持ち出したことで、教師が怯《ひる》んだ。一気に畳みかける。

「母が急死して、思い知ったんです。人はいつ死ぬかわからない。明日が来るかも確実じゃない。だから、やりたいことはたとえ無茶でもやらないと後悔する。それが、最後に母が教えてくれたことだと思っています」

全部、口から出まかせだった。よくこんな思い付きをすらすらと話せるものだ。傍観しているもうひとりの私が横から茶々を入れた。演じている私が言い返す。

この町から出られるならいいでしょう？　私にできるのは演じることくらいなんだから。演技の勉強なんかしたこともないくせに、役者になれるの？

なに言ってるの。女はみんな、役者だよ。

「わかった。気持ちはわかったから、もう少しだけ考えてみろ。大学に行きながらでも演劇は勉強できるだろ」

「中途半端はいやなんです。私だっていつ死ぬかわからないんですよ」

教師は肩をすくめた。そのカードを切られたらお手上げだ、と言わんばかりに。

ホームルームの開始時刻は過ぎている。「放課後、また話そう」と、教師は一方的に話を終わらせた。しかし何度話しても、結論を変えるつもりはなかった。こっちは最良の理由を見つけてしまったんだから。

別の誰かを演じることを、生業《なりわい》とする。

ようやく私は、上京のための大義名分を手に入れた。

＊

翌年一月の土曜、私は吉祥寺にいた。

住む場所にこだわりはなかったけど、そもそも東京の地名をよく知らなかった。唯一、吉祥寺という場所には住みやすそうなイメージがあった。大学受験をする同級生たちが最後の追いこみをかけている時期、私はひとりで冬の吉祥寺へ旅立った。父は同行を申し出てくれたけど断った。

実家の最寄り駅から東武鉄道やＪＲを乗り継いで、二時間半。片道で三千円という値段は思っていたより安かった。三千円で行ける場所に憧れていたのかと思うと、少し滑稽だった。ただ、さすがに吉祥寺駅は立派だった。街には人と店が溢れていた。高崎より栄えているかもしれない。二十三区内ですらないのに。お昼ごはんをどこで食べればいいのかわからなくて、唯一見慣れたチェーン店でハンバーガーを食べた。

腹ごしらえをしてから、飛びこみで駅前の不動産屋に入った。こちらの要望は決まっている。

「家賃五万円以下のアパート、紹介してください」

卒業後、父からは月五万円の仕送りを四年間振り込んでもらえる約束になっていた。少なくとも家賃は仕送りで支払える金額に収めて、残りの生活費はアルバイトで賄《まかな》うつもりだった。

不動産屋の担当者は「五万ですか」と渋い顔をし、オートロックとか築浅とか理由をつけて、家賃が七、八万円のアパートばかりを紹介してきた。舐《な》められている、と判断して話を切り上げようとしたらやっと要望通りの物件を出してきた。若い女として生きるのは、いちいちめんどくさい。

いくつか部屋を内見して、賃料四万五千円、管理費千円のワンルームに決めた。風呂トイレは別だし、駅からも近い。その代わり、入居者は女性限定という条件がつけられていた。たまには女性であることが有利に働くこともある。

二か月後。引っ越しを済ませ、住民票を移し、私は正式に吉祥寺の住民になった。

十九歳の誕生日の夜は、下北沢《しもきたざわ》の劇場にいた。

五月下旬の空気は、すでに夏の気配が濃厚だった。私は先週古着屋で買った八十年代のサマーワンピースを着ていた。細かい水玉模様で、ロールアップの袖《そで》がかわいらしいデザインだった。

二か月前に越してきてからというもの、高校時代に貯めたなけなしの貯金と、父から初期費用としてもらったお金、それにアルバイトで得た給料を使って劇場をめぐっていた。アルバイトは、時間の都合がつきやすい単発の仕事をやっている。値札のシール貼りとか商品の箱詰めとかいった単純作業だ。

役者になるためには上京したまではいいものの、どうすれば役者になれるのかわからない。そもそも、舞台というものを観たことすらない。がむしゃらに養成所や劇団に入るより、まずは情報収集――つまりは観劇からはじめることにした。

吉祥寺に住むことにしたのは、結果的に正解だった。劇場が集まっている新宿《しんじゅく》、中野《なかの》、高円寺《こうえんじ》、阿佐ケ谷《あさがや》、荻窪《おぎくぼ》あたりにはすべて中央線一本で行ける。しかも、演劇人が集まる下北沢も井《い》の頭《かしら》線で一本。舞台をめぐるにはうってつけだった。

観劇料には幅がある。安ければ二千円以下、高ければ一万円を超えるものもあった。資金が潤沢《じゅんたく》にあるとはいえない私が選ぶのは、自然、チケットの安い小劇場が中心になった。

ただし今日のチケットは奮発した。税込み五千円。貧乏フリーターには結構な出費である。それでも、この舞台は観ておきたかった。

劇場の席数は百から二百の間。決して多いほうではないが、観客がびっしり埋まっているのはさすがだ。小劇場では、観客席にいるのは身内らしき人ばかりという状況もめずらしくない。

ステージでは四人の男女が掛け合いをしている。ある夫婦と、それぞれの浮気相手が一堂に会する場面。夫婦が互いの非をなじるたびに浮気相手がそれを擁護するという流れで、夫婦間の断絶が描かれていた。

――面白い。

単純といえば単純な構図だが、台詞《せりふ》の言い回しや、演者たちの醸《かも》し出す雰囲気がいやにリアルだ。まるで他人の家を覗き見しているような背徳感がある。観劇歴の浅い私でも、他とは一味違うとわかる。

この舞台をしかけたのは、小劇場界隈《かいわい》では多少名の知られた人物だった。

劇団バンケット主宰、名倉敏史。

地元にいたころは東京の劇団事情など何ひとつ知らなかったが、頻繁に劇場へ足を運んでいれば少しずつわかってくる。

人間の集まりという意味では、劇団も学校や企業と同じでさまざまな色がある。和気あいあいとした空気が売りの劇団。主宰者が強権を振るう劇団。前衛的だが熱心なファンのついている劇団。大手と零細。老舗《しにせ》と新興。有名と無名。東京には、想像していたよりも多種多様な劇団が共存していた。

なかでもバンケットは勢いがある劇団だった。SNSを覗いてみると、最近の公演はいずれもチケットが完売していた。気になって調べたところ、劇団と呼ぶには少々変わったシステムを採用していることがわかった。

劇団バンケットに所属しているのは、主宰であり劇作家である名倉敏史ただひとりだった。劇団員は誰も所属していない。

名倉は公演のたびに一から座組みを設定する。俳優に声をかけるのも、スタッフを集めるのも、資金を調達するのも、すべて名倉の仕事だという。当然、台本を書いたり、演出をしたりといった本来の仕事もある。

いわば名倉の、名倉による、名倉のための劇団だった。

全部を自分でやるのはひどく面倒だし、見方によってはワガママともいえる。しかし名倉はその方法で年に二回公演を実現し、しかも回を追うごとに人気が高まっているらしい。チケットの完売がそれを証明していた。

ネット検索で、名倉のインタビュー記事を見つけた。文面に添えられた写真には、ふた回りくらい年上の痩《や》せた男が写っていた。口ひげを生《は》やし、丸いレンズの眼鏡《めがね》をかけている。劇団名の由来について、名倉はこう語っていた。

――〈バンケット〉というのは、宴会とか晩餐会《ばんさんかい》といった意味です。ぼくはかしこまった演劇ではなく、即興の会話やハプニングさえも楽しめる、にぎやかな宴《うたげ》のような空気を作り出したい。バンケットの公演は、俳優やスタッフ、観客のみなさんを招待した大規模な宴会なんです。

ちょっと鼻につくけど、名倉の志《こころざし》にはなんとなく共感できた。

意識はステージ上に戻る。名倉の演出のおかげか、四人の男女は生き生きとしていた。軽妙なテンポのよさ、気まずさを表す間《ま》、言葉にできない悲しみ。俳優たちの演技には相当アドリブもふくまれているはずだ。そうでなければ、これほどのリアリティを持って演じられるはずがない。

空気に呑《の》まれているうち、一時間四十分の舞台は幕を閉じた。自然と客席から拍手が起こる。出来の悪い舞台だと途中で観客が続々と席を立つこともあるけれど、立ち上がる人は誰もいなかった。

カーテンコールが終わり、客席が明かりで照らされると、隠れていた現実が急に立ち現れる。宴会は終わり、観客たちは路上へ放り出される。二十一時の下北沢は、まだまだ眠る気配がなかった。会社員風の身なりの人はあまりいない。肩を露出した女たちが目の前を通り過ぎ、髪を鮮やかな金色に染めた男が缶チューハイ片手にうずくまっていた。

○5○

私は自分へのささやかな誕生日プレゼントを求めて、街をさまよった。いい舞台を観た余韻が消えず、まっすぐ家へ帰りたくなかったということもある。だが開いているのは飲食店ばかりで、目当ての雑貨屋や古着屋はことごとく閉まっていた。結局、一周して元いた劇場の前に戻ってきた。

いいかげんお腹が空いた。買い物もいいが、そろそろ夕食にしたい。ビルの二階に入っている、カフェバーの立て看板が目についた。ケーキセットの文字を認めるのと同時に、私の足は店内へ引き寄せられていた。

店内は半分ほどお客さんが入っていた。カウンターの端の席に案内された私は、カレーライスを注文し、すぐに平らげる。食後にモンブランと紅茶のセットを頼んだ。十九歳おめでとう、と心のなかでつぶやいてからフォークを手に取る。

店の窓ガラスに、ティーカップを口に運ぶ私が映っていた。古着のワンピースに身を包んだ若い女は、店の空気になじんでいるように見えた。

少しは、東京に擬態できているだろうか。

服は古着とファストファッション。メイクは完璧にはほど遠いけど、いろいろと試行錯誤している。スタイルはとびぬけてよくはないけど、悪くもないと思う。吉祥寺周辺だけだが、土地勘も身についてきた。

つい二か月前まで群馬の片田舎にいたことが信じられない。地元では、こんな時間に外を出歩くのは初詣《はつもうで》くらいだった。

この街に知り合いはいない。高校の同級生のうち、何人かが東京にいることはわかっているけど、連絡を取るつもりはなかった。

モンブランを半分ほど食べ終えたころ、新しい客が来た。三人連れで、そろって四十歳前後の男性だった。顔には疲れが滲んでいる。三人は私の背後にあるテーブル席についた。話し声が聞こえるくらいの距離だ。彼らはビールやサラダ、ソーセージを注文した。居酒屋代わりに使うつもりらしい。なんとなく、空気を壊された気分になる。

「だいぶこなれてきましたね」

誰かが言うと、それに別の男が答えた。

「ダメだ。夜公演、諏訪《すわ》が流してた。劇場出る前、言っておいた」

諏訪。その名前に引っかかりを覚える。さっき観た舞台の出演者に、諏訪という名前の俳優がいた。この店は劇場のすぐ近くにある。

もしかして――男たちは舞台の関係者なのだろうか。

「どこが気になりました？」

「序盤でね。明らかに素《す》が出てる時があった。本人は否定していたけど」

「名倉さん、よく気が付きましたね」

――名倉！

憶測が確信に変わった。しかもそのうちのひとりは――。

トイレに立つ途中、テーブル席に座っている男たちの顔を確認した。壁を背に、丸眼鏡をかけた男が座っている。インタビューの記事で見た名倉敏史に間違いなかった。彼らが入店した時にどうして気付かなかったのか。

席に戻った私は考えた。

これは名倉と面識を得る、またとないチャンスではないか。でもなにを話せばいいのか。売りこむにしても、実力が伴っていなければ無意味だ。だいいち、私はまだ俳優ですらない。

しかし身体が先に動いていた。躊躇《ちゅうちょ》しながらもテーブル席へと近づく。

「すみません」

声をかけると、三人の会話が止まった。私はまた無意識に演じていた。地方から出てきた役者志望のフリーターを。後ろからながめるもうひとりの私があわてて止める。無鉄砲なことはやめてくれ、と。

「名倉敏史さんですよね」

名倉は返事の代わりに眉をひそめた。三人の視線が、傍《かたわ》らに立った私へそそがれている。

「舞台、拝見しました。面白かったです」

「ああ……それは、どうも」

観客だとわかったせいか、表情が少しやわらいだ。勝手に口が動く。

「私、俳優になりたいんです。どうすればなれますか？」

テーブルに緊張が走った。厄介なやつだ、と思われたのだろう。別の男が「あのねえ」と私を諭《さと》そうとしたが、名倉が制するように「簡単ですよ」と言った。

「名乗れば誰でも俳優です。力《りき》む必要はないですよ」

「じゃあ、名倉さんの舞台にはどうすれば出られますか」

こういう手合いには慣れているのか、名倉は落ち着いていた。焦《じ》らすようにビールを飲む。口ひげに泡がついていた。

「あなたがいい俳優なら、いずれ声をかけるでしょうね」

「〈いずれ〉を〈今〉にしてもらえませんか」

さすがに押しが強すぎたのか、名倉が口を曲げた。しかしこちらも引かない。

「きっと、名倉さんの期待に応えられると思います」

「その根拠は？」

「一度、見てもらえばわかります」

見かねたのか、名倉の連れが「もういいでしょう」と言った。

「あなた失礼だよ。劇場の外でつかまえて売りこみなんて」

場が静まりかえる。立ち去れ、という無言の圧力を感じた。これ以上は攻めても逆効果になりそうだ。礼を言って、カウンターに戻ろうとした。歩きだす寸前、名倉が「これ」と言った。振り向くと、一枚のチラシが差し出されていた。

両手で受け取り、目を通す。日時や場所だけが記された事務的な文書だったが、よく読めば、それは俳優を対象にしたワークショップの案内だった。連れは、正気か、とでも言いたげな視線を名倉に向けていた。

「都合が合ったら来てください。参加費は当日までに振り込んで」

「……必ず、行きます」

深々と頭を下げて、今度こそ立ち去った。とても店のなかにいられる空気じゃなくて、すぐに会計をして外に出た。路上を歩いてしばらくしてから、チラシを手に持ったままだと気が付いた。

井の頭線下北沢駅のホームに立ち、照明の下で文面を確認する。ワークショップは、誰でも参加できるオープンなものではないようだった。ある程度キャリアを積んだ俳優が対象であり、次の公演のオーディションを兼ねていることも記されていた。

今さらながら、指先が震えだした。

演技をしていた自分が後退し、本心が露出する。こんなワークショップに参加して、大丈夫なのか。ずぶの素人《しろうと》である私が、手練《てだ》れの俳優たちに交ざって演技を披露しても、恥をかくだけなんじゃないか。見てもらえればわかる、なんて大口を叩《たた》いたけれど、本当は舞台に立ったことすらないのだ。

数時間前に観た、ステージ上の熱演が蘇る。名倉が求めているのはあの水準だ。

チャンスには違いない。だがこれは、同時にピンチでもあった。もし役者失格の烙印を押されれば、今後、名倉の舞台に呼ばれることはないだろう。悪評が立てば他の作家や俳優からも敬遠されるかもしれない。

喜びと不安。興奮と絶望。

予想外の誕生日プレゼントに、私は相反《あいはん》する感情を持て余していた。


六月上旬、ワークショップは二日にわたって開催された。

初日、会場である代田橋《だいたばし》のスタジオには、男女合わせて二十名ほどの俳優が呼ばれていた。フローリングの床と壁面の大きな鏡。いわゆる稽古場に立ち入るのも初めてだった。動きやすい服装でと指定されていたため、Tシャツとジャージのパンツ、室内用のスニーカーという格好だった。

参加者たちはおおむね、二十代から三十代くらい。私はいちばん若い部類だ。服装はみな大差ない。一見するとコンビニへ買い物に行くような服装だが、身のこなしだけで一般人とは違うと感じさせる人もいた。

顔を知っている俳優も参加していた。下北沢の舞台で観た俳優、諏訪もそのひとりだ。長身の諏訪は私よりひと回りほど年上だけど、放つ雰囲気は実年齢よりさらに成熟して見えた。内輪ネタらしき雑談を交わしている俳優たちが多いなかで、私はひとり、疎外感を抱きながら開始を待っていた。

名倉は定刻を少し過ぎて現れた。

スタジオの空気が一変した。自然と雑談がやみ、ぺた、ぺた、とスリッパの音が響く。名倉はパイプ椅子に腰かけ、スタッフらしき男と談笑していたかと思うと、唐突に「はじめましょうか」と宣言した。

「劇団バンケットを主宰しています、劇作家の名倉です」

隣にいるスタッフは、渡部《わたべ》という舞台監督だった。

最初に参加者たちの自己紹介の時間が設けられた。順に前に立って、名前や経歴を話す。どこの大学を卒業したとか、誰それの舞台に出たとか、誰もがアピールポイントを口にする。名倉の舞台に出演したことのある俳優も何人かいた。そんななかで、諏訪は一味違った。

「諏訪浩《ひろし》です。よろしくお願いします」

長々と話さなくてもわかるだろう、と考えているのが透けて見える。彼の身のこなしには、傲慢《ごうまん》になる一歩手前の余裕が漂っていた。

似せるつもりはなかったが、私の自己紹介も同じようなものだった。もっとも、こちらは単に話すべきことがないだけだ。ただ、演技未経験です、と予防線を張るようなことは言わなかった。名倉に大見得《おおみえ》を切った手前、上っ面《うわつら》だけでも一人前のように振る舞いたかった。

全員の自己紹介が終わると、名倉はようやくワークショップの趣旨を説明した。

「十一月に、下北沢で『撃鉄《げきてつ》』という舞台をやります。台本はすでに完成していて、スタッフも固まっています。このワークショップは、『撃鉄』の出演者オーディションを兼ねています。途中、実際の台本も使いますが、内容についてはＳＮＳ等をふくめ、決して口外しないようお願いします」

チラシに書いてあった通りだ。参加者は無言だった。早く本題に入れ、と迫っているような沈黙だった。

「次に、ぼくの演出について説明させてもらいます。一緒に仕事をしたことがある方には退屈かもしれませんが、少し我慢してください」

名倉は参加者たちを見渡す。ようやくワークショップらしい話になってきた。

「ぼくのやり方は、メソッド演技を自分なりにアレンジしたものです。なので、そこにネガティブな意見を持つ方は受け入れにくいかもしれません。五感の記憶を呼び覚ますことが、ぼくの基本的な方針です」

多少は勉強してきたから、メソッド演技という言葉に聞き覚えはあった。たしか、役柄の感情を呼び起こすため、自分の記憶を活用する手法だ。怒る演技なら、猛烈に腹が立った記憶を再現する。死者を悼《いた》む演技なら、自分の親しい人が亡くなった時の記憶を呼び起こす。そんな感じ。漠然としかわかっていないため、自信はないし、できるとも思えない。

その後も、名倉はスタニスラフスキーなる古い演出家や、ブレヒトとかいう劇作家の言葉を織り交ぜながら、しばし自分の演劇論を語った。発言にいちいちうなずく参加者もいたが、基礎知識のない私にはほとんど理解できない。ただ、名倉のこの台詞だけは意味がわかった。

「役柄に没入する自分と、一歩後ろから冷静に見ている自分。その両方を成立させてほしいんです。ひとりの人間の身体を借りて、役柄と役者自身が同居している状態。そうすることで、観客は〈物語に入りこむ〉と同時に〈演劇を観ている〉という感覚を得ることができるんです」

——それって、当たり前じゃない？

口には出さなかったけど、本心ではそう思った。

私は私という役を演じている間、常にもうひとりの自分の視線を感じる。私という存在が二つに分裂している。当たり前のことだと思っていたが、名倉の話を聞いていると、どうやらそれは簡単なことではないらしい。

「役になり切ることだけが演技ではないんです。もうひとりの自分の目。これを常に意識しながら、演技に取り組んでもらえたら」

激しくうなずき、メモを取っている参加者までいた。そこまで感銘を受けるような言葉だろうか。役者の世界はよくわからない。一時間ほどで名倉は話を打ち切った。

「そろそろ身体をほぐしたいころですね」

名倉は三人一組になるよう指示した。

「組を作ったら、三人の間で見えないサッカーボールをパスし合ってください。順番に蹴《け》ってもいいですし、ランダムにやっても結構です。蹴り方も自由です」

参加者たちは数秒のうちに、三人一組になる。こういう指示にも慣れているようだった。突然奇妙なことを言われ、私ひとりが右往左往する。

「一緒にやろうか」

声をかけてくれたのは諏訪だった。感情の読めない顔で私を見ている。断る理由はなかった。別の参加者を入れて一組になる。

私たちは三人で透明のボールをパスし合った。諏訪はすでに経験しているのか、存在しないボールを蹴るのが実に上手かった。芝居もサッカーも経験がない私は、ただ足をばたつかせるだけだった。

名倉はスタジオを歩き回りながら、参加者たちの動きを観察している。顔を上げると、目が合った。

まずい。あたふたしている場面を見られた。大口を叩いたことを思い出し、また指先が震える。こんな序盤でつまずくなんて。

意図不明の指示は続いた。次は六人一組でパス回しをするように言われ、その後は二つのチームに分かれてドッジボールの試合をやった。ボールはあくまで架空のものなのに、試合は妙に盛り上がった。

——大の大人が集まって、なにをやってるんだろう。

途中虚《むな》しさに襲われたが、身体がほぐれたのは事実だった。頃合いを見て、名倉がまた参加者を集める。

「そろそろ、エチュードに移りましょうか」

エチュードの意味はわかる。即興芝居だ。いよいよ演技がはじまる。今度は四人一組になるよう指示された。

「四人で父親、母親、長男、長女を演じてください。実際の性別と役柄の性別は、違っても構いません。家族で食事をしながら、長女の就職祝いをしている場面です。その場で、父親役の方は会社をリストラされたことを打ち明けてください。その他のシチュエーションや性格などはおまかせします」

あまり心躍るシーンではない。はっきり言えば、地味な場面だった。

「打ち合わせの時間を十五分取ります。その後、順番に前に出て演じていただきます」

ではどうぞ、と告げられると同時に、俳優たちはすばやくグループを作る。またも乗り遅れた私は、当然のように諏訪から「やろうよ」と声をかけられた。他に男女一名ずつを入れて四人組になる。

「俺、父親でいいかな？」

車座になるなり、諏訪はすぐに言った。異論はない。

「長女やりたいです」

私はとっさに口にしていた。置いて行かれたくない、と逸《はや》る気持ちがそうさせた。役割は順当に決まり、他のふたりが母親と長男の役になった。

「長女の就職先はどうする？」

「えーっと、食品メーカーの事務職とか」

「長男の職種は？」

諏訪が順番に質問を投げかけ、他のメンバーはそれに答える形になった。完全に主導権を握られている。この光景を見られたら、リーダーシップのない人間だと思われるかもしれない。

いや、俳優にリーダーシップなんて必要ないのかも？

余計なことを考えているうちに、十五分の打ち合わせ時間は過ぎた。結局、各人の職業や年齢がざっくり決められただけだった。

「そこまで。では順番に発表してください。最初にやりたいチームは？」

即座に「はい」と手を挙げたのは諏訪だった。チームメンバーへの相談など一言もない。ぎょっとして振り返ったが、諏訪は平然としている。

「はい、そちらのグループですね」

あっさり名倉に指名された。

一番手を選ばず、様子を見たほうがよかったのではないか。非難のこもった目で諏訪を見たが、まったく意に介さない風情《ふぜい》だった。渡部が部屋の隅にあった円形のローテーブルを運んでくる。私たちは渋々、テーブルを囲んで座った。諏訪以外のふたりは目が泳いでいる。きっと私も同じだ。

「はじめてください」という名倉の合図と同時に、諏訪が朗《ほが》らかな笑みを浮かべた。

「いやいやいや」

そう言いながら、右手でなにかをつかむ真似をして、こちらへ突き出してくる。私がぽかんと見ていると、諏訪は怪訝そうな顔をした。

「なんだ。ビールって気分じゃないか？」

はっとした。諏訪がつかんでいるのはビール瓶だ。父親役として、娘である私にビールをつごうとしている。一瞬で役柄に入ったことに驚きつつ、あわててグラスを差し出す真似をする。

「ありがとう、お父さん」

「うん。とにかくよかった」

ここでも場を支配しているのは諏訪だった。諏訪は母親、長男と順に話題を振っていき、ふたりの役者はつられるように言葉を返す。知らず知らずのうちに受け身になっている。たぶん、傍《はた》から見れば諏訪の独壇場だ。それは困る。とっさに、テーブルの上に置かれている架空のビール瓶を手に取った。

「お父さん、もっと飲んでよ」

「ああ、悪いな」

くつろいだ表情で、諏訪が架空のグラスを突き出す。なにか言わなければ。ここで発言して、私が主導権を握る。

「お父さんは、これから仕事探すつもり?」

余裕のなくなった私は、そう口走っていた。一瞬、諏訪が硬い表情をした。長男役の人が「なんで?」と私に問う。

素に戻った私の口から「あっ」と声が漏れる。「これから仕事探すつもり?」という台詞は、父親がリストラされたことを知らなければ出てこない。諏訪はまだその話をしていないから、長女役の私が知っているはずがない。私の演技は矛盾していた。

全身から汗が噴き出す。長男役の人はまだ私の答えを待っている。やめてくれ。挽回《ばんかい》できないミスをしたことは、もうわかっているはずだ。

諏訪が咳払《せきばら》いをした。

「窓際なのは否定しないが、そこまで言わなくてもいいだろう」

その一言で、場が平静を取り戻したのがわかった。諏訪は私の先走った台詞を、職探しではなく、窓際社員への揶揄《やゆ》だと解釈してくれた。母親役の人が「からかうのはやめなさい」と私をたしなめ、「ごめん」と謝ってみせる。一応、芝居は成立した。

もう目立とうとはしなかった。エチュードは諏訪が先導するまま終了した。演技中に「あっ」とつぶやいたことを思い出すたび、顔が熱くなった。

「ありがとうございました。では次のグループ」

名倉は講評めいたことを一切口にせず、次々にエチュードをさせた。他のグループの即興芝居は、私たちよりずっと巧《たく》みに見えた。コメディ仕立てにして爆笑を取っているグループもある。私より演技が下手《へた》な人なんていそうになかった。

――場違いだ。

消え入りたい気分のまま、ワークショップ初日は終了した。荷物をまとめて逃げるようにスタジオを飛び出した。まだ日が残っている夕方の路上を、足早に駅に向かう。全員から笑われているような気がした。

代田橋のホームで電車を待っていると、「お疲れ」と声をかけられた。諏訪だった。他には誰もいない。さすがに無視するのは感じが悪いだろう。

「……お疲れさまです」

「今まで、こういうワークショップに参加したことない？」

横に立った諏訪は当たり前のように会話をはじめた。

「はい。迷惑かけて、すみません」

「いいこと教えようか」

諏訪は私ではなく、暗くなっていく空を見ていた。

「名倉さんはメソッド演技の支持者だ。もはや信奉の域に達してる。メソッド演技は役者に精神的な負担を強《し》いるのに、効果があるのをいいことに見て見ぬふりをしている。経験が浅いなら、名倉さんの舞台はやめておいたほうがいい。危険だ」

慰めるふりをして、他の参加者を蹴落とそうとしているのか。あるいは親切心からの忠告か。無表情な横顔からは、その真意を察することはできない。いずれにせよ、メソッド演技が危険だというのはピンと来なかった。

「そんなに危険なら、諏訪さんもやめておけばいいじゃないですか」

「やだよ。面白いもん」

子どもが駄々をこねるような言い方に、つい口元が緩《ゆる》んだ。

吉祥寺に着くまで、私たちは互いのことを話した。なりゆきで携帯番号まで交換した。諏訪は神奈川の出身で、今は中央線沿線に住んでいるという。パン工場で派遣社員として働きながら、舞台に出演しているらしい。小劇場では名前の知られている諏訪でも、別の仕事を持たなければ生活できない。それはあまり気持ちのいい事実ではなかった。

「そんなもんだよ、役者の世界なんて」

井の頭線の吊《つ》り革《かわ》につかまりながら、諏訪がぼやいた。

「もしかして、名倉さんも他の仕事持ってるんですか」

「いや。あの人、実家が太いから。残酷だよな。どこの家に生まれるかで、夢を追う条件も変わってくる」

淡々とした口ぶりの裏に、やるせなさが潜《ひそ》んでいた。

諏訪は俳優として成功することが夢らしい。その点、私は違った。私には夢なんてない。ただ、演じることで生計を立てたいだけだ。同じことを言っているようで、そこには明確な違いがある。

俳優という仕事への憧れがあるかないか。

肩書はどうでもよかった。ただ、他人の人生を生きたいだけだった。


二日目のワークショップは、冒頭で冊子を渡された。コピー用紙の束をホチキスで留めた冊子だった。名倉が説明する。

「お配りしたのは、『撃鉄』の台本をワークショップのために短縮化したものです。帰る前に返却していただきますが、必要に応じて書きこみなどをしてもらっても結構です」

初めて、本物の台本を目にした。指先に力が入る。

「今日のワークショップでは、この台本をもとに芝居をしていただきます」

まず、誰がどの役を演じるかが割り当てられる。昨日のエチュードと同じく、登場するのは男女ふたりずつの計四名だった。台本を読みこむ時間として三十分与えられ、その後演技に入る。何度か役を替えながら、これを繰り返す。

「本読みはしません。また、ぼくへの質問や確認は不可とします。登場人物の内面や状況などはすべて各自で読み取り、想像してください」

名倉はどんどん話を進める。実際の台本を使うせいか、まとっている空気が昨日よりも厳しい。照明の光を反射して、眼鏡のレンズが輝いた。

名倉は参加者たちを男女に分け、さらに二つに分割した。それぞれのグループに役が割り振られる。

「このグループのみなさんは、〈遠野茉莉子〉という人物を演じてください」

まだ台本には目を通していないが、私たちのグループに与えられた〈遠野茉莉子〉の名前は、登場人物一覧の筆頭に書かれていた。つまりは主役だ。

「今から三十分後、それぞれの役柄からランダムにひとりを指名して、前で演じてもらいます。台本を読みながらでいいです。では、どうぞ」

さっそく、周囲からページをめくる音が聞こえた。私もそれに倣う。

〈遠野茉莉子〉の出番は冒頭からあった。台本は〈池田良《いけだりよう》〉という男性との会話のシーンからはじまる。

ラブホテルの一室。舞台の中央にはダブルベッドがある。先に遠野が上手《かみて》から登場し、ベッドに倒れこむ。その後ろから来た池田は上着を脱いで、ネクタイをほどく。

遠野　ねえ。するの?
池田　なにを?
遠野　これから。
池田　しないつもりなのか?
遠野　違う。そっちにする気があるか、質問してる。
池田　なければこんなところ、来ない。

池田は遠野の隣に腰を下ろして髪を撫《な》でる。遠野はその手を振り払う。

遠野　触らないで。
池田　ごめん。
遠野　今日はこっちの手順でやらせてほしい。
池田　わかった。わかったから。

台本を読みながら目まいを覚えた。はっきりと口にしていないだけで、このふたりは明らかに男女の関係にある。そして、これからこの部屋で行為に及ぼうとしている。未経験の私にもそれくらいはわかる。

失敗した、と思った。行為そのものを知らないのに、どうやって演じればいいのか。やっぱり地元で経験しておくんだった。相手なんて誰でもよかった。

その後、遠野は池田の手足を縛りたいと言い出す。池田は渋るが、遠野は容赦なくベルトで手首と足首を拘束し、ベッドに寝かせる。それから、スマホの録音機能をオンにする。以後の会話や物音はすべて記録する、と言い出す。池田は動揺を隠せない。

物語は思わぬ方向へ動き出した。

舞台上に扉をノックする音が響く。

遠野　**入って。**

男Ａ、女Ａが登場。池田はさらに動揺する。

池田　**おい。誰なんだよ、こいつら。**

遠野　**する気があるんでしょう？**

池田　はっ？

遠野　懺悔《ざんげ》。してくれるんでしょう？

状況が呑みこめないまま、舞台は進む。男Aは懐《ふところ》から拳銃を取り出し、遠野に手渡す。受け取った遠野は、拘束されて身動きがとれない池田のこめかみに銃口を向ける。

池田　やめろ！

遠野　安心して。モデルガンだから。

池田　……なに？

遠野　よくできてるでしょう。実弾は入っていないから。

池田　……。

遠野　（舞台に金属音が響く）今、撃鉄を起こした。

池田　おい。やめてくれ、頼むから。

遠野　だから、モデルガンだって。

遠野はモデルガンを手にしたまま会話を続ける。徐々に、池田が遠野の弱みを握って、性的関係を強要していたことがわかってくる。男Aと女Aは、その間も池田に侮蔑《ぶべつ》的な視線を送り続ける。

徐々に、遠野と池田の過去も明らかにされる。かつて池田は複数の女性との性行為を映像に収め、許可なく売っていた。遠野は謝礼ほしさに池田と女性を引き合わせていた、いわば共犯者であった。罪の意識を感じながらも隠し撮りへの加担を続けていた遠野だが、被害に遭った女性のひとりが自殺したことを知って、池田と縁を切ろうとする。しかし逆に「バレればお前も捕まる」と池田に脅され、遠野自身も関係を強要されたのだ。

後半では、遠野が連れてきた男女の正体が明かされる。ふたりはそれぞれ、自殺した女性の夫と姉だった。

男A　許してほしければ、償《つぐな》ってくれ。
池田　うん。わかった。罪は償う。約束する。
男A　どうやって償う?
池田　あの……。
男A　償えないよ、お前には。

女A、拳銃を取り出して池田に向ける。

舞台に金属音が響く。次の瞬間、発砲する音。池田は絶命する。

遠野　（モデルガンを取り落とし）えっ？

女A、今度は遠野に銃口を向ける。

復讐《ふくしゅう》を主導していた遠野だが、ここで状況が変わる。池田は死に、今度は遠野が命を狙われる。男Aと女Aは、最初から主犯の池田だけでなく、共犯の遠野も殺すつもりだった。突然弱い立場へと変わった遠野は、一転して男女に命乞《いのちご》いをはじめる。
三人の会話が続き、やがて男女は納得したようなそぶりを見せる。安堵《あんど》した遠野が背中を向けたところで、最後の台詞が放たれる。

男A　ところで、あなたには人殺しとして生きていく覚悟がありますか？

暗転。舞台に再度、撃鉄の金属音が鳴り響く。

洟《はな》をすする音がして振り向くと、後ろにいた女性が号泣していた。台本を読んで泣いてしまったようだ。参加者たちの反応は人それぞれだった。目を閉じて腕を組む者。ぼうっとした顔で天井を見上げる者。両手で頭を抱えている者。自然体で台本に視線を落としている者。
最後まで読み終えた時点で、時間はほとんど残されていなかった。台本の読み方に慣れていないせいか、想定より手間取った。私は焦りを自覚していた。遠野茉莉子という人物を理解するどころか、物語の筋を頭に入れるので精一杯だ。

台本のページを行ったり来たりして、重要だと思うポイントをチェックする。

犯罪に加担していた罪悪感。池田への憤《いきどお》り。男女が実銃で発砲したことへの混乱。裏切られた絶望と、死を免《まぬが》れたことへの安堵。

——無理だ。

これほど劇的な感情の引き出しを、私は持っていない。諦めきれずに台詞を目で追うが、一文も頭に入ってこない。

「はい、ここまでです。いったん本を閉じてください」

一斉に冊子が閉じられる音で、スタジオの空気が引き締まった。試験開始直後、問題用紙を表に向けた時のような緊張感。

「さっそく芝居に入りましょうか」

名倉は気負いのない雰囲気で、次々に参加者を指名した。私は一番手で呼ばれなかったことに安心する。そして、自分の自信のなさに幻滅する。

四人の参加者がスタジオの片側に集められ、名倉や他の参加者は反対側に集まった。ダブルベッドや拳銃、ベルトといった小道具は用意されていない。ノックの音や撃鉄の音など、効果音だけは舞台監督の渡部がスマホで流すことになった。

「じゃあ、いきましょう」

パイプ椅子に腰を下ろした名倉が、芝居の開始を宣言した。四人の男女がそれぞれの立ち位置に分かれる。中央へと歩み出た遠野役の女性が床に倒れこみ、その後ろから池田役の男性が続く。台本で見た通りのやり取りが、目の前に立ち現れる。

女性による遠野の演技は、私が想像していたよりもずっと色気があった。声色は低く、落ち着いている。手に持った台本を読みながらではあるが、台詞もスムーズだ。反射的に、上手い、と思わせられた。ただでさえ底を尽きそうな自信が、さらに目減りしていく。

ラストシーンが終わると、撃鉄の音が鳴る。一連の芝居が終わると同時に、名倉はすぐさま「遠野役の方」と声をかける。

「全体的に上滑りしていました。たとえば、髪を触られて振り払う動作が軽すぎる。観客にはじゃれあっているようにしか見えません。会話のテンポもよすぎる。漫才の掛け合いではないですから。するの、なにを、これから、という台詞のやり取りにふくまれた過去を、間《ま》や表情で立ち上げてください」

場の空気が一変した。これまで穏やかだった名倉が、本腰を入れて指導をはじめた。本性《ほんしょう》を現した感がある。女性は唇を噛《か》んで、長々と続く名倉の言葉にひとつひとつうなずいていた。

「冒頭、もう一度お願いします」

名倉の指示に従い、遠野役と池田役のふたりが再び演じる。二、三分の短い芝居だったが、明らかにさっきよりも空気が濃密になっている。それでもまだ名倉は満足しない。

「五感の記憶を使ってください」

椅子から立ち上がった名倉は、両手を広げた。

「この場面で遠野茉莉子は、復讐心をひた隠しにしている。根底に強い怒りがある。人としてのあなた自身の、怒りの記憶を掘り起こしてください。殺してやりたいと思うほど誰かを憎んだことがあれば、その時の感情を招喚《しょうかん》してください」

女性の顔に、わずかだが困惑の色が浮かんだ。

「そんなに……殺してやりたいなんて思ったこと、ありません」

「なら、近い感情で結構です。場面と完全に合致する感情の記憶なんて、なくて当たり前ですから。ただ、あなたが強烈な怒りを覚えたことはあるはずです。その時の呼吸、空気の震え、体温、視界の狭さ、聞こえる音。五感の記憶すべてを活用して、演技に反映させてください」

女性は「はい」と応じたが、表情は曖昧《あいまい》だった。一方、私には腑《ふ》に落ちる感覚があった。そんなことでいいのか、とすら思った。

その後も何度か芝居をやり直していたが、名倉は最後まで納得できないようだった。

「ありがとうございました。ここまでにしましょう。では、次の組み合わせ」

二番目の遠野茉莉子に指名されたのは、私だった。

名倉が池田役を指名しようとした寸前、諏訪が「すみません」と挙手した。

「次、やらせてもらえませんか」

名倉は「どうぞ」とあっさり了承する。

諏訪が立ち上がりながら、こちらを横目で見たのがわかった。明らかに、彼は私を侮《あなど》っている。エチュードの経験から、私が相手役なら自分が芝居の主導権を握れると確信している。だから、このタイミングで手を挙げたのだ。

——舐めるなよ。

闘争本能に火がつく。身体の内側で、演者としての私が膨張していく。自信のない素の私を呑みこんで、すっかり入れ替わってしまう。あの時と同じだ。高校の担任を前にした時。名倉に直訴《じきそ》した時。その場に適応するため、冷めた私は後退し、代わりに別の人格が前に出てくる。それは拳銃の撃鉄を起こすのに似ていた。ストッパーが外され、私は発砲可能な状態へと変貌《へんぼう》する。

「いきましょう」

名倉の合図で、舞台ははじまった。

最初に登場するのは私だ。存在しない架空のベッドに飛びこむ。後ろから諏訪——池田がついてきて、ネクタイをほどく。私はのそりと起き上がり、優越感を滲ませた池田の顔を見上げる。

「ねえ。するの?」

「なにを?」

「これから」

「しないつもりなのか?」

会話は自然に流れる。演じる私を見て、もうひとりの私は思う。エチュードの時とは別人みたいだ。足を組んだ私は、遠野茉莉子そのものだった。隣に座り、髪に触れた池田を突き飛ばす。

頭のなかでは、小学生のころの「おしりタッチ」が蘇っていた。あの瞬間の嫌悪感や反射的に身体が動く感じを、鮮明に思い出した。尻餅《しりもち》をついた池田は、あまりの勢いに毒気を抜かれながら「ごめん」と言った。

――主導権は握らせない。

場を支配しているのは私だ。遠野茉莉子だ。ここはラブホテルの一室だったか、それともスタジオだったか。どちらでもいい。この男の運命は私が決める。

やがてふたり組の男女が現れる。状況を呑みこめない池田に、私は告げる。

「懺悔。してくれるんでしょう？」

池田の姿に、複数の男たちが重なる。「おしりタッチ」の事実を都合よく忘れた同級生。卑猥な言葉を投げかけてきた中学の教師。力ずくで行為に及ぼうとした男子たち。怒りで身体が震える。私は彼らに、涙を流して懺悔してほしかった。今すぐに。

架空のモデルガンを池田に向ける。

「やめろ！」

拘束された男たちが必死に抵抗するさまは、見ていて気分がよかった。これは報《むく》いだ。自分たちのしたことに責任を取らず、忘却してしまう彼らは罪人だ。

じきに罪が暴かれ、男女は池田を射殺してしまう。状況が理解できないうちに、今度は私に銃口が向けられる。男たちの姿は霧のように消える。

代わりに現れたのは、母だった。

部屋着の母が、握りしめた拳銃を私に向けている。恐怖で自然と涙が流れる。

「許して……」

台本にない台詞が勝手に口からこぼれる。

「お願い。私は悪くない。だから殺さないで」

ひとりでに言葉が溢れ出る。男女は戸惑っているようだが、ひとまず台本通りに話を進めてくれた。一度は罪を許され、私は安堵する。しかし最後に男が、いや、母が銃を向ける。

「ところで、あなたには人殺しとして生きていく覚悟がありますか？」

あるわけがない。母が死んだのは、私のせいじゃない。母を憎んでいた。けれど、私が殺されるいわれはない。しかし無情に、撃鉄を起こす音は鳴る――。

舞台は終わった。

スタジオに暗転はない。まばゆい照明を浴びながら、私は仁王立ちしていた。全身が汗でぐっしょりと濡れている。激しい動きはしていないはずなのに、肩が上下するほど呼吸が荒かった。

「遠野茉莉子さん」

名倉だった。さっきは「遠野役の方」と呼んでいたはずだが、たしかに「遠野茉莉子さん」

と呼んだ。

「……はい」

「演技をしながら、なにを思い出していましたか？」

前のめりになった名倉は、私を見据えていた。人ではなく、人型のロボットでも見るような視線だった。

「いろいろと……性被害のこととか……母親のこととか……」

「つらくはありませんか？」

「つらいです。とっても」

積極的に振り返りたくはない記憶ばかりだった。できることなら忘れていたい。でも、だからこそ、心の底から怒りや憎しみや恐怖が湧き上がった。これが名倉の指導に対する、私なりの解釈だった。

「最悪の気分ですか？」

「最悪です」

「すばらしい」

その瞬間、名倉は満面の笑みを浮かべた。楽しいおもちゃを見つけた少年のように、無邪気な笑顔だった。名倉敏史という人間の本性が露《あら》わになり、ホームで諏訪に言われたことの意味がわかった。

この人は、悪魔だ。

「ありがとうございました。この組は以上で結構です」

演じ直しをさせられることもなく、私たち四人の芝居は終わった。諏訪の横顔は悄然《しょうぜん》としている。見せ場を横取りされたとでも思っているのだろうか。私は鼻を鳴らす。飛びこんできたのはそっちのほうだ。

参加者たちが怯《おび》えたような顔でこちらを見ている。豹変《ひょうへん》した私を見て、驚きよりも恐れが勝ったらしい。

その時、役者にできることはふたつにひとつだと悟った。狩るか、狩られるか。周囲の役者に拮抗《きっこう》する実力を持っていない者は生き残れない。舞台の上で惨《みじ》めな姿をさらすしかない。

私は絶対、狩る側に回る。

身体の内側で、撃鉄を起こす音がした。


ワークショップが終わった直後、名倉に呼び止められた。

「少し残ってくれますか」

他の参加者はいなくなり、舞台監督も去り、スタジオにはふたりだけが残された。私と名倉は長テーブルをはさみ、向き合ってパイプ椅子に座った。大きな鏡に、対峙《たいじ》する私たちが映っている。

名倉は眼鏡の奥の目を細めた。

「〈いずれ〉を〈今〉にします」

その言葉は、下北沢のカフェバーで名倉へ直訴したことへの回答らしかった。

「どういう意味ですか」

「遠野茉莉子の役は、あなたに演じていただきます」

名倉は淡々と言う。そこには仰々《ぎょうぎょう》しさも、恩着せがましさもなかった。

「あなただけ、一目見て演技が異質だった。他の演者はこれから決定しますが、遠野役だけは迷う余地がなかった。他には考えられない」

「ありがとうございます」

どう応じればいいかわからず、軽く一礼する。私は舞い上がることもなく、落ち着いていた。さほど心を動かされなかった理由はわかっている。私の視線は出演の是非ではなく、すでにその先にあるステージの上へとそそがれている。

あまりに落ち着き払っていたせいか、名倉は苦笑した。

「当然、という感じですか？」

「否定はしません」

「……ぼくもね、見てもらえばわかる、というのが事実になるとは思わなかった。ああいうのは九分九厘《くぶくりん》ハッタリですから」

その通り。あれはハッタリだった。私は自分の実力もわからないまま発言していた。ただ、演じたいという欲求しかなかった。

「名倉さんにひとつ、尋ねてもいいですか」

「どうぞ。演出プランでも、なんでも」

「どうして私をワークショップに呼んでくれたんですか？」

ずっと不思議だった。何者かもわからない私を、名倉はなぜ招待してくれたのか。あの短いやり取りのどこに、その理由が潜んでいたのか。名倉は長テーブルを指でとん、とん、と叩いていたが、じきにぴたりと止めた。

「あの時のあなたは、よくいる役者志望者とは微妙に違う空気を持っていた。具体的に言うなら、〈役者志望者を演じている人〉という感じがした」

図星だった。あの時たしかに、私は場にふさわしい役柄を演じていた。

「普通はまず役者になりたいという野望があって、そのために演技を磨く。でもあなたはそうじゃないと感じた。はじめの動機の部分で、演じたい、という欲求がある。あなたの目的は役者になることではなく、演技をすることそのものにある。そこが面白いと思ったから、試しに呼んでみた」

やはり、名倉敏史は悪魔だった。この男は、自らの野望と心中してくれる人間を嗅《か》ぎ分けることができる。

「ぼくは、豊かな人生経験のない俳優に豊かな演技はできないと思っている。自分が経験した以上のことを、人は演じられないから」

「……」

「あなたは記憶の引き出しを上手に開け閉めすることができる。あとは、その中身を豊かにするだけです。経験してください、あらゆることを」

そして、もっと面白いおもちゃになってください。口にしていないはずの名倉の声が、鼓膜の奥で響いた。

気が付けば、私はスタジオ前の路上にいた。なにを話して、どうやって外に出たのか記憶になかった。まあ、いい。遠野茉莉子を演じることが決まった。それだけ覚えていれば、十分だ。

どこからか、蝉の鳴き声が聞こえた。まだ六月だというのに気が早い。しつこい求愛の訴えが、神経を逆《さか》なでする。苛立《いらだ》ちを覚えながらも、私はこの感情が使えることに気が付いた。

『撃鉄』は性加害と性被害の物語だ。遠野茉莉子を演じるなら、やはり私は体験しておかなければならない。死ぬほど嫌悪している、男との交わりを。それによって、私は遠野茉莉子に肉薄できる。性を憎み、性に翻弄される女性を演じられる。

想像するだけで額に脂汗《あぶらあせ》が滲む。それでも迷いはなかった。

立ち止まり、スマホで昨日登録したばかりの諏訪の番号を呼び出す。相手はすぐに出た。

「……もしもし？」

「お疲れさまです。今日はありがとうございました」

諏訪は気まずそうに「ああ」と言った。私だけ居残りを命じられたことを、諏訪は知っている。

「役、もらえた？」

「はい。諏訪さんに助言してもらったおかげです」

「なにもしてないよ」

拗《す》ねたような口ぶりだった。

「よかったら、ふたりでごはん食べに行きませんか。お礼したいんで」

心にもないことを口にした。諏訪は「ああ、そうね」とあまり興味のないような反応だったが、上《うわ》ずった声には下心が見え隠れしていた。高校生のころに卑猥な視線を送ってきた男子生徒と同じだ。一時間後、諏訪の家の近くにある居酒屋で会うことになった。

「楽しみにしています」

通話を終え、再び歩きだす。

楽しみにしている、というのは嘘じゃなかった。今夜、私は別人になる。遠野茉莉子そのものになるのだ。それを思えば、ベッドでの苦行も耐えられる。

湿った空気が肌にまとわりつく。つがいの相手を求める蟬が、いつまでも鳴いていた。

幕間

舞台上の名倉は涙ぐんでいる。

名倉は長々と、私との来し方《こしかた》を話していた。下北沢での出会いから、『撃鉄』のオーディション、彼が信奉するメソッド演技。主役の名にちなんで〈遠野茉莉子〉という芸名を名乗りはじめたことまで。

「茉莉子に演技を指導したのはぼくです」

切羽詰まった表情の名倉が、口の端《は》から唾《つば》を飛ばした。

「ぼくだけが彼女の師だと言うつもりはない。そこまで思い上がってはいません。ただ、役者になるきっかけを作ったのはぼくだし、節目の公演では必ず彼女の力を借りた。最も濃い関係にあった劇作家はぼくだという自負があります」

私としても、異論はない。

遠野茉莉子という役者にメソッド演技を叩《たた》きこんだのは彼だ。取材でも、最も影響を受けた劇作家を問われれば名倉敏史だと答えてきた。彼がいなければ、五感の記憶を活用した演技にはなっていなかった。

「だからこそ、茉莉子の死には責任を感じています。実質的に、遠野茉莉子を殺したのはぼくなんですから」

感傷的な沈黙は「ちょっといいですか」という声で破られた。声の主は蒲池多恵だった。

「黙って聞いていたけど、なにが言いたいのかわかりません。名倉さんは思い出話をするために私たちを集めたんですか？　さすがに迂遠《うえん》すぎる。いいかげん、その意味深な台詞《せりふ》について説明してくれますか？　遠野茉莉子を殺したのはぼくだ、っていう」

「……すみませんが、俺も同意見です」

舞台監督の渡部が挙手した。長い付き合いの彼は、名倉に意見できる数少ないスタッフのひとりだった。

「名倉さんの話が要領を得ないのはいつものことですけど、今回は人が亡くなっているんです。順序立てて話してもらわないと、こっちも冷静に聞けないですよ」

名倉はそういった抗議にいちいちうなずいた。

「失礼。言いたかったのはこういうことです。ぼくは茉莉子にメソッド演技を教えた。だから彼女には、舞台上で感情を表現するには、そのもととなる現実を役者自身が体験しないといけないという考え方が染《し》みついていた。そこは、渡部くんにも同意してもらえると思う」

渡部がうなずいた。彼もまた、私の芝居を近くで観《み》てきた人間だ。

「名倉さんの指導を受けた俳優は、多かれ少なかれ同じ傾向にあります」

「茉莉子はその最たるケースだった。傷ついた女性を演じるために、現実でも自らを傷つけた。怒りを表現するために、現実でもやるせない状況へ自分を追いこんだ。それが今回の演目では仇《あだ》となった」

客席の面々はまだ怪訝《けげん》そうな顔をしている。しかし私には、名倉の言いたいことがわかってきた。

「茉莉子の役柄は幽霊、つまり死者だった」

やはりそうだ。私は誰にも見えない微笑を浮かべる。

「死者を演じるにあたって、最も忠実な体験はなにか。それは自分自身が死ぬことです」

客席から笑い声が起こった。蒲池が口の端を曲げ、露悪的に笑っている。

「まさか遠野茉莉子は幽霊を演じるために、幽霊になったと言いたいんですか？」

「ぼくはそう考えています」

名倉は真剣だったが、蒲池は鼻で笑った。

「バカバカしい。死んだら演技もなにもないでしょうに」

「彼女自身、必ずしも死ぬとは思っていなかったんじゃないでしょうか。高さ三メートルの奈落への転落は、確実に命を落とす、とまでは言えないものです。生き残る可能性も十分あった。茉莉子はそこに賭《か》けたんだと思います。死の淵《ふち》の際《きわ》を覗《のぞ》きこむために奈落の底へ身を投げた。結果、賭けに負けて命を落とした」

名倉は一呼吸置いて、視線を引き付けた。

「彼女を殺したのはぼくです。ぼくの教えこんだ演劇理論が、茉莉子を死へと誘《いざな》った」

今度は、誰もなにも言わなかった。名倉の推測の妥当性を吟味しているかのような沈黙だった。宮下劇場は静まりかえっている。傍《はた》からその模様を見ている私には、退屈な時間が続いた。

「それはないと思います」

小さいが、はっきりとした声で発言したのは城亜弓だった。名倉は眼鏡《めがね》越しに、肩をすくめている彼女を見た。

「なぜ？」

「九死に一生を得たとしても、重傷は間違いないですよね。下手《へた》をすれば、二度と治らない後遺症が残るかもしれない。茉莉子さんは舞台に立つことをなによりも優先する人でした。そんな人が、重傷のリスクを負ってまで奈落へ飛び降りるとは思えません」

城は確信に満ちた口ぶりで言う。

「名倉さんの推測は的外れです」

名倉は焦らない。真正面から否定されても、動揺する気配はなかった。

「では城さんは、あれが事故だと考えているんですね。些細《ささい》な怪我《けが》にも注意していた遠野茉莉子が、奈落の位置を見誤って足を踏み外したのだと？」

城は即答しなかった。

彼女も迷っているのだろう。遠野茉莉子が奈落に落ちたのは不測の事態だったのか、それとも意図した行動だったのか。それは、私を知る人であるほど難しい問いだった。

空調がようやく効きはじめてきたのか、みなの顔に浮いていた汗が引いている。しかし城だけは額《ひたい》に脂汗《あぶらあせ》を滲《にじ》ませていた。彼女は絞り出すように言葉を口にする。

「あれは事故です」

それが彼女の結論だった。

「茉莉子さんにとって、演じることは人生そのものでした。間違っても死ぬ可能性があるようなことはしません」

黒目がちな彼女の双眸《そうぼう》は、まっすぐ名倉に向けられていた。ふたりの視線は互いに物語っている。

——お前に、遠野茉莉子のなにがわかる?

私は、名倉や城の人生を好転させたのか。それとも食いつぶしたのか。ふたりのなかには、それぞれ異なる遠野茉莉子がいる。それは、私がずっと誰かを演じてきたからだ。私の本当の顔を知っている人は、どこにもいない。

私が幽霊になった理由を知る人も。

第二幕

別れよう、という言葉がすぐには理解できなかった。

目の前の男が見知らぬ誰かに見えてくる。聞き慣れているはずの声が遠く、見慣れているはずの顔がぼやけている。

数秒後、私は自分の置かれた状況を認識する。私が座っているのは吉祥寺の商店街にある喫茶店のソファ。正面に座っている男性は一歳上の恋人。知人の劇団員の紹介で知り合った、中堅商社の営業部に勤める会社員。フリーターで日銭を稼ぎながら役者をやっている私より、よっぽど安定した職についている。

恋人は思い詰めた顔つきでテーブルの一点を見つめていた。どうやら聞き間違いではないらしい。

「……なんで？」

おずおずと切り出すと、恋人は目尻《めじり》を吊《つ》り上げて私を見た。

「お前と付き合ってると、どこに本心があるのかわからない。気味が悪い。どこまでが素《す》で、どこからが演技か区別がつかない」

返す言葉に詰まった。

「演技なんて……」

「してるよ。無意識かもしれないけど。喜んでるふり、楽しいふり。女優だからって……俺がわからないと思ってたのか？」

隣の席の女性ふたり組が、ちらちらとこちらを見ている。私は他人に見られていることを意識しながら、「そんなことない」と声を潜《ひそ》めた。しかし恋人は構わず大声で言い募る。

「なら、なんで俺と付き合おうと思ったの？」

「えっ？」

動機ははっきりしている。私は女性らしい喜びが知りたかった。同年代の女性なら、きっとみなが知っているはずの喜びの感情を。

私には、喜びの体験が欠けている。皆無であると言ってもいい。それはここ二、三年抱き続けている、役者としての悩みであった。

私の芝居は、メソッド演技と呼ばれる手法に基づいている。生活の上の実体験を、舞台の上で再現するのだ。悲しむ場面であれば悲しかった記憶を、苛立《いらだ》つ局面では苛立った記憶を自在に引き出す。そうすることで、真に迫る演技を披露できる。

しかし私には、喜びを表現するための記憶がなかった。どれだけ記憶をひっくり返しても、心から喜びを感じた瞬間が見当たらなかった。舞台では、喜びを表現することをたびたび求められる。片思いの相手から愛を告げられた時、愛する人との子を授かった時、などなど。それなのに、私の身体《からだ》のどこを探しても、女としての喜びが見つからない。

私は喜びを感じるため、幾人かの異性と交際してきた。世間並みに男性と交際すれば、いずれ女の喜びというものがわかるはずだと思っていた。

アウトローな遊び人とも、真面目な勤め人とも付き合ってみた。恋人がいることで楽になる面もあった。独り身だとお節介な知人が男を紹介しようとしたり、眼中になかった異性から唐突なアプローチを受けて困惑したりすることがある。そういう意味では、付き合うことにメリットはあった。

けれど誰が恋人になっても、喜びの感覚を得ることはできなかった。なんとなく上《うわ》っ面《つら》だけで調子を合わせているような感じがして、一緒にいるとむしろ気疲れする。それは目の前にいる彼も同じだった。

「なんで、って……好きだからに決まってる」

私は嘘《うそ》をついた。本当は、好き、という感情すらいまだにわからなかった。かけがえのないたったひとりの相手。運命の人。恋人にそんな感情を抱いたことはなかったし、これから先も抱くとは思えない。

でも、この場面ならそう答えるのが普通なんだと思う。私の反応は間違っていなかったはずだ。それなのに、恋人は首を横に振る。

「それが本音かどうかわからない」

「ひどい。本音かどうかなんて、証明しようがないのに」

「別に証明しなくていい。たぶん、俺が疑いはじめた時点で終わってるんだよ。恋愛ってふたりでするものだろ。どっちかが相手を信じられなくなったら、終わりにしたほうがいいと思う。証明とかなくても」

そうなんだろうか。それなりに恋愛を経験しているはずなのに、私はいまだに恋愛がどういうものかわからない。隣席のふたり組はひそひそと話していた。そのふたりに声をかけて、今すぐに訊《き》いてみたい。彼はああ言っているんですけど、普通はそうなんですか？

「ごめん。俺は無理だわ。別れてくれ」

生真面目《きまじめ》に頭を下げる恋人のつむじを見ながら、もう修復することはできないんだろうと悟った。いつもこうだ。付き合いはじめて数か月経《た》つと、向こうから別れを切り出される。今回も同じだった。

「なにがよくなかったの？」

顔を上げた彼に正面から尋ねてみた。つらく当たったり、無茶な要求をした記憶はない。下品な態度も、過剰な浪費もない。もはや元恋人になりつつある彼は、しばし目を閉じてから答えた。

「いつも、うっすら嘘をついてる感じがする」

その言葉に偽《いつわ》りがないことは、彼の気まずそうな表情を見ればわかる。

そうか。私はいつも、うっすらと嘘をつきながら暮らしているのか。

でもそれって、他の女性も同じなんじゃないだろうか？


翌朝、浅い眠りから目が覚めた。

カーテンの隙間《すきま》から見える四月の空はまだ暗い。布団《ふとん》のなかでぐずぐずと再入眠を試みるが、眠気は一向に訪れない。諦めて、部屋の照明をつけた。ＬＥＤの蛍光灯が室内をしらじらと照らし出す。洗ったけれど畳んでいない洗濯物。未整理の領収書。空《から》の段ボール箱。

五年前に住みはじめた吉祥寺の女性限定アパートに、私は今も住み続けている。のっそりと布団を抜け出し、シャワーを浴びる。寝不足のせいで頭が重い。シャンプーを使って、中身がなくなりかけていることに気が付く。詰め替えを買わないと。それと、柔軟剤も。めんどくさい。

もうすぐ二十四になるというのに、私はまだ「生活」に慣れていなかった。

日用品を買いそろえて、掃除や洗濯をして、料理をして食べて、規則正しく働いて、眠る。そういう当たり前の「生活」がこんなにも難しいことだなんて、ひとり暮らしをするまで知らなかった。

シャンプーや洗剤はしょっちゅう切らすし、自炊は一か月近くやっていない。日雇いのアルバイトは場所も時刻も毎回違うから、リズムも不規則になる。なにより、眠るのが下手《へた》になった。最近は三、四時間しか続けて眠れない。かといってショートスリーパーでもないから、日中、異常に眠くなる。そこに生理の周期が重なると指一本動かせなくなる。

普段の「生活」では、他人を演じることができない。与えられた役柄ではない、素の自分として生きなければならない。それがたまらなくめんどくさい。台詞《せりふ》も挙動も、全部自分で決めないといけない。

演技をしている間だけ、私は生き生きと動くことができた。劇場に「生活」は存在しないから。

浴室を出て、バスタオルで髪を拭《ふ》きながらリモコンでテレビのチャンネルを変えていく。通販番組、ニュース番組、ゴルフの中継。どれも興味が湧かなかった。ふと、昔人気だった時代劇が映し出される。そこでチャンネルを止めた。

人相の悪い侍が、町娘をさらっていた。そこに鮮やかな衣装を着た青年が現れ、一刀の下《もと》に悪党を切り伏せた。全裸のまま一連の演技を観《み》ていた私の心はかゆみを覚える。肌の上を虫が這《は》うような、言いようのない不快感だった。

俳優たちが、役柄を生きていないからだ。

テレビの時代劇は、上手《じょうず》な演技を見せることが目的ではない。大事なのはそれっぽさだ。舞台演劇とは求められる芝居の質が違う。でも、それを差し引いても、出演者たちの演技は大《おお》仰《ぎょう》すぎた。役者自身の体験に基づいていない、借り物の演技だった。これでは役柄を生きる快楽を得られないのではないか、と不安になる。

それとも私は、根本的な思い違いをしているのだろうか。

あらためて、散らかった部屋を見回した。そこには逃れようのない現実があった。管理費込みで月四万六千円のワンルームが、私の小さな根城《ねじろ》だった。

遠野茉莉子は、勢いのある若手俳優として舞台ファンたちに認知されつつあった。思い上がっているわけではない。私を目当てに劇場へ来る観客が増えていることは、アンケートやネットの評判から明らかだった。この二、三年はオファーをもらって出演する機会も増えた。

それでも、世間的にはテレビの時代劇に出演する役者たちのほうがよほど成功したといえる存在であり、小劇場でくすぶっている私は一人前未満ということになるのだろう。いまだに月の半分は日雇いで働いていた。父親からの仕送りは一年前に打ち切られた。

別の誰かを演じることを、生業《なりわい》とする。それが役者を目指した動機だった。それなのに、私は演技で食べていくどころか、演技のためにしたくもないアルバイトを続けていた。役者になってもうすぐ五年が経つというのに。

安物の下着だけ身につけて、ベッドに寝転がる。今日は来週の舞台の稽古《けいこ》だ。十時までに幡《はた》ケ谷《がや》の稽古場に行けば間に合う。スマホをいじっていると、女性向けサイトの記事が目についた。

〈四月は体調を崩しやすい時期！〉

記事によれば、四月は気温や湿度の変化が大きいだけでなく、進学や就職、異動など、環境の変化も起きやすい時期だという。心身の疲れが溜《た》まりやすく、だるさが続いたり、不眠になったりすることもあるらしい。

もしかすると、最近の不調は春のせいなのだろうか？

いや、違う。

俳優として大成できないことへの焦り。経済的な不自由さ。学歴も職歴もないことへの不安。そうしたものがいっしょくたになって襲いかかってくるせいだ。

まだ、足りないのか。私の演技は未熟なのだろうか。

役者として未熟なのであれば、それは人生経験が乏《とぼ》しいせいだ。私のなかに、まだ十分な喜怒哀楽が蓄積されていない。魂がひりつくような体験がほしい。


幡ヶ谷の稽古場に着いたのは十時前だった。

昔、打ち上げでベテランの俳優から「幡ヶ谷に住むと売れる」という噂《うわさ》を聞いたことがある。その場にいた別の誰かが「それは眉唾《まゆつば》」と突っこんだが、本人は「劇場がある新宿や渋谷が近いから、終電を気にせず稽古できる。だから売れるんだ」と力説していた。その説が正しいなら笹塚《ささづか》でも初台《はつだい》でもいい気がするけど、なぜか幡ヶ谷でないといけないらしい。もしかしたら、そのベテラン俳優自身が幡ヶ谷に住んでいたのかもしれない。芸歴は立派だが、売れているとは言いがたい人だった。

スタジオにはすでにほとんどの演者がそろっていた。足を踏み入れた私を、みなが意識したのが気配でわかる。たとえこちらを向いていなくても、他人の注意が自分に向けられているかどうかは察知できるようになった。

この舞台の準主役であり、唯一の客演である私は、異物として扱われていた。稽古がはじまるまで、スタジオの隅《すみ》でじっと待つ。楽しげに雑談している他の団員たちは、私に目もくれない。私もその輪に入りたいとは思わない。

この日は通しの立ち稽古だったが、演出家はしきりに演技を止め、「もっと動け」という指示を出した。他の俳優たちは言われるがまま、大仰に手を振り、足をばたつかせ、くどい表情で台詞を口にしている。それを見て演出家はまた怒る。

私の出番が来た。私の解釈では、オーバーに動け、という指示ではない。観客席から観た時に適切な理解ができるように動け、と言いたいのだろう。

ひとしきり演じた後で、演出家がまた止めた。

「今の感じ、いいですよ。他の人も遠野さんを見習って」

役者たちは黙りこみ、稽古場がしんと静まり返る。その静寂には妬《ねた》みや不満、怒りや絶望がこめられている。負の感情でできた剣山の上で、私は芝居に没頭する。そうしていれば気まずさを直視せずに済む。

休憩中、ロビーの自販機で飲み物を買っていると、後ろから「遠野さん」と声をかけられた。振り返ると共演者のひとりがいた。私よりずっと年上の女性だ。役名は覚えているけれど、役者の名前は覚えていなかった。

「どうも」

立ち去ろうとすると「ちょっといい？」と引き止められた。

「はい」

「もう少し、自分の立場を自覚したほうがいいと思うよ」

またか。

こういう〈善意の忠告〉をされるのは初めてのことじゃない。私が舞台に出る時は基本的に客演だ。例外は劇団バンケットで、あれは名倉個人の劇団だから全員が客演ということになる。普通は劇団どこそこの第何回公演、という形がとられることが多い。この舞台だってそうだ。私以外は演出家もふくめて団員である。

客演のやりやすさは劇団の持つ空気による。慣れている劇団であればすんなり溶けこめるし、排他的な集団であればやりにくくなる。ただ、客演という立場が人間関係の摩擦を引き起こすことがあるのはたしかだった。

「気に障《さわ》る点があったら、すみません」

私は素直に頭を下げる。しおらしい若手女優、という役をとっさに演じていた。

「まだ、ここのルールがちゃんと理解できてないのかもしれません。気を付けます」

「うん。そういう心構えでいてくれるなら、いいんだけど」

相手の態度が軟化した。彼女は演出家の名を挙げて、えこひいきする癖があるから、と言った。

「特定の誰かを持ち上げて、この人を見習え、って言い方よくするの。それ自体はいいけど、言われたほうは勘違いするじゃない？　自分は他人より優《すぐ》れている、って。だからさ、遠野さんもあんまり真《ま》に受けないでほしいの。それで調子に乗って、つぶれちゃった人もいるから」

「肝《きも》に銘じます」

そう答えると、ようやく相手は気が済んだのか、飲み物も買わずに去っていった。

どっと疲れが押し寄せる。いったん舞台を下りれば、そこは「生活」の場になる。めんどくさいことの連続だ。

後半の稽古では、演出家の指導がさらに熱くなった。発声の間《ま》を根本的に変更したり、ミザンス——舞台上の演者の立ち位置——をしきりにいじったりしていた。来週には公演だというのに、演出プランそのものが当初のものと変わっているように思える。経験上、土壇場で演出が変わるのはよくない兆候だった。

だが私は余計なことは言わず、自分の役目を果たすことに集中した。「生活」の厄介さに巻きこまれるのは御免だ。演技をする場さえあれば、私はそれで十分だった。

稽古は夕方に終わった。何人か居残ることになったが、私はすぐに帰った。

稽古場の外で、役者たちがたむろしていた。「お疲れさまです」と告げて立ち去ろうとすると、そのなかのひとりに呼び止められた。

「これからごはん行くんですけど、遠野さんもどうですか？」

「すみません。予定があるんで」

にこやかに答える。こういう時は隙を見せてはいけない。迷っていると強引に連れていかれて、陳腐な演技論や下世話な噂を聞かされる羽目になる。彼らを観客にして、従順な若手女優を演じるという手もなくはない。だが、たいてい深夜まで連れまわされ、翌日のコンディションを崩すことになる。稽古に影響が出ることは避けたい。

幡ヶ谷駅へと歩き出した背中に、「嫌いだわぁ」とつぶやく声が届いた。私は誇り高い俳優を演じることで、その声をやり過ごす。

あの役者たちは想像できないのだろう。私が自宅で声がかれるまで台本を読み返していることも、再現すべき感情の引き出しを無数に試していることも、姿見を前に表情や手指の動きを何時間も確認していることも。

稽古で直接見えることなんて、役者の努力のほんの一部だ。優れた俳優は見えない場所でこそ努力している。あの人たちは、どうしてもっと努力しないのだろう。どうして演技にすべてを捧《ささ》げようとしないのだろう。

私にとって演じることはなによりの快楽だ。その快楽に少しでも長く浸《ひた》っていたいと願うのは、異常なことだろうか？


飲み会は基本的に断るけれど、千秋楽《せんしゅうらく》後の打ち上げだけはさすがに付き合う。名前を売るために最低限の顔つなぎはしておきたいし、あまり悪質な噂を立てられても厄介だからだ。たぶん、どんな職場でも同じだろう。できるだけ波風を立てたくないと考えるのは自然なことだ。

明大前《めいだいまえ》の居酒屋を貸し切りにした打ち上げは盛り上がった。適当に役者たちの相手をした後、カウンターで休んでいると演出家が隣に座った。

「茉莉子ちゃん、ひとりで飲むのもサマになってるね」

意識しているのだろうか、演出家は普段より低い声で話しかけてきた。小柄な男性で、シークレットブーツを履いているから稽古場に入ると身長が低くなると、もっぱらの噂だった。

「すみません、少し疲れちゃって」

「そうだよね。この数か月、駆け抜けてきたもんね」

妙に格好をつけているのが気になったが、ひとまず同調する。

しばらく、演出家の持論を拝聴する時間が続いた。他の人に絡まれてもいやなので適当に相《あい》槌《づち》を打ってやりすごす。小劇場界隈《かいわい》で二十年近く活動している人なだけあって、それなりに興味を引く話もあった。

「役者はあまりに自然すぎると、駄目なんだよね」

「どういうことですか？」

「ノンフィクションを見せてるわけじゃないからさ。ものすごく巧《うま》いんだけど、同時にそれが演技であることが観客に伝わらないといけない。その最後の一線を越えると、逆に白《しら》けるんだよ。だから一流の役者は、存在感があって、違和感がなく、かつそれが演技であることも伝わる」

わかるような、わからないような話だった。けれど、それが事実だとするなら、元恋人から告げられた「うっすら嘘をついてるような感じ」というのが、褒《ほ》め言葉のようにも思えてくる。

「この後さ」

演出家が顔を近づけてきた。

「別の店行こうか。仲の良いマスターがいて……」

「ごめんなさい。気分が悪くて。終わったらすぐ帰ります」

こういう時はきっぱり断るに限る。私が男と関係を持つのは、喜びの感情を知りたいからだ。それ以外の理由で寝たところで、私にはなんの利益もない。演出家はあたかも冗談だったかのように、「そっかそっか」とごまかした。

宣言通り二次会には行かず、ひとりで帰路についた。井の頭線の車両に揺られながら、これまで関係をもった男を数えた。七人。いや、八人か。

最初に男としたのは、五年前、諏訪という役者とふたりで飲んだ帰りだった。腕に絡みつくと、諏訪はこちらの思惑通り私を自宅へ誘った。そこからベッドに倒れこむまで一時間とかからなかった。

性行為は不快以外の何物でもなかった。

私の股間《こかん》に諏訪が顔を埋《うず》めている間も、仕方なく諏訪のものに舌を這わせている間も、私は苦い汁を飲まされたように顔を歪《ゆが》めていた。気持ち悪さで、私はぽろぽろと涙をこぼした。そんな私を見て、諏訪はなにを誤解したのか、狼狽《ろうばい》しながら「大丈夫だから」と繰り返した。その夜はそれで終わりだった。

だが結局、翌朝になると諏訪はまた事に及んだ。

結論から言うと、大丈夫ではなかった。

事が終わるまで全身に冷や汗をかき、惨《みじ》めな仕打ちに耐えた。気持ちよくもなんともない。諏訪の顔を見るのがいやで、枕で顔を隠した。

それは、待ち望んでいた体験でもあった。

私は『撃鉄』で遠野茉莉子を演じるため、あえて男と交わることを選んだ。生身の自分が味わった感情を、舞台で再現するために。そういう意味では、諏訪を利用した私の企《たくら》みは成功した。

諏訪とは何回か寝たけれど、じきに連絡を取らなくなった。向こうが飽きたということもあるだろうし、こっちも未練はなかった。毎回同じような展開で、新しい体験ができなくなったからだ。

それからも相手を代え、経験を積んだ。不快さは次第に薄れていったけれど、その分、身体を重ねる必要性を感じなくなった。いったい自分がなんのために男と寝ているのか、わからなくなってきた。私の引き出しにはすでに十分、性行為の記憶が詰まっている。

足りないのは、喜びだ。

恋も愛も理解できない私は、人として欠陥があるのかもしれない。普通の人たちは特に意識することもなく、好きだ嫌いだという感情を抱き、他人と付き合ったり別れたりしている。それが羨《うらや》ましい。きっとそういう人たちは、喜びの芝居が上手なのだろう。私もそうなりたい。

ストックにない感情は演じられない。

それは、遠野茉莉子という役者にとって最大の弱点だった。

＊

ゴールデンウイーク明けの夕方。私は下北沢の喫茶店にいた。

向かいの席に座っている名倉は、ブレンドに口をつけて「あちっ」とつぶやく。

年齢は四十過ぎ。丸眼鏡《まるめがね》に口ひげという風貌《ふうぼう》。見た目はしっかりおじさんのくせに、隙だらけだったり妙に物を知らなかったりする。たまに中学生の男子と会話している気分になるけど、そうやって油断していると、急に鋭利な刃物で刺してきたりもする。

「いきなりなんだけど」

名倉はおしぼりで口元を拭《ぬぐ》ってから、切り出した。

「次の公演に出てほしい」

呼ばれた時から、その話だろうと予想していた。

五年前の『撃鉄』にはじまり、劇団バンケットの公演には五回出演してきた。これまで与えられた役柄は、すべて主役か準主役だった。実質的には団員といってもいいほどの常連だが、名倉は頑《かたく》なにバンケットを個人で運営している。

バンケットは、私が出演するようになってからさらに勢いを増した。舞台芸術の口コミサイトには賞賛の声が投稿され、地方の演劇賞も受賞した。集客力が高まり、より客席の多い劇場を使うようになった。それに伴って遠野茉莉子にも多くの視線がそそがれるようになった。

バンケットの公演は、遠野茉莉子のはじまりでありすべてだ。舞台に立つきっかけをくれたのも、役者としての評価を高めてくれたのも名倉だった。

名倉は「まだ初稿だけど」と言いながら、ブリーフケースから手製の薄い冊子を取り出した。一目でそれが台本であることを悟る。表紙には『落雷《らくらい》』とだけ記されていた。

「一人芝居だ」

名倉の声音が一段と冷たくなる。冊子を開くと、登場人物の欄にはたったひとりしか記されていなかった。出演者は遠野茉莉子だけ。

「一時間半、出ずっぱり。精神的にも体力的にも、簡単な仕事ではないと思う」

台本をぱらぱらとめくるうち、肌が粟立《あわだ》ってくる。また、他人の人生を演じることができる。自分ではない何者かになることができる。喜びと安堵《あんど》で震えそうになる。

「バンケットにとって勝負の公演になる。そろそろ、ぼくらも次のステージに進む頃合いだと思うんだよな」

名倉が告げた日程は、三か月後の八月初旬だった。箱は下北沢一帯で最大のキャパを持つ太《おお》田《た》劇場。勝負の公演という言葉に嘘はないみたいだ。背もたれに腕を回した名倉が、あさっての方角を見つめながら言う。

「茉莉子にしか頼めない。やってくれるかな?」

「やります」

迷う余地はなかった。

一人芝居にはいつか挑戦したいと思っていた。舞台の上に私しかいなければ、自分の演技を全体の出来に直結させられる。純度百パーセントの、遠野茉莉子の舞台を観客に観せられる。

私が承諾するとわかっていたくせに、名倉はわざとらしくほっとしてみせた。

「断られたら公演ごと中止するところだった」

「愛想が上手になりましたね」

「本音だよ。これ、当て書きだからね」

たぶん、『落雷』が私だけのために書かれた台本だというのは事実なのだろう。演劇に関して嘘をつく男でないことは、よくわかっている。

「まずは読んでみて。気付いたことがあったら言って」

「ないと思いますけど」

逸《はや》る気持ちを抑えて、バッグに台本をしまう。それを見て名倉が苦笑した。

「茉莉子っていつもそうだよね」

「なにが？」

「台本に絶対文句をつけない」

役者のなかには、たまに劇作家に対して猛烈な抗議をする人がいる。いや、たまにというより、役者と作家の会話はほとんどが台本の内容に関するものだと言ってもいい。この登場人物はこんな台詞を言わない、こんな行動を取らない。程度の差はあれ、そう主張する役者の姿はどんな舞台でも見かけた。

しかし私に言わせれば、文句をつけるほうがどうかしている。

役者の仕事は、作家や演出家の意図を可能な限り忠実に再現することだ。私たちは駒《こま》なのだ。駒が指し手に対して抗議していたら対局は成立しない。どんなに不自然に見える言動でも、そこには必ず意図がある。そうでなければならない。多少のアドリブ程度ならともかく、台本の中身をいじるのは論外だ。

私は名倉という指し手を信頼していた。気を配るべきは台詞のたしかさではなく、どれだけ忠実に作品世界を再現できるか。その一点だ。

「私の仕事は芝居することなんで」

意識して、涼しい顔をつくった。自信に満ちた女優の演技だ。

「さすがだね」

「名倉さんが教えてくれたことです」

お世辞ではなかった。私の役者としての方法論は、大半が名倉の理論に拠《よ》っている。彼は一度も明言していないが、血の通った駒になることを演者に要求する。体験の引き出しを自在に開け閉めすることで、まだ見ぬ世界を目撃したいと願っている。彼は才能に恵まれた劇作家というだけでなく、私が知る限り、最も貪欲《どんよく》な観客でもあった。

「怒りが必要なんだ」

念入りに息を吹きかけてから、名倉はブレンドをする。

「今度の舞台では、嵐みたいな怒りを表現しないといけない。喜びは要《い》らない。茉莉子には、荒れ狂う怒りの権化《ごんげ》になってほしい」

彼の言を借りれば、人生経験が豊富になるほど、再現できる感情が増えることになる。怒りを表現するためには、生身の私が怒りを経験していなければならない。

「大丈夫かな?」

うかがうような名倉の視線に、私は微笑を返す。

「……もちろんです」

そう答えなければ、役を奪われてしまいそうだった。

目の前のノートは、私が書いた怨嗟《えんさ》の文字で埋め尽くされていた。

消えろ。やめろ。ふざけんな。どっか行け。殴る。叩《たた》く。つぶす。殺す。

私は亡くなった母との不快な記憶を呼び覚ましながら、一心不乱にボールペンを動かす。小学生のころに小遣《こづか》いで買ったシールをつまらないと言われたこと。中学生のころに仲の良かった友達を育ちの悪い子だとけなされたこと。高校の入学式で、もっといい学校行けたはずなんだけどね、とため息をつかれたこと。

この数日、同じことばかりを思い出している。

すべては怒りのためだった。過去に体験した怒りの感情を刺激し、増幅させなければならない。そうしなければ、『落雷』に出演できない。私は母とのあらゆる記憶を想起し、その時感じたことを片っ端からノートに書きなぐった。些細《ささい》なことでもいい。身体じゅうにある怒りをかき集めて、大きな感情に育てなければいけない。
そのうち、手首が疲れて文字が書けなくなった。いったんボールペンを置く。荒く息をしながら、幾度も読んでぼろぼろになった『落雷』の初稿台本を開いた。
舞台に登場するのは〈トワ〉という女性だけだった。場所も、時代も、明確には示されていない。舞台は冒頭で、年老いたトワが独白する場面からはじまる。

激しい雨と風の音が聞こえる。舞台の中央に老いたトワが立っている。粗末な衣服をまとったトワは、意を決した表情で客席に向かって語りかける。

トワ　雨が降る。風が吹く。突風が髪をなびかせ、肌を濡《ぬ》らす。大通りを歩いている人々は足早に建物のなかへと去っていく。ついさっきまでたくさんの人がいた往来は無人になり、私だけが取り残される。とどろく雨音と雷鳴に右往左往しながら、身を隠す場所を探している。しかしすべての軒下には雨宿りの先客がいて、私が入る余地は残されていない。さまよっていた私は、ある雑貨屋の軒下にひとり分の空間が残されていることに気付く。急いで雨から逃れ、ようやく一息つくことができる。

トワ

舞台が一瞬、稲光で覆われる。数秒遅れて雷鳴。トワは身をすくめる。

軒下には先客がいる。仕立てのいい背広を着た男だ。彼はあわてて駆けこんだ私に微笑《ほほえ》みかける。私もぎこちない作り笑いを返す。他人に笑いかけるのは苦手だ。どんな表情をしても、どんな声を出しても作り物めいているから。

どこから来たのですか、と男は問う。私は答えに窮する。どこから来たのかわからないから。無言の私を見かねて、男は新しい問いを発する。ならばあなたはどこへ行こうとしているのですか。またも私は答えに窮する。どこへ行こうとしているのか、わからないから。

一向に答えない私に呆《あき》れて、男は話すのをやめる。私は言い訳を口にしようとするが、諦める。話したところでわかってもらえるはずがない。私の人生はいつも唐突に断ち切られてきた。

雷が。雷が、私の人生を奪っていった。

一際《ひときわ》大きな落雷の音とともに、舞台は暗転する。

照明がつくと、そこには若き日のトワが立っている。

十九歳のトワは学生だった。親元を離れて調理師学校に通うトワは、将来料理人として働くことを夢見ていた。しかし雷が鳴る夜、外出先から帰宅する最中、暴漢に襲われて身体を穢《けが》される。事件がきっかけで人間不信に陥《おちい》ったトワは、夢を断念して帰郷する。

生家で待っていたのは、誰かの妻になることを迫る周囲の圧力だった。トワは親類の紹介で年上の男と見合い結婚するが、夫は横暴な人物だった。家庭を顧《かえり》みず、仕事と称して家を空《あ》け、外に女をつくる。トワが娘を産んでからもその態度は変わらず、妻子を蔑《ないがし》ろにし続ける。そして雷雨の夜。酔って帰宅した夫は些細なことで激高《げきこう》し、幼い娘に手をあげて死なせてしまう。

夫が警察に虚偽の証言をしたせいで、娘が死んだ責任はトワにあるとされてしまう。絶望に囚《とら》われたトワは従順に刑務所での日々を過ごし、刑期よりも早く出所するが、彼女の居場所はどこにも残されていなかった。娼婦《しょうふ》となった彼女は、生き延びるために犯罪に手を染めることになる——。

以上が、『落雷』の大まかなあらすじだった。

救いのない、暗く重い物語だった。これまで名倉が書いてきた戯曲も暗いものが多かったが、それでもサスペンスやミステリーといった娯楽要素があった。しかし『落雷』は、ひとりの女性の転落をひたすら克明に描き続ける。そこにはスリルもどんでん返しもない。しかし理不尽に転げ落ちていく半生には、どこか既視感があった。女性という生き物が長きにわたって舐《な》めてきた辛酸《しんさん》が、この台本にはくっきりと彫りこまれていた。これまでのバンケットの舞台で、最も苦しく、そして隙のない戯曲だった。

問題は、物語の深刻さに比して私の人生経験が乏しい点だった。とりわけ、名倉が口にしていた「怒り」だ。

劇中でトワは過酷な運命にさらされる。男に強姦《ごうかん》され、理不尽な結婚をさせられ、愛する子を失い、重罪をなすりつけられる。トワはラストシーンで、自らの運命に対する怒りを爆発させる。しかし、それらの絶望を一度も味わったことがない私が、トワの激烈な怒りを再現することができるだろうか？

役者として大成しないことへの、漠然とした怒りのようなものは日々感じている。しかし全然足りない。涙が涸《か》れ、目の前が真っ暗になるほどの絶望には。

台本を受け取った日から、どうにか怒りを呼び覚まそうと、あらゆる腹立たしい記憶を掘り返した。思い出したくないトラウマもあったし、叫んでしまうほどの不快な出来事もあった。それでも、トワの怒りには及ばなかった。

続けて三度読んでから、冊子を伏せた。かさり、と紙の擦《こす》れる音がした。

――どうしよう。

演劇の悪魔は甘くない。私が演じられないとわかれば、名倉は本当に公演を中止するだろう。そして、バンケットの舞台に呼ばれることは二度とない。

稽古は来月からはじめることになっていた。それまでに、どうにかして怒りの体験を蓄積しなければならない。生ぬるいやり方ではダメだ。もっと徹底的に、私自身を傷つけなければいけない。

頭をよぎるのは、自傷という手段だった。

手首を切ったり首を絞めたりすれば、傷ついたという過去ができる。私を傷つけた私自身への、強烈な怒りが湧くかもしれない。しかしそれは役者として許容できなかった。人前で演技をする私にとって、傷痕《きずあと》は夾雑物《きょうざつぶつ》でしかない。見た目に傷や痣《あざ》が残るようなやり方は選べない。

ならば、精神的自傷はどうか。

心の傷なら観客には見えない。深い傷を負えば、それだけ怒りも深くなる。

どうすれば自分が最も傷つくのか、私はよく知っていた。もはやそれしか手段はない。

震える指でスマホを手に取り、〈風俗　求人〉という言葉で検索をかけた。

デリヘル嬢たちが詰める待機室には、お香の匂いが漂っていた。

私にはアロマを焚《た》く習慣がないし、入浴剤も使わない。女にしては香りというものに鈍感な自覚はあったが、それはもしかすると人と違う嗅覚《きゅうかく》を持っているせいなのかもしれない。

待機室のお香は他の子たちにはおおむね好評らしく、「いい匂いだね」と話しているのを聞いた。けれど、熟《う》れた果物にスパイスをまぶしたようなその匂いが、私は苦手だった。最初のころは鼻をつまんでいたくらいだ。次第に慣れてきて、ひと月が経った今では平気だけれど、嫌いな匂いであることには変わりなかった。

着ているのは安物のワンピースだった。私服と分けたかったから、量販店で色違いのものを五着まとめて買った。メイクだけは念入りにするけど、アクセサリーはつけない。どうせ裸になるんだから、装飾品なんて最初から不要だった。

名前を呼ばれるのを待ちながら、私は『落雷』の台本を読んでいた。

待機室は一応個室になっている。ネットカフェみたいに、仕切られたたくさんのブースのなかに、デスクとチェアが用意されていた。ひとりひとりのブースは背の高い衝立《ついたて》とカーテンで仕切られている。ただ、その気になれば簡単に外から覗《のぞ》けるし、カーテンを開けっぱなしで過ごしている子もいた。大半がスマホをいじっているか、デスクに突っ伏して寝ているようだった。

このデリバリーヘルスで働いているのは、十代後半から二十代の女性ばかりだと聞かされていた。若年女性の専門店という触れこみらしく、もう少し年齢が上だと系列店の別店舗の所属になるらしい。

手元にある『落雷』の台本は、ボールペンの書きこみで余白が埋められていた。名倉との稽古で話したこと、連想したこと、注意されたこと、思い出したこと。それらを忘れないよう、すべて記録している。直接役に立つのはほんの一部だ。けれど意味不明な書きこみも、後で効いてくることがある。

稽古はこれまでで最もきつかった。

通常の舞台であれば、演出家は多くの役者へ目配りしなければならない。だから演者も自分の演技をじっくり見つめ直したり、休憩したりする余裕がある。しかし『落雷』では、演者は私しかいない。演出を担《にな》う名倉の視線は常に私ひとりにそそがれている。だから稽古の間は一瞬たりとも気を抜けない。

稽古は名倉とマンツーマンの時もあったし、舞台監督の渡部と三人の時もあった。スタジオでやる時もあれば、喫茶店でただ会話するだけの時もあった。一回あたり最低でも二時間。その間、私と名倉はトワという女性が歩んできた苦難について、ひたすら対話する。

――トワは、普通の女性なんだよ。

名倉は繰り返し、そう言った。

トワは特別な人間ではなく、ごく普通のどこにでもいる女性なのだと。私も同意見だった。トワは私であり、同級生の女子たちであり、共演した女優たちであり、私の母であった。その全員にトワの面影《おもかげ》があった。

しかし、普通の女性を演じるということは、素をさらけ出すこととは違う。むしろ真逆だ。普通の女性はみな、必ず演じている。人格を作っている。だから、私も徹底的に作りこまなければならない。彼女の、無数の女性たちの、歩んできた地獄を経験しなければならない。

「すみません」

閉めきったカーテンの向こうから、男性スタッフに名前を呼ばれた。「はい」と答え、台本をバッグにしまって席を立つ。ほんの数分離れるだけでも、ここでは盗難防止のため持ち物を手放さないのが常識だ。

ワイシャツにスラックスという服装の男性スタッフから、指名が入ったことを伝えられる。

コースは九十分。

建物の前に停まっていたミニバンの後部座席に乗りこむ。流れる街の風景をぼんやり見ながら、ホテルに到着するのを待つ。平日の昼。まるで刑場へ引かれていく犯罪者の気分だった。大昔、重罪人は人々の前で打ち首にされたという。誰しも他人が罰せられる瞬間を目にするのは楽しいものだ。きっとこういう仕事をしている人間を見て、罰を下したいと願う人間もいるのだろう。

以前にも来たことがあるホテルの前で、ミニバンは停止した。運転手に礼を言って車を降り、伝えられた番号の部屋へ足を運ぶ。

ドアの前に立つと、自然と足が震えた。指先が冷たい。瞼《まぶた》を閉じ、深呼吸をして落ち着かせる。部屋に入る前はいつもこうだ。自尊心が傷つけられるとわかっていて、楽しい気分になるはずがない。

表情を殺し、顔を上げた。呼吸は正常に戻り、激しかった動悸《どうき》が収まった。

勢いよくノックする。開けられたドアの向こうから、スーツを着た男が顔を見せた。中肉中背、頭髪はワックスで整えられ、ひげや眉は見苦しくない程度に手入れされている。普通のサラリーマンといった風情《ふぜい》だった。

「いいねえ」

男は相好《そうごう》を崩した。それに合わせて私も微笑みかける。

「指名してくださって、ありがとうございます」

「うん。かわいくてよかった」

部屋に入ってまず店に電話を入れた。部屋に到着したこと、これからサービスを開始することを伝える。それから会計。支払いは行為の前と決められている。

それからふたりでシャワーを浴びる。男の前で裸になるのも最初はひどく抵抗があった。しかし、これはそういう芝居なんだと思えば、脱ぐのは簡単だった。デリヘル嬢として働いているという芝居。相手も役者であり、その言動は本心ではなく演技なのだ。だから、裸になることにも、サービスをすることにも特別な意味はない。自分の頭をそう騙《だま》すことで、いつからかこの仕事への抵抗は薄れていた。

狭い浴室で、男の身体に湯をかけてやる。どうということもない、たるんだ中年の肉体が目の前にある。男の身体と自分の身体を洗う。泡立てたボディソープで胸や尻を洗っている間、客はじっと一部始終を見ている。二十四歳の裸体は這うような視線にさらされていた。

無遠慮なその目つきは、直視できないほどおぞましかった。人が持っている理性や装飾がすべて剝《は》がれ落ち、欲望が露出していた。

ベッドでサービスをしている間、客はおとなしくしていた。たまに声を出したり、鼻息が荒くなったりする。その声音が心底気持ち悪い。

あえて感情のスイッチは入れておく。性交渉というつらい現実を受け入れることで、自分の尊厳にずぶずぶと刃《やいば》を刺しこむ。傷が深ければ深いほど、私の演技も深い場所まで届く。汚く、臭《くさ》く、醜《みにく》いものが、私の心に焼き付けられる。中年男性の身体が苦いということを知ったのは、この仕事をはじめてからだった。吐き気を我慢しながら、客が果てるように導いていく。

ふいに、顔を歪《ゆが》めていた客が私の首に手を伸ばした。

あっ、と思う間もなく、男の両手が私の首を絞めた。途端に呼吸が苦しくなり、顔が充血する感覚があった。あわてて男の手を引きはがそうとするけれど、首に食いこんだ指は離れてくれない。

「……助けて」

「綺麗《きれい》だね」

客は私の懇願に耳を貸すことなく、さらに強く力をこめた。指先が痺《しび》れる。酸素が足りず、頭がぼうっとする。視界が霞《かす》む。舌が出て、口の端《はし》から唾液《だえき》が垂《た》れる。乾いた眼球に涙が浮かぶ。

――死ぬ。

ここで絶命するのだと確信した直後、身体に生温かい液体が付着した。同時にふっと力が緩《ゆる》められる。急に酸素が身体のなかに入ってくる。私はベッドから転げ落ち、激しく咳《せ》きこむ。血の味が口のなかに広がる。涙がこぼれ、全身ががたがたと震えていた。

私は痺れが収まるまで、カーペット敷きの床の上に横たわっていた。じき、男が飲料水のペットボトルを持ってきてくれた。

「平気？」

平気なわけがない。しばらく休んでいると、ようやく生気《せいき》が戻ってきた。ペットボトルに口をつけるが、うまく水が飲めずまた咳きこんでしまう。太ももに精液が付着していることに気が付き、反射的にティッシュで拭き取る。

「気持ちよかったよ」

裸のままスマホをいじっている男は、すでに私への興味を失っているようだった。

「……なにするんですか」

「ごめん。上乗せして二万、払うから」

「お店に言います」

当たり前だが、無断で首を絞めるなどルール違反もはなはだしい。店に伝えればこの客は系列店すべてで出禁になり、罰金を取られることになる。場合によっては警察に通報される。けれど男は顔色を変えない。

「店に言ったら、殺すから」

背筋が寒くなる。ただの脅しだと一蹴《いっしゅう》することはできなかった。もしもこの客が本当に殺意を抱いても、誰も守ってはくれないのだ。男が本気で暴力をふるえば、きっと私は抵抗できない。

這いつくばって呼吸を整えている間、男はひとりでシャワーを浴びて服を着た。

「先、出るわ」

時間はまだ残っていたが、なんの未練も感じさせない足取りで男は部屋を去っていった。途端に素の私が戻ってくる。心を守ってくれていた鎧《よろい》が剝がれ落ちる。デリヘル嬢でも役者でもない私が、精液の匂いが漂う部屋の真ん中に立っていた。

強烈な吐き気がこみ上げてくる。トイレに駆けこみ、便器に胃のなかのものをぶちまけた。未消化の食べ物が、胃液に混ざって口から吐き出される。どれだけ吐いても、さっきまで口にふくんでいたものの感触が忘れられない。拒絶するように、喉《のど》が痙攣《けいれん》していた。

ふらつく身体で浴室まで歩き、鏡を覗きこんだ。首を絞められた痕がくっきりと残っている。舞台本番までに消えるだろうか。

ほとんど気力が残っていなかった。演技をしていない私は、こんなにも脆《もろ》いのか。かろうじて店に電話をかけ、サービスが終わったことを伝える。メイクも直さず、服だけ身につけて、待っていたミニバンに千鳥足《ちどりあし》で乗りこむ。

「大丈夫ですか？」

運転手が心配そうに言うが、「はい」と空元気で応じる。

ミニバンは待機室へと私を連れていく。そこでは、次の地獄への案内が待っている。


スタジオの一室に、落雷の音が響く。低い音。高い音。長く尾を引く音。断続的に鳴る音。さまざまな種類の雷が、鏡張りの部屋にこだまする。

音は渡部が手にするスマホから発せられている。渡部が指先を動かすたび、新しい音が再生される。名倉は瞼を閉じ、集中して音を聞き分けていた。私は体育座りでその様子をながめている。

「今の、もう一回聞かせて」

名倉の指示に応じて、渡部が先ほどの音をまた再生する。パン、と破裂音に似た音の後に、唸《うな》るような雷鳴が続く。

「最初の独白はこれでいこう」

渡部が私に視線を送る。「いいと思います」と答えると、渡部は無言で手元の台本に何事かをメモする。

私たち——というか実質名倉がしているのは、舞台で使う効果音の選定だった。

毎度、名倉の舞台では効果音が生命線となる。たとえば『撃鉄』では、拳銃の撃鉄を起こす金属音が鍵《かぎ》だった。今回の『落雷』では雨音や雷鳴、そしてタイトルの通り落雷の音が重要な演出要素となっている。

名倉のイメージに合う音を見つけるため、舞台監督の渡部は音響の担当者と協力して、雨や雷の音源サンプルを手に入る限り収集していた。なかには自分たちで直《じか》にサンプリングした音源もあるという。

通常であれば、名倉はこういう場に役者を呼ばない。しかし今回に限っては私が同席することを求められた。理由を問うと、名倉は平然と言った。

——効果音も大事な共演者だろ。

一人舞台では、効果音や衣装、小道具や大道具といった要素は、いつもの舞台に比べてさらに重要度を増す。複数名で舞台を作っていれば、ちょっとしたミスや違和感もフォローし合える。しかし今回はそうはいかない。私の失態をカバーしてくれる人はいない。そのため、舞台上にあるすべての要素と呼吸をぴたりと合わせておかなければならない。舞台監督である渡部も、いつも以上に神経質になっているようだった。

「次、幕間《まくあい》にかける音です」

渡部がまたスマホで音源を流し、名倉が選んでいく。私は横でその作業を見物しながら、たまに意見を求められた時だけ発言する。もっとも、名倉の意見に反対することは言わない。世界観を管理するのはあくまで名倉の仕事であり、それを現実に立ち上げるのが私の役目だ。

休憩をはさみながら、二時間ほどかけて作業が終わった。それでも名倉はまだ納得していないらしく、別に日程を取ることになった。渡部は見るからに疲弊していたが、泣き言ひとつ口にせず名倉の指示に従う。

私が劇団バンケットの実質的な所属俳優だとするなら、渡部は実質的な代表代行だった。名倉の公演の大半で舞台監督を務めているし、名倉がどうしても稽古に来られない時には渡部がメッセンジャーとなることもある。いつかの打ち上げで、名倉とは大学の先輩後輩だと聞いたことがあった。それが事実なら、二十年近く関係が続いていることになる。たぶん彼も、演劇の悪魔に魅入られてしまったひとりなのだろう。

「じゃあ、次の稽古の場所が決まったらまた連絡しますんで」

渡部は稽古場を去っていった。名倉は「よろしく」とその背中を見送る。ドアが閉じられ、部屋には私と名倉だけになる。

「やりますか」

私はヘアゴムで髪をまとめ、立ち上がった。このまま流れで立ち稽古をやることになっていた。七月に入り、すでに稽古は佳境だ。今日は動きや立ち位置を確認するのが主だった。しかし名倉はフローリングにあぐらをかいたまま動こうとしない。

「どうかしました?」

「……ちょっといいかな」

促《うなが》され、再び床に座る。名倉は自身の左耳の下あたりを指さした。

「その痣はどうした?」

私はとっさに左耳の下に触れる。壁の鏡で確認すると、青黒い痣が残っていた。先日、客に絞められた痕跡だ。多少薄くはなったがまだ鮮明に残っている。

「すみません。プライベートで揉《も》めて」

それ以上は話せなかった。しばし互いに沈黙する。

「茉莉子の私生活に立ち入る気はない」

やがて、名倉は淡々と語りはじめた。

「誰と付き合おうが、どう過ごそうが、それは茉莉子の自由だ。好きにすればいい。ただ、勝手に役への印象を変えてもらうのは困る。元からあったなら仕方ないが、その痣は最近できたものだろう。トワには、首に痣があったという設定はない。勝手に観客の印象を左右するような真似《まね》はしないでほしい」

　わかってはいたが、名倉のこだわりは尋常ではなかった。私だって、望んでこんな痣をつけたわけじゃない。

「本番までには消えると思います」

「本当か？　なにをしたのか知らないが、もし消えない痕だったらどうするんだ？　観客は舞台上の茉莉子の一挙手一投足に意味を見出《みいだ》そうとする。曖昧《あいまい》な表現は許してくれない。首に痣があれば、これは伏線じゃないか、なにかのメタファーじゃないか、と深読みする観客もいるかもしれない。最悪、それは公演そのものの完成度を下げることになりかねない」

　私はうつむき、名倉の叱責《しっせき》に耐えるしかなかった。

「人に観られるってことはそういうことだ。観客はありのままの茉莉子じゃなくて、トワを観に来ている」

「……すみません」

「本番までにはなんとかしてくれ」

　区切りをつけるように、名倉は「さて」と手を叩いた。叱責はそれで終わった。

　そこから先は立ち稽古に入った。けれど名倉から言われたことが頭に残って集中力が途切れることが多かった。自意識の空隙《くうげき》を狙って、時おり素の私が顔を出す。

　――文字通り役者の仕事に命懸けてるのに、それだけでケチつけられるの？

　――作家とか演出家とか、どれだけ作品に魂捧げてるの？

——客の視線にさらされたこともないくせに。

集中力が途切れると、あからさまに演技が悪くなる。三度目に台詞を間違えた瞬間、「ここまでにしよう」と名倉は稽古を止めた。

「なんで？」

「やっても意味ない。茉莉子もわかってるんじゃないか」

悔しいけれど反論できなかった。演技に適したコンディションでないことは、私自身がよくわかっている。

「名倉さんが悪いんですよ」

つい口走っていた。いったん話しはじめると止まらない。

「稽古の前にあんなこと言うから。せめて終わってからにしてくれればよかったのに」

「役者の不注意を指摘せず、黙ってろってことか？」

名倉の顔色は変わらない。まったく動じない相手を見ていると、余計に腹が立つ。

「少しくらい、役者のメンタルに配慮してくださいって話です」

「どうでもいいんだよ、そんなこと」

強い語調ではなかった。諭《さと》すような、やわらかな声で名倉は言う。

「役者のメンタルなんてぼくには関係ない。そんなこと気にしていたら、ぬるい舞台しかできない。まして『落雷』は茉莉子の一人舞台だ。負荷がかかることは最初から予測できたはずだろ。まさか、丁重に扱ってもらわないと芝居ができないとでも言うのか？」

「違う！」

自分でも知らないうちに、気色《けしき》ばんでいた。素の私が暴走している。こんなことは久しぶりだった。落ち着け、と言い聞かせる。私は役者だ。冷静で落ち着いた女すら演じられないでどうする。

名倉は帰り支度をはじめた。稽古を再開するのは無理だ。私も仕方なく台本やスマホをバッグに詰める。いたたまれない気分になって、先に稽古場を去ることにした。

「お疲れさまです」

「茉莉子」

振り返ると、さっきまでスマホをいじっていた名倉が顔を上げている。

「いい芝居さえ見せてくれれば、ぼくはなにも言わない」

そのいい芝居ができないから苦しいんだよ。

無言で、稽古場のドアを勢いよく閉めた。鏡に囲まれた部屋から暗い廊下へ。スタジオから表へ出ると、空は灰白色《かいはくしょく》の雲に覆われていた。天気予報によれば、これから雨が降るらしい。もしかすると雷が落ちるかもしれない。

落雷のように、人生は唐突に変わる。私は母が亡くなった夏を思い出していた。そう言えば、あれも七月のことだった。

火曜の昼間、待機室にはけだるい空気が流れていた。

デリバリーヘルスのかき入れ時は週末だ。金曜の夜から日曜の夜にかけてが、最も忙しくなる。待機室に戻ってきたと思ったら休憩する間もなく再出発、ということもざらだ。体力的にはしんどいが、私にはむしろ好都合だった。稼げるからではない。男に触れれば触れるほど傷が深くなるから。

反面、月曜から木曜にかけては暇になる。特に日中は出番が少ない。

だから火曜の十四時現在、待機室は出勤しているデリヘル嬢たちが醸《かも》し出す空気で淀んでいた。

私は台本を読むことにも疲れて、無料のスマホゲームをやっていた。なにも生産しないし、なにも得られないけど、退屈しのぎにはちょうどいい。生きることは所詮《しょせん》スマホゲームみたいなものかもしれない。偉業を成し遂げなくたって、生きる権利はある。いっそ、人生全部がスマホゲームで埋め尽くされれば楽なのに。そうなれば将来への不安もない。

あいかわらずお香の匂いが鼻につく。飲み物でも買いに行こうかと思いはじめたころ、どこからか悲鳴が上がった。カーテンを開けて出てみると、他にも何人かの子が様子見のため外へ出ていた。

「触んなよ！　泥棒！」

叫び声が聞こえる。さっきの悲鳴と同じ声だ。離れた個室の手前で、知らない女が顔を真っ赤にしていた。向き合っているのは二十歳《はたち》前後の若い子だった。ブラウスに丈の短いスカート、栗色《くりいろ》の髪。彼女は猛烈に怒る女を前にうろたえていた。

「すみません。部屋、間違えて……」

「カバン漁《あさ》ってただろ。出るとこ出んぞ、ボケ！」

激怒する女の声を聞いて、ようやく男性スタッフがやってきた。「なんかあったんですか？」と他の子に事情を聞いている。

「違います。カバン、確認してください」

若いほうの女は、怯《おび》えながらも室内を指さした。部屋の主らしき女は彼女を睨《にら》みつけ、レザーのバッグを引っ張り出して中身をごそごそといじりはじめた。そうこうしている間に男性スタッフがふたりの間に入る。こういう事態にも慣れているのか、スタッフは双方から順に話を聞いていた。事態が収拾しつつあることを悟り、野次馬たちは各々《おのおの》の個室へと戻っていく。

私は最後まで廊下に残った。

先ほどの若い女の応対が引っかかっていた。うろたえる仕草も、怯える表情も、どこか意図が感じられた。はっきり言えば、嘘臭かったのだ。たぶん、他の人は誰も気が付いていない。怒り狂う女やスタッフの男性では、微妙な嘘臭さを察知するのは困難だろう。けれど生活と演技が一体になっている私は、演技の匂いを瞬時に嗅《か》ぎ取ることができる。

仲裁によってふたりはひとまず和解したようだった。男性スタッフはさっさと去り、レザーのバッグを胸に抱えた女は不満そうに自分の個室へ戻っていく。若い女はしおらしい表情でその隣の部屋へ入ろうとした。彼女の背中に声をかける。

「ちょっといい？」

びくりと肩を震わせて振り返った彼女の目からは、不信感が放たれていた。顔が小さく、手足が長い。舞台に立てば映《は》える体形だ。無言で待機室の外を指さすと、怪訝《けげん》そうな顔をしながらもついてきた。

待機中は短い時間であれば外出が許される。各々のバッグを持って外に出ると、彼女は堪《こら》えきれないように「なんですか」と言った。

「さっきの件は解決したんで。クレームとかだったらやめてください」

「名前は？」

並んでコンビニへと歩きだす。彼女は「アユミ」と名乗ったが、まだ胡散《うさん》臭げな顔をしている。

「怖いんですけど。なんの用ですか？」

「確認したくて。さっきの、演技だったよね」

アユミは「は？」と言った。

「意味がわからないです」

「おろおろしてたのも、怯えてたのも、演技に見えたんだけど。部屋を間違えたっていうのも。本当はカバンのなか見てみようって、少しくらいは思ってたんじゃない？」

いつの間にか、アユミは足を止めている。私との間に一メートルほどの距離が生まれていた。彼女は敵意のこもった目で睨んでいる。やっぱりそうだ。こっちが、アユミの素の表情なのだ。

「店にチクるとかじゃないから。ただ、確認したかっただけ」

「……仮にそうだったとして、認める人いないですよ」

「そっか。そうだよね」

私にはアユミを陥《おとし》いれる意図はなかった。ただ、同志を見つけたような気分にはなった。演じることで本心を隠し、この世の厄介事を乗り切ろうとしている女を見つけて、少しだけ嬉《うれ》しかった。

微妙な距離を保ったまま、私たちはコンビニに入った。ペットボトルの緑茶を手に取ってから、所在なさげにしているアユミに話しかける。

「ついてきてくれたお礼になにか奢《おご》るよ」

先輩面《せんぱいづら》したかったわけじゃない。私は純粋に、もう少しだけ彼女と話がしたかった。奢るのは会話のための料金だ。デリヘルを利用する客だって、金を前払いしてから目当ての行為にふける。

アユミは遠慮など微塵《みじん》も見せず、ぶっきらぼうに「煙草《たばこ》」と言って銘柄を告げた。私は緑茶のペットボトルをレジに持っていき、指示された煙草を一緒に買う。コンビニの外で手渡すと、彼女は「どうも」と受け取った。その手首には刃物で切った傷痕があった。

「吸っていいですか?」

うなずくと、アユミは買ったばかりの煙草を一本口にくわえた。流れるような動作で水色のライターを取り出し、火をつける。たっぷりと時間をかけて煙を吸いこみ、ゆっくりと吐き出し、灰皿に灰を落とす。私は隣でそれを黙って見ている。

「演技だったら、なんなんですか」

煙草が三分の一ほど灰になったところでアユミは言った。

「演技なんて、みんなしてるじゃないですか。私らの仕事なんて全部演技だし。客のつまんない話に笑ったり、体臭がきつくても平気なふりしたり、気持ちよくないのに喘《あえ》ぎ声《ごえ》出したり。ていうか、仕事じゃなくてもみんなやってることでしょ」

「それはそうだね」

「だったら、いちいち演技してるかどうかなんて聞かないでください。質問するまでもない。全部、演技です」

煙草を灰皿に落とし、アユミは二本目を吸いはじめた。まだ話していてもいいらしい。

「お金、ほしいの？」

「はい？」

「他の人のカバンに触ったのは、お金がほしいから？」

すぐには答えが返ってこなかった。アユミはしばらく煙草をふかしてから、やがて「違います」とはっきりした声で言った。

「だったらなんで？」

「うるさかったから」

アユミは煙と一緒に言葉を吐き捨てた。

「隣の個室からずっと音楽が聞こえてたんです。うるさかったから、どうにかして消してやろうと思って」

「それだけ?」

彼女はもう答えない。正直、拍子抜けした。それが事実なら、アユミが後ろめたさを感じる必要はない。

「直接言ってやればよかったのに」

「あなたの音楽うるさいから消してください、って言えます? ただ待機室で隣同士ってだけで、なんの関係もない相手に。そんなことのためにいちいちコスト払ってられない。黙って消しちゃったほうがよっぽどいい」

アユミは二本目の煙草を捨てた。三本目は取り出さない。

彼女の言うことはまったくもって正しかった。とっさに理想論を口にしてしまったことに、我ながら恥ずかしくなる。

私たちは隣人の挙動にすら、口を出すことができない。いや、隣人だからだ。顔を合わせる可能性がある、近い距離にいる人間だからこそ、本音をさらけ出し衝突することを恐れる。結果、より大きな衝突を招くことになるとしても。

歩き出した彼女の後を追って、横に並ぶ。

「私、待機室のお香の匂い、苦手なんだよね。あれ嗅いでると体調が悪くなる」

試しに自分の本音をさらけ出してみる。演技をせずに答えてくれたアユミへの返礼のつもりだった。彼女は私を一瞥《いちべつ》する。

「私も嫌いです」

彼女の意見もたぶん本音だった。

二十四年生きてきて、初めて理解した。互いに演技していると自覚している者の間では、容易に演技が通用しない。強制的に本心で話すことになる。私はアユミの本心を、アユミは私の本心を、真夏の空の下に引っ張り出していた。

「舞台とか観る？」

私の問いかけに、アユミは「全然」と答えた。財布に入れていた『落雷』の前売りチケットをつまんで、目の前に差し出す。

「なんですか、これ」

「私が出演する舞台のチケット」

「役者さんなんですか？」

私は役者だけど、あなたも十分役者だよ。その一言は口に出さずにおいた。

待機室に戻り、私たちは何事もなかったかのように各々の個室へ戻る。名前を呼ばれるまでの、いつ終わるとも知れない待機時間をひっそりとつぶしていく。空気はあいかわらず淀んでいたが、鼻先を漂うお香の匂いはほんの少しましになった気がした。

本音を吐き出してみるのも、たまには悪くないかもしれない。

太田劇場は、これまでに立ったどの劇場よりも広かった。

実際の広さを言っているんじゃない。舞台に立った時、誰もいない客席が広々とした荒野に、あるいは果てのない海原《うなばら》に見えた。とてつもなく広大な場所に、ひとり放り出されたような寂しさを噛《か》みしめる。

今夜、ここで『落雷』の公演初日を迎える。

太田劇場は下北沢駅から歩いてすぐの場所にある。設立から四十年以上が経つ、演劇の街の象徴。これまで数々の名だたる劇団が公演を行ってきた。太田劇場の舞台に立つことは、劇団や役者にとってひとつのステータスといっていい。

周囲ではスタッフが忙しく立ち働いている。音響、照明、衣装、美術。みな、公演のために名倉が集めた腕利《うでき》きのスタッフだった。舞台監督の渡部は彼ら彼女らとこまめに相談し、細かく指示を出している。

この公演のため、これだけ大勢の人たちが動いている。それなのに舞台に立つのは、たったひとり。役者は舞台を構成する一要素に過ぎない、ということはよくよくわかっている。思い上がるつもりはない。けれど本番が近づくにつれ、私だけのために申し訳ない、という思いが募る。

間もなくゲネプロがはじまる。ゲネプロとは、公演前日または初日に行われる最終リハーサルを意味する。今回は公演期間しか劇場を押さえることができなかったため、本番直前でのゲネプロになった。

「茉莉子さん、お願いします」

舞台袖《そで》から、衣装担当の女性スタッフに呼ばれた。誘導されるまま更衣室へ移動し、冒頭の衣装を身に着ける。『落雷』では、着替えの回数が普段と比べて異様に多い。ひとりでさまざまな年齢を演じ分けるのだから当然ではあるが、それにしたって七回は多すぎる。この舞台では、早着替えをいかにこなすかも重要だった。

スタッフは化粧も直してくれた。大所帯の劇団であれば、メイクやヘアメイクの専任者がつくこともある。しかしバンケットは決して金回りのいい劇団ではない。そのため衣装担当がメイク担当を兼ねることもざらだった。

「本番前って緊張しませんか？」

アイラインを引きながら、スタッフが尋ねた。

「しないですね」

「すごい。やっぱり茉莉子さん、大物ですね」

そういうわけじゃない。私はトワだ、という一念に全身を浸しているうちに落ち着くだけだ。緊張するのは、芝居をしようという意識が強いからだろう。トワとして舞台に立つだけだと思えば、台詞も感情も勝手に出てくる。

幸い、絞められた首の痣は消えていた。あらためて、あの日の客への嫌悪感が募る。役者の身体に傷をつけるなんてありえない。ただ、あの一件以来、死を少しだけ身近に感じられるようになった。感情の引き出しが増えたという意味では、悪いことばかりではなかったのかもしれない。

着替えとメイクが終わり、白髪《しらが》のウィッグを装着すると、すぐにゲネプロがはじまる。スタッフはみな、所定の位置につく。客席の最前列には渡部。最後に現れた名倉が二列目に座った。席につくなり、名倉は「茉莉子」と鋭い声で言った。

「どういうことだ」

名倉は見るからに苛立っていた。理由はわかっているが、とぼけてみせる。

「なんですか」

「まだるっこしいことするなよ。ラストの台詞を変更したい、って正気か？」

絶対、台本に文句をつけない。それが遠野茉莉子の信条だった。私は今回、初めてそれを破ることにした。最終盤、どうしても台本の台詞に納得がいかなかった。だから今朝になって、渡部を通じて名倉へ台詞の変更を申し出た。

「ゲネプロで変更するなんて無理だ」

それが名倉の答えだった。だが、すんなり引くわけにはいかない。

「私は誰よりもトワを理解しています」

「作家はぼくだ。茉莉子に台詞を変更する権利はない」

「観てもらえればわかります」

他人の演出にここまで反発したのは初めてだった。でもこの一点だけは、どうしても譲れない。

「観てみて、ぼくが受け入れなければどうする？」

「公演中止にしてください」

明白に、空気が変わった。それまで私と名倉の間で交わされていた会話に、スタッフたちまで巻きこまれたからだ。この舞台には多くの人が関わっている。数時間後には太田劇場に観客たちがやってくる。それを理解したうえでの発言だった。

名倉はさすがに苛立っているのか、眉間《みけん》に深い皺《しわ》を刻んだ。

「簡単に言ってくれるね」

「『落雷』は、私じゃないと演じる意味がない。名倉さんもそう思ってますよね。もし私の芝居を拒絶するなら、それは名倉さんの見こみ違いだったってことです。私は私のなかにいるトワを演じるだけです」

ここまで見栄を切った以上、後には退《ひ》けない。もしゲネプロの演技に名倉が納得しなければ、本当に降板するしかない。仮に公演が中止になっても、たぶん名倉は私に経済的な補償を求めたりはしないだろう。その代わり、バンケットとの関係は断絶する。私は名倉敏史とは別の道を行くことになる。

――いい芝居さえ見せてくれれば、ぼくはなにも言わない。

名倉はたしかにそう言った。私は、自分がいい芝居ができる可能性に賭《か》けたのだ。たとえ名倉の作品を変えたとしても。

私が勝つか、名倉が勝つか。一度きりの勝負だった。

名倉は数秒思案していたが、やがて葛藤《かっとう》を吹っ切るように勢いよく立ち上がった。振り返った前列の渡部に向かって、静かに告げる。

「はじめよう」

その一言で、ゲネプロの幕は上がった。


舞台上に雨と強風の音が響く。暗闇のなかで薄明かりが私を照らしている。汚れたショールを肩にかけ、ほつれたロングスカートをまとった私は、背を曲げて老女を演じる。伸びた白髪の隙間から、恨みがましい視線を客席に送る。光などない、くすみきった情景が目の前に広がっている。

私の脳裏には、男たちから受けてきた数々の屈辱が蘇《よみがえ》っている。傷つけられた怒りを、憎しみを、視線にこめる。観客が状況を認識できる時間を取ってから、おもむろに語りはじめる。

「……雨が降る。風が吹く。突風が髪をなびかせ、肌を濡らす」

うめくような独白が舞台の空気を震わせる。名倉や渡部の視線は、もはや意識の外へと追い出されていた。私はたったひとりで舞台に立っている。

「さまよっていた私は、ある雑貨屋の軒下にひとり分の空間が残されていることに気が付く。急いで雨から逃れ、ようやく一息つくことができる」

闇に覆われていた劇場が、ぱん、と明るくなる。ほんの一瞬、舞台の隅々まで鮮明に照らし出され、すぐに闇が戻ってくる。しゃがみこんだ私の耳に雷鳴が聞こえる。私は近くで落雷があったことを悟り、慎重に顔を上げる。

軒先にいた先客との会話。紳士からの問いかけに何ひとつ答えることができない自分に絶望し、私は客席に救いを求める。

「雷が。雷が、私の人生を奪っていった」

照明の下で絶叫する。

舌の上に鉄の味が広がっている。口のなかが切れたのかもしれない。もはやこの叫びを発したのがトワなのか、遠野茉莉子なのか、それとも素の私なのかもわからなかった。

一際大きな落雷の音が響き渡った。薄明かりが消えて、完全に暗転する。すぐさま下手《しもて》の袖へ転がりこんだ。

衣装スタッフが次の衣装を手に、駆け寄ってくる。私は白髪のウィッグを脱ぎ捨て、老いたトワから若いトワへ人格を切り替える。調理師の夢を追う無垢《むく》な少女へと。トレーナーとジーンズというラフな服装に着替え、ショートカットのウィッグを被《かぶ》ったあたりで、くすんでいた風景が輝きを取り戻した。

「無理しないでください」

衣装スタッフの声を背に、袖から登場する。打って変わって、舞台には明るく穏やかな日が差《さ》していた。肩からバッグを提げた私は意気揚々と歩きだす。行く手に晴れがましい未来があると信じて。

私は上京したばかりの五年前を思い出していた。あの時はどうすれば役者になれるのかもわからないまま、何者かを演じることだけ考えていた。

夢を追っていたトワは、雷雨の夜、唐突に男から襲われる。トワが狙われたことに、若い女だから、という以上の意味はなかった。若い女でさえあれば相手は誰でもいい、という男が世の中にはいることを、私はデリヘルの仕事を通じて熟知していた。胸が大きいとか、顔が整っているとか、そんな条件は些末なことだ。若い女であるというだけで欲情する男は、間違いなく一定数存在する。

トワは舞台の上で格闘する。仰向《あおむ》けになり、苦しげに苦悶《くもん》し、足をばたつかせる。私は、私の身体を買っていった男たちの姿を思い出す。私は見知らぬ無数の男たちに裸体を見られ、触られ、舐めまわされた。忘れたくても、肉体はそれらすべてを記憶してしまっている。雷雨のなかで涙を流し、叫びながら、私はトワとひとつになる。

再び稲光が閃《ひらめ》き、舞台は暗転する。

ふらふらになりながら、私は下手へ消える。衣装スタッフは心配そうに眉根を寄せた。

「顔色、悪いですよ」

「平気です。早く衣装を」

今度はブラウスと地味なスカートに着替える。

地方の生家へ戻ったトワは、見合いで男と結婚し、幸福とは言いがたい生活を送る。授かった娘と慎ましく暮らしていたトワだが、雷雨の夜、食事の準備ができていなかったことで夫を怒らせる。夫はトワを足蹴《あしげ》にし、罵倒《ばとう》する。

私は行為が終わった後の男たちを思い出す。別人のように落ち着きを取り戻し、こんな仕事はよくないと説教をはじめたり、軽蔑《けいべつ》するような視線を向けるデリヘルの客たち。彼らは風俗で働く女を、虐《しいた》げてもいい生き物だと思っている。それが差別であることにも、理不尽な仕打ちであることにも気付いていない。

事情を解さない娘がトワに泣きつく。激高した夫は娘を蹴り飛ばし、家具で頭を打った娘は息絶えてしまう。

私は絶叫する。これまでで最も切実で、後悔に満ちた叫びだった。

私は客に絞め殺されかけた一瞬を思い出していた。死の一歩手前まで足を踏み出した瞬間。私はたしかに、暗く深い淵《ふち》に立った。落ちてしまえば二度と戻れない穴を覗きこみ、震えと嘔吐《おうと》が止まらなかった。その穴へ落ちていく私を、もうひとりの冷静な私が見つめている。死んでいく私。もう、取り返せない命。

腹の底から悲痛な叫びが湧いて、止まらなかった。この舞台で倒れて二度と起き上がれなくなってもいい。

再び、稲光と暗転。

精魂尽き果てていた。二本の足で立つのもつらかった。四つんばいになって、舞台の下手へと去る。迎えに来た衣装スタッフは半泣きだった。

「休憩しましょう。私から名倉さんに言います」

「衣装を」

「茉莉子さん！」

彼女は私の両肩をつかむ。その手をやんわりと剝がした。

「ここでやめたら意味がない。早く持ってきて」

声はがらがらにかれている。それでいい。苦悩をくぐり抜けたトワの声が、若々しく健康なものであるはずがない。スタッフは迷っていたが、次の衣装を持ってきてくれた。深緑色の上下。女性刑務所の受刑者服だ。

これから私は、夫に実子殺しの罪をなすりつけられたトワを演じる。静かだが、永遠に消えない性質の絶望だ。歩き出そうとした私に、スタッフが問いかけた。

「どうしてそこまでするんですか」

ほんの一瞬、素の私が戻ってくる。かすかに緩んだ口元から涎《よだれ》が垂れた。

「演技をしないと、生きていけないから」

格好をつけたのではなく、それは事実だった。私は誰かの人生を借りていないと、まともに生活を営むことすらできない。

再び前を向き、舞台へと歩み出す。緊張も不安もない。私をトワたらしめてくれる地獄のような記憶に、胸のうちでひそかに感謝した。


舞台の最終盤。

すべてを失ったトワは自殺寸前まで追いこまれる。ロープで輪を作って梁《はり》から吊るしたトワは、踏み台に上り、その輪の向こうから客席に語りかける。台本の台詞はこうだ。

トワ　人は誰もが、生まれて死ぬことを定められています。私も、あなたも。しかしその短い生と死の狭間《はざま》を、笑顔で過ごすことのできる人がどれくらいいるのでしょうか。そのように幸運な人間がこの世にいるのでしょうか。私には信じられません。生という苦界《くがい》を泳ぎきった先にあるものが同じなのだとしたら、早々に命を絶ったほうがよほど合理的であるのに、誰もそうしないのは幸福だからでしょうか。

その後トワは、窓の外から聞こえるかすかな幼児の声を聞き、自殺を思いとどまる。

私には、この独白がどうしても不自然に思えた。人は誰もが不幸だと言わんばかりの台詞には、かえって、自分だけがとびきり不幸なのだと信じこむ優越感が滲《にじ》んでいた。ごく普通の女であり、あらゆる女の集合体であるトワには、その匂いがなじまなかった。

老女の格好をした私は、踏み台に上る。目の前にはロープの輪が吊るされている。客席が楕円形《えんけい》に切り取られている。

「人は誰もが、生まれて死ぬことを定められています。私も、あなたも」

かすれた声だが、舞台上では朗々と響いた。ここからだ。ぐっと腹に力をこめる。

「その短い生と死の狭間を、私はひとりきりで駆け抜けてきたような心持ちでいました。しかし、そうではなかった。私の傍《かたわ》らには常に他の女たちがいた。私と同じように、犯され、搾《さく》取《しゅ》され、処断された女たちがいたのです。これまで命を絶たなかったのは、男たちに遠慮していたからではありません。死ねば、彼女たちに顔向けができない。その一心で生きることに縋《すが》りついてきました。しかし、私はもう疲れ果てました。すべての女たちに詫《わ》びながら、あの世へ行くことを許してください」

自然と涙がこぼれた。

そうか。私はトワを演じたのではない。女という生き物を演じたのだ。不自由な器に生まれ落ち、傷つけられ、それでも生きることを強要される性を演じてきたのだ。遠野茉莉子とか、トワとか、そんな小さな個人の話ではない。この社会で生きる女こそが、私の演じるべき役柄だった。

幼児の声が聞こえた。トワは静かに生き延びることを決意し、ほのかな希望が灯《とも》され、舞台は幕を引く。

九十分のゲネプロが終わった。

終演後、私は舞台の中央でうつぶせに寝そべったまま動けなくなった。すぐに衣装スタッフが駆け寄って、抱き起こしてくれた。ペットボトルの水を飲ませてくれたが、うまく口に運ぶことができずにこぼしてしまう。彼女はあわてていた。

「すぐ拭きます」

「自分で飲めますんで」

横座りになりペットボトルを受け取る。

体力もそうだが、精神的にきつかった。短時間のうちに幾度もトラウマを想起したせいか、まだ記憶の残像が網膜に貼りついている。消したくても、目の前から消すことができない。

板の上を歩く足音が近づいてくる。足音は私のすぐそばで止まった。

「茉莉子」

へたりこんでいる私を、名倉が見下ろしていた。

「最後まで走り切れるか？」

ゲネプロで消耗し切っている私が、数日にわたる公演に耐えられるのか。疑問を抱くのは当たり前だ。けれど確信があった。どれだけ疲弊しようとも、舞台に立ち、幕が上がれば私はトワになれる。トワになってしまう。

「準備はしてきました」

名倉はうなずいた。

「わかった。あとは茉莉子にまかせる」

名倉が折れた。私の芝居がトワにふさわしいと、認めた。

――勝った。

並んで歩く渡部に指示を出しながら、名倉は舞台を降りていく。その背中を見ながら、ふっ、と笑い声が漏れた。『落雷』は名倉の書いた戯曲だ。でも、この舞台は他の誰でもない、私のものだ。

「茉莉子さん？」

気遣わしげな衣装スタッフに礼を言って、立ち上がった。どうにか歩けるだけの気力が戻ってきた。最初の公演まであと三時間。目の前の客席は人で埋め尽くされる。何百人もの観客たちが、私の――トワの生涯を見届ける。求められれば何度だって演じてみせる。それだけ、他者を演じるという快楽に身を浸していられるのだから。

私は早くも、再びトワを演じられることに胸を躍らせていた。

八月下旬。一週間ぶりに家から出た。自宅の食料がなくなったからだ。

出前を頼もうかと思ったが、洗剤やティッシュも切れていることを思い出した。仕方ないので部屋着でコンビニへ向かう。体力はずいぶん落ちていた。日差しの下を歩くだけで疲れる。

蟬《せみ》しぐれが耳についた。異性を求めるオスの主張は、いまだに生理的な不快感を呼び覚ます。もっとも、上京したころよりは慣れた。蟬の声よりもずっと醜悪《しゅうあく》でずっと不快な、男たちの視線を浴び続けてきたせいかもしれない。

私は『落雷』の公演後、ほとんど家から出ていなかった。何日も続けてトワを演じたことで、心と身体が磨《す》り減っていた。回復するためには、なにもせずただ横になっているだけの時間が必要だった。デリヘルはとっくに退店した。舞台のために働いていたのだから、舞台が終われば用はない。結果的にまとまった額のお金が手元に残ったので、数か月はアルバイトをしなくて済みそうだった。

コンビニで弁当やスナック菓子、日用品を買いこみ、再び外に出る。ビニール袋が指に食いこんだ。自宅への道のりを歩きながら、公演への評判をぼんやりと思い返す。

初日が終わった時点で、SNSには絶賛のコメントがいくつも投稿された。口コミサイトでの評判も上々で、バンケットの舞台は初見だという人も、小劇場好きの玄人筋《くろうとすじ》も、おおむね好意的に受け止めているようだった。

評判は客を呼ぶ。翌日の公演も、その翌日の公演も、チケットは完売した。ひとりで二度、三度と観る人もいたようだ。終演後、座席にうずくまって嗚咽《おえつ》を漏らしている客もいたらしい。

千秋楽、高名な劇作家が客席にいたという噂も聞いた。大きな賞をいくつも受賞している男性作家で、大学の教員でもある有名人だ。彼が客席にいたという事実はそれ以上でもそれ以下でもないが、『落雷』に箔《はく》がつくという効果はあった。

舞台は成功を収めた。私は名倉に勝ったけれど、名倉はバンケットの興行という賭けに勝った。

同時に、遠野茉莉子の存在もより多くの人に知られるようになった。『落雷』を機に雑誌のインタビューを受け、それによってまた知名度が上がった。劇団からの勧誘や客演の依頼がいくつも舞いこみ、チケットノルマの有無で舞台を選ぶ必要はなくなった。

ただ、しばらくはバンケット以外の舞台に出るつもりはない。

私は他者を演じることを切望してきたが、他者なら誰でもいい、というわけではないことがようやくわかってきた。役者と劇作家には相性がある。どんなに世評が高い戯曲でも、身体が演じてくれないことがある。遠野茉莉子にとって、最もなじみのいい劇作家は名倉敏史だった。

彼が優秀だと言いたいんじゃない。合う合わないの話だ。名倉の生み出す人物なら、私は名倉以上に理解できる自信がある。頭の先から爪先《つまさき》まで、自分自身を染め上げられる。私が名倉を評価しているように、名倉も私を買っている。それは公演への出演回数からも明らかだった。

自宅アパートのエントランスにミニスカートの女性がいた。エレベーターの手前で、所在なさそうに歩き回っている。住人には見えない。植えこみの向こうを覗いていた彼女が振り向き、目が合った。

「なにしてるの」

栗色の髪をした女性は、デリヘル嬢のアユミだった。

とっさに声が出た。アユミは悪びれる様子もなく「待ってました」と言う。

「誰に住所聞いたの」

「劇団バンケットの名倉さんから。連絡来てませんか?」

薄暗いエントランスでアユミは首をかしげる。

「いきなり家になんか来てなにがしたいの。ストーカー?」

「私、役者になろうと思って」

アユミが発した言葉に不意を衝《つ》かれ、つい絶句した。彼女は滔々《とうとう》と語る。

「観ました、『落雷』。演劇観るの初めてだし、いいのか悪いのかはよくわからないけど、感動しました。暗くていやな話なのに、なんか頭から離れなくて。自分でチケット買ってもう一回観ましたもん。前より余計にわからなくなって。でも忘れられなくて。役者さんってすごいんだな、って思いました」

郵便受けを背に、アユミの話に耳を傾ける。

「前に話したじゃないですか。全部演技だって。私、生まれてから今まで、ずっと演技してきたんです。いい子の演技。不良少女の演技。デリヘルで働く演技。全部、演技なんですよ。私、もしかしたら演技することに向いてるんじゃないかと思って。ね？　四六時中演技してるんだから、向いてると思いません？」

「だったら、勝手に役者になれば？」

私の家に乗りこんで、宣言する必要はない。アユミは以前買ってやったのと同じ煙草を取り出して、くわえようとした。「外で吸って」と注意する。

「だったらいいや。外、暑いし」

アパートの共用部が禁煙であることくらい、常識だ。彼女はあえて常識のなさを見せつけているように思えた。

「どうすれば役者になれるかわからなかったんで、バンケットの名倉さんって人に相談したんです。そうしたら、ぼくには役者になる方法はわからない、けど遠野茉莉子なら知っている、って言われて。ここの住所教えてもらいました」

とんだ行動力だ。名倉も傍迷惑《はためいわく》な真似をしてくれた。

ただ、彼がアユミに住所を教えた理由は察しがついた。たぶん、過去の私と同じものをアユミに感じたのだ。役者という肩書ではなく、演じることそのものへの憧《あこが》れを嗅ぎ取った。かつて名倉は、初対面の私をワークショップに呼んだ理由をこう説明した。

――あなたの目的は役者になることではなく、演技をすることそのものにある。

そしてアユミに演者としての自覚を植え付けたのは、たぶん私だ。あの日、待機室から連れ出さなければ、あるいは『落雷』のチケットを渡さなければ、彼女は今も無自覚なまま演技を続けていただろう。

「教えてください。どうすれば役者になれますか？」

アユミは距離を縮めてくる。煙草の匂いがほのかに漂う。

実のところ、彼女はすでに立派な役者だった。だって私の目の前で、身の程知らずの役者志望の女、という役を演じているのだから。自宅まで押しかけてきたのも、エントランスで煙草を吸おうとしたのも、彼女なりの演出だろう。ではなぜ、アユミはわざわざそんな役を演じているのか？

決まっている。私がそういう女を気に入る、と読んでいるからだ。

そのしたたかさに感服した。同時に五年前、面識のない名倉を相手に売りこみをかけたことを思い出した。

アユミから視線を逸《そ》らさず、微笑してみせた。

「わかった。教える。役者になっても幸せにはなれないと思うけど」

「いいんです。もともと幸せじゃないんで」

エレベーターの上昇のボタンを押した。アユミが後ろからついてきて、ふたりでエレベーターに乗った。

上昇する籠《かご》のなかでアユミが言った。

「遠野茉莉子、って芸名ですか？」

「まあね」

「いい名前ですね。私にも芸名つけてくれませんか？」

「……考えとく」

拒否しなかったのは面倒だっただけだ。断れば、しつこく迫ってきそうだから。

ビニール袋を提げた右手が軽く痺れていた。指には食いこんだ跡がついている。

首に残った痣も、指についた跡も、時間が経てばいつか消える。じゃあ、心の傷はどうか。

たくさんの男たちが植え付けてきたトラウマも、いずれ薄れ、跡形《あとかた》もなく消えていくのだろうか。

そうはさせない。私は今後も、この痛く苦しい体験を決して忘れない。そうでないと、絶望を再現できない。血を吐き、涙を流しながら、私は治ろうとする心をあえて傷つけ続ける。

それだけが、舞台の上で生き延びる唯一の方法だから。

幕間

城亜弓は、ステージ上の名倉から視線を外そうとしない。時が停止したかのように、ふたりは一言も発さず睨《にら》みあっている。

反感を露《あら》わにする彼女の顔には、デリヘルで働いていたころの面影《おもかげ》があった。アユミと名乗っていた彼女に、そのままの名前を与えたのは私だ。アユミ嬢から、城亜弓へ。さしたる考えもない安直な命名だったが、彼女は拒否しなかった。

彼女は、本音で接することができる数少ない相手。そう思っていたが、結局はそれも勘違いだったのだと、今はわかる。たしかに素《す》で話すこともあったが、最後の一線は越えなかった。腹の底の底までは、一度も見せなかった。

「……すみません」

沈黙を破ったのは、中ほどに座る神山一喜だった。

みなの視線が一斉に集まる。声には震えが交じっていた。

「どうかしましたか？」

名倉に促《うなが》され、神山は咳払《せきばら》いをした。

「いや、あの、俺からも少しいいですか」

やっと発言する気になったらしい。本来なら、名倉の独白に対して、神山は真っ先に反応すべき人物だった。

「さっき、城さんは事故だって言ってたけど……たぶん違う。あれは自殺ですよ。茉莉子は、自分から飛び降りたんだと思います」

神山は精一杯、落ち着いた声で話していた。だが私には彼の葛藤《かっとう》が透けて見えた。私との関係をどこまで話すべきか、この期《ご》に及んで決めかねている。触れられそうなほど、生々しい迷いだった。

「なぜですか？」

城が棘《とげ》のある声で問う。

「それは……」

「憶測ですか？」

言いあぐねている神山に、城は容赦のない言葉を重ねる。

「私は真剣に話しているんです。ただの憶測で口をはさむのはやめてください。神山さんは、自分の発言に責任が持てるんですか。茉莉子さんのなにを知っているんですか？」

神山が立ち上がった。その顔は露骨に歪《ゆが》んでいる。

彼の風貌《ふうぼう》は、世間的に言えば端整ということになるのだろう。ややエラが張っているけれど、目や鼻は綺麗《きれい》な形をしている。その神山が幼児のように下唇を突き出し、今にも泣き出しそうに目尻《めじり》を下げている。

あらためて思う。この人には、演技が必要ないんだ。私や城と違って、演技をしなくても生きていける人なんだ。男性だからか。それとも性格のせいか。彼は私を天才だと言ったけど、ある意味、彼のほうが私なんかよりよほど才能に恵まれている。

「知ってるんだよ」

ようやく腹を決めたのか、神山の声はもう震えていなかった。

「俺は一時期、茉莉子と付き合っていた。その時から希死念慮《きしねんりょ》を抱えていた」

名倉の表情が曇り、城の顔が引きつった。反応を見る限り、ふたりともその事実を知らなかったらしい。他の役者やスタッフも似たような反応だった。神山との関係はずっと隠していたけれど、うまくいっていたようだ。別れてからも彼が口外しなかったことに、少しだけ感心する。

神山はみなに聞こえるよう声を張る。

「二十代のころ、半年ほど付き合っていました。当時から茉莉子は心療内科に通っていた。希死念慮に苦しんでいて、別れる時も治っていなかった。茉莉子はずっと、いなくなりたい、と思っていたんです」

驚くみなの顔を見ていると、私の口の端《は》に自然と笑《え》みが上った。

「演技のために身も心もボロボロだったんです。ゲネプロの最中、ふと奈落の暗闇が視界に入った。そこに飛びこめば死ねる。そう考えて、衝動的に身を投げた。それが真実だと思います」

神山の目には涙が浮かんでいた。どういう涙なんだろう。私がいなくなった喪失感？　救えなかった後悔？　それともただ興奮しているだけ？　尋ねたところで答えは返ってこないだろう。だって彼は演技をしていないから。

「身も心も、ボロボロだった？　今、そう言いましたよね？」

名倉が細かいところに目をつけた。

「ええ、まあ」

「茉莉子にとっては、舞台に立つことが最優先事項だったはずだ。心は傷だらけだったかもしれないけれど、身体《からだ》まで傷ついていたとは思えない」

城と交わしたのと同じ議論だった。

そう。私は自傷をしなかった。首や腕や足に傷痕《きずあと》があれば、役者自身が前面に出てしまい、観客を冷めさせてしまう。だから私は身体に傷を残さないよう細心の注意を払っていたし、誰かが私を傷つけることも許さなかった。

ただし、他人の目に見える範囲で、という条件付きだが。

神山は「知らないんですね」と応じた。かすかだが、名倉に対して勝ち誇る色が滲《にじ》んでいた。

「茉莉子は腹や胸、太もも――そういう、服に隠れて見えない場所を繰り返し痛めつけてたんですよ。そうか。知らなかったんですね。実は少し疑ってたんですよ。名倉さんも、茉莉子の身体を見たことあるんじゃないか、って」

もはや、神山は優越感を隠そうともしなかった。

しかし神山の発言は、正確ではない。私は自ら身体を殴ったり、叩《たた》いたりしたことは一度もなかった。その役目を担《にな》ったのは、他でもない神山だ。私の要求に従い、彼は幾度となく、私の身体を痛めつけた。

名倉はじっと神山を見返すだけだった。

「茉莉子が死んだのは、死にたかったから。他に理由なんてないです。芝居に全部捧《ささ》げて、死んじゃったんですよ」

そこまで語った時、神山の顔に陰がさした。

「……俺には止められなかった。だって理解できないから。茉莉子にとっては全部、演技だった。飯を食うのも、眠るのも、笑うのも泣くのも、すべて演技だった。そんなこと、考えられますか？」

神山の独白を聞いた城がひそかに唇を動かす。その口から転がり出た言葉は、誰の耳にも届かなかった。ただひとり、私を除いて。

――普通じゃん。

城はそう言ったのだ。彼女はよくわかっている。

私はずっと、〈遠野茉莉子〉という仮面を被《かぶ》り続けていた。その意味が、神山には死ぬまで理解できないだろう。けれど内心、そういう神山が羨《うらや》ましくもあった。

第三幕

ドラムを叩《たた》く軽快な音が、鼓膜を揺らす。

夏の終わりの店内には、心地よいざわめきが満ちていた。ここは生演奏が聞けるジャズクラブとして、吉祥寺では有名な店だ。ロフト席から演奏をながめていると、これまで一緒に来た男たちのことが頭をよぎった。

吉祥寺に住んで、八年目になる。

上京してから昨年まで住んでいた四万六千円のワンルームは、建て替えのため退去を余儀なくされた。今はその近くにある別のアパートに住んでいる。賃料は五万円になった。春頃まで関係があった男からは、「もっといい家に住めば」と笑われたけど、その必要は感じなかった。荷物が置けて眠ることができれば、自宅なんてどうでもいい。

ひとりでオリーブをつまみにギネスを飲んでいた。スマホの時刻表示は、十九時二十五分を示している。約束の時刻はとうに過ぎているけれど、待ち合わせの相手はまだ来ない。男に待たされるのは久しぶりだった。

一応、台本は持ってきている。来月新宿の劇場で上演する舞台で、主催は大手の劇団。私は準主役を演じることになっている。台本の出来は悪くない。役者も実力派ぞろいだ。チケットはすでに八割以上売れ、完売も見えているらしい。客観的に考えて、これといった不満はないはずだった。

けれど、なにかしっくりこない。

二十四歳の時に『落雷』に出演して以後、いろいろな劇団から依頼が殺到するようになった。当初、バンケットの舞台以外は出ないつもりだった。名倉敏史という劇作家の作り上げる人格に染まる時、私はいちばん楽に呼吸ができるから。でも、予想外のことが起こった。

名倉がスランプに陥《おちい》ったのだ。

『落雷』で演劇の賞をもらった名倉は、重圧にさらされ、新作を書けなくなった。もともと凝《こ》り性《しょう》の名倉だ。独自のこだわりに周囲の過剰な期待が重なれば、いずれ行き詰まることは必然だったのかもしれない。

仕方なく、私は別の劇団からの依頼に応じることにした。仁義を切るため、正式に受ける前に名倉に断りを入れた。下北沢のカフェで会った名倉は、蠟人形《ろうにんぎょう》のように真っ白な顔だった。

——自由にしなよ。茉莉子はバンケットの所属俳優じゃないから。

私は客演という形で、次々に舞台に上がった。注目が集まっているうちに、遠野茉莉子の名声を少しでも高めておきたい。評価が高まれば高まるほど、実力のある劇作家に誘われる可能性が増える。名倉が機能しない現状、役者としての生命線を保つにはそれしか方法がなかった。ただし、出演する役は慎重に吟味した。喜びの演技はあいかわらず下手《へた》くそだったから、そういう芝居が求められる役は拒んだ。

どの舞台に出る時も、根底にあるのはメソッド演技だった。私が得意なのは、怒り、悲しみ、後悔、慟哭《どうこく》といった、負の感情の表出だ。自然、選ぶのもそういう役柄ばかりになっていった。

いつからか、遠野茉莉子は〈悲劇の女優〉と呼ばれるようになった。悲劇的な人生を歩んでいるという意味では、もちろんない。悲劇に見舞われる女性ばかりを演じることから、その二つ名がつけられた。不慮の事故で夫を亡くした主婦。作品を燃やされる芸術家。ストーカーにつけ狙われる会社員。それらの役を演じるたび、私は過去の体験を想起し、再現してみせた。

繰り返し思い返すうち、暗い過去ばかりが鮮明になっていった。いや。他のことは忘れてしまい、つらい記憶だけが残ってしまったと言ったほうがいいだろうか。瞼《まぶた》を閉じれば、瞬時に思い浮かべることができる。母に蔑《さげす》まれ、男に蹂躙《じゅうりん》される光景を。

いつからか、私は客が呼べる俳優として知られるようになった。一度、テレビ局のプロデューサーから、地上波ドラマへの出演を打診されたこともあった。しかし結局は社内会議で賛同が得られなかったらしく、話は立ち消えになった。

――負のオーラが強すぎて、テレビ向きじゃないんだよね。

電話で理由を尋ねると、そう返ってきた。そっちが誘ったんでしょう、と言いたいのをぎりぎりで堪《こら》えた。

『落雷』以降、両手で数え切れないほどの舞台に立った。けど、あれを超える代表作には出会えていない。会う人会う人、話題にするのは『落雷』ばかりだ。やっぱり私は名倉の、バンケットの舞台じゃないと輝けないのかもしれない。

二杯目のギネスを頼もうとしたころ、ようやく待ち人が来た。申し訳なさそうに眉《まゆ》をひそめ、背中を丸めて隣の席に座った。

「遅れてごめん。俺が呼んだのに」

神山一喜は少年のような笑顔を見せた。年齢は私の三つ上だから、今年二十九のはずだ。年齢よりも見た目の印象は若い。

「いいですけど。普通に飲んで待ってたんで」

「ここ、いいね。よく来るの？」

「たまに」

ギネスを二つ注文してとりあえず乾杯した。神山が食べたいというから、ソーセージのピザとピクルスを頼んだ。

「最近どう？」

「次、これに出るんで準備してます」

手元にあった台本を見せると、神山は「へえ」と言ってグラスを勢いよく傾けた。おいしそうにビールを飲む人だ。神山と飲むのは今日が初めてだった。厳密には、半年前の打ち上げで同じ場にいたはずだけど、話した記憶はなかった。

そもそも、今日神山に呼ばれた理由もよくわかっていない。共演したのは半年前の一度きり。その時も、例によって客演として出た。稽古《けいこ》ではそれなりに話したけど、仲が良かったわけではない。なのに、神山は旧知の関係であるかのように振る舞っていた。もしかしたら、この人と飲んだことがあっただろうか。そう勘違いしそうになるくらい、自然な空気だった。

「面白い？」

「そこそこ」

劇団の名前を聞いた神山は「すごいじゃん」と感嘆した。

「いい感じにステップアップしてるね」

「そうですかね」

「事務所とか、入らないの」

「入ったらいいことあるんですか？」

他愛《たわい》のない話をしていると、食べ物が運ばれてきた。まずはピクルス。少し時間が空《あ》いて、ピザ。神山はピザを見ると「うまそう」と目を丸くした。先端にかぶりつく彼を、私は肘《ひじ》をついて観察していた。

——どこまでが計算なんだろう。

話しやすい空気も、素直な反応も、すべて演技なのだろうか。でも、私の目には素《す》にしか見えない。男性が少年らしさを演じる時は、たいてい嘘《うそ》っぽく、臭《くさ》みがあるけど、その匂いがまったくしない。

「神山さん」

「なに？」

「目的はなんですか？」

店内はドラムの独壇場だった。フロアタムとスネアドラムが、高速で連打される。奏者がシンバルを叩くのと同時に、神山は答えた。

「仲良くなりたいだけだよ」

その言葉には力《りき》みがなかった。

「本当は稽古とかでもっと話したかったんだけど、遠野さん、オーラがあるから。話しかけにくくて。いや、怖いとかって意味じゃなくて、邪魔したら悪いから」

「オーラ、ありますか」

「ある、ある。役が憑依《ひょうい》してる感じだよね。陳腐な言い方だけど」

神山は次の一切れに手を伸ばす。

「俺はそういうタイプじゃないから、余計に憧《あこが》れるんだよね。役を生きる、みたいな人に」

「ウタ・ハーゲンですか？」

ウタは偉大な演劇教師として知られるアメリカ人女優だ。彼女の著作に『〝役を生きる〟演技レッスン』という本があった。そのことを言いたいのかと思ったけど、神山は苦笑するだけだった。

「そういうのがさらっと出てくるのもすごいよね」

別にすごくはない。役者だから、演劇の本を読んでいる。ただそれだけだ。

「神山さんは器用ですよね」

「褒《ほ》めてないでしょ」

「褒めてはないけど、けなしてもないです」

事実、彼は私とまったく違う性質の役者だった。

神山の舞台を幾度か観《み》たことがあるけど、決して下手な役者ではない。所属する劇団は大手で、公演では常に主要なポジションにいる。それだけの実力はある。ただ物足りないのは、彼が毎回きっちり八十点を出してくるタイプの役者である点だ。芝居が手堅い、と言えば聞こえはいい。でもそれは、想定以上の驚きや興奮を体験することはない、ということでもある。器用なのは間違いない。彼はきっと、私のように五感を呼び覚ます演技をしていない。

「遠野さんは天才だよ」

神山の言葉に気負いはなかった。

「『落雷』を観た時、マジで電流走った気分だった。演じてるっていうか、その人そのものだなと思って。あれだけ全部を懸けて芝居してる人、他に知らないよ。遠野さんは天才だと思う」

私は返事をする代わりにピクルスを食べた。あえて否定はしない。そんなことないですよ、とか言うと、面倒な展開になるのが見えているから。

「遠野さんの芝居を観るたび、正解を出された、って感じがするんだよね」

神山はひとりで語り続ける。

「わかってる。演技に正解なんて存在しない。百人いたら百通りの演じ方があることくらいは知ってる。でも遠野さんの芝居はさ、圧倒的に芯《しん》を食ってる。そこにいる、って感じるんだよ。台詞《せりふ》の存在を忘れる。そういう役者は他にいない」

舞台関係者が語る演技論は、総じて嫌いだ。劇作家は台本を書くことが、演出家は演出することが、役者は芝居をすることが仕事だ。主張は各々《おのおの》の仕事のなかでするべきであって、酒を飲みながら意見を戦わせても舞台のクオリティは上がらない。

なのに、神山の話は自然と受け入れられた。

「私に言わせれば、神山さんのほうがよっぽど芝居に向いていると思います」

「誤解だね。俺は遠野さんみたいに、正解は出せない」

「正答することだけが才能じゃないですから」

神山がぴたりと動きを止めた。

低いドラムの音が私たちの間に流れる。やがて、神山は声も出さずに笑った。

「やっぱり楽しいね、遠野さんと話してると」

彼の両頰《りょうほお》に生まれた深いえくぼをぼんやりと見ながら、私は思った。たぶん、近いうちにこの人と寝ることになるんだろう。直感というより、経験に基づく予感だった。男への不快感はもはや麻痺《まひ》しつつある。理由がなければ、私は拒否しない。

神山が追加で二杯、ギネスを頼んだ。

演奏は熱を帯び、店内を支配している。スティックがタムやスネアを乱打し、最後は盛大なシンバルで締めくくられる。神山が手を叩くのにつられて、私も拍手していた。誰かの挙動を意識せず真似《まね》するなんて、ずいぶん久しぶりだった。

最初は飛蚊症《ひぶんしょう》かと思った。

ある朝、自宅で目覚めた私の視界に、半透明の物体がふわふわと漂っていた。目を凝らすと、それは見たくもない過去だった。瞼を閉じてもいないのに、私の身体《からだ》を舐《な》めまわした男たちの断片が幽霊みたいに浮遊していた。ねばつくような視線や、筋肉質な腕や、股《また》ぐらに押し入ろうとする男そのものだった。まばたきをしても残像は消えない。

その瞬間、唐突に思った。

――あ、消えたい。

同時に、まずい、と思った。たぶんこのままじゃ、死んでしまう。消えたいけど、死にたくない。

急いでコンビニに走って、赤ワインを買った。家に戻り、台所に立ったまま瓶に口をつけて飲んだ。なんでもいいから、気を紛《まぎ》らわす手段が必要だった。口の端《は》から血の色の液体がこぼれて、胸を濡《ぬ》らした。

赤ワインを一本空けると、少しだけ衝動が落ち着いた。

心臓がどくどく鳴っていた。頭がくらくらして、吐き気がする。この身体反応がアルコールのせいなのかもわからない。ともかく、もっと酩酊《めいてい》しなければいけない。

もう一本、ワインを買ってきた。一緒に買った菓子パンを食べながら、今度はガラスのコップで少しずつ飲む。

視界の幻はまだ消えない。それどころか色濃くなっている。半透明だった記憶の断片に肌の色がつき、生々しさを増している。二十数年の人生で何人の男に触れられたか、数えることは不可能だった。デリヘル勤務の時だけで百は超えている。ただ、蘇《よみがえ》るのはその時の記憶だけじゃない。プライベートでした男たちもまた、私の目の前を浮遊していた。

冷房の効いた部屋で、かさかさした二の腕に触れる。今、この部屋には他に誰もいない。私の身体は乾いていて、痛みもかゆみもない。それなのに、強烈な他人の気配を感じた。ここにはいない男の手が私の胸に触れ、唇を吸っていた。耐えきれず、トイレに駆けこんで胃のなかのものを吐いた。

それから時間をつぶすためにひたすら飲んだ。夕方までに二回吐いた。吐いた後はぐったりして動けなかった。

十八時過ぎ、チャイムが鳴った。

不思議なことに、それはこの部屋のチャイムではなかった。群馬にある実家のチャイムの音だった。反射的に立ち上がり、玄関へ駆けよっていた。チャイムが鳴ったら、家族が出迎えなければならない。それが我が家の決まりだ。

玄関のドアを開けると、そこには母が立っていた。

「ただいま」

半袖《はんそで》のトレーナーを着て、半ズボンを穿《は》いている。死んだ日と同じ服装だった。困惑はしなかったけどうんざりはしていた。無言のままの私を睨《にら》んで、母がもう一度口を開く。

「ただいま」

返すべき言葉はひとつしかない。それを言ったら終わりだ、と思いながら、どうしても言わずにはいられなかった。

「おかえり」

母は「疲れた、疲れた」とこぼしながらサンダルを脱ぎ、部屋に上がった。ドアを施錠してからため息をつく。どうして、現れてほしくないものばかりが現れるのだろう。母との記憶は、憎しみを呼び覚ますための道具に過ぎないはずだった。

勝手にソファに腰を下ろした母は、「汚い部屋」と吐き捨てた。私の部屋で母だけがくっきりと浮かび上がっている。現実という背景にもう一枚、紙を重ねたみたいだった。

「女のひとり暮らしで、こんなに汚れてるってどういうこと?」

フローリングには領収書や読みかけの本、乾いたタオルが散乱している。ひとり暮らしが長くなっても、私は「生活」が苦手なままだった。

「いろいろあるから。仕事も忙しいし、お母さんみたいに暇じゃない」

「ああ、そう」

母は早くも興味を失ったのか、リモコンを操作してテレビをつけた。あれから八年経《た》ったけど、時間は私たちの距離を縮めてくれない。

「あんた、私が死んだ時に泣いてたね」

母はニュース番組をながめながら、ぽつりとつぶやいた。

「そうだね」

「あれ、嘘泣きでしょう。お母さんにはわかるからね」

ひとりでに「は？」と返していた。

泣いていないのに泣いているふりをするのが、嘘泣きじゃないのか。私はあの時、嗚咽《おえつ》を漏らして、しっかりと涙を流していた。鼻水まで出ていた。母を失った娘、という私の演技は完璧だった。

母がこちらを見た。心の底を射るような、冷たい視線だった。

「ほら。また、バカにしたような目」

バカにしてくる相手をバカにして、なにが悪い。そう言ってやりたかったけど、反論は喉《のど》でつかえた。いつもこうだ。相手が幻だとわかっていても、私は母に逆《さか》らえない。対等に話すことができない。

酔いは醒《さ》めていた。台所に戻り、残ったワインを一気に飲み干す。酩酊が足りない。

「買い物してくる」

そう言い残して、またコンビニへ向かう。でたらめに酒を買いこんで自宅に戻ると、母はもう消えていた。

神山と二度目に飲んだ夜、彼はしきりにうちへ来たがった。『落雷』の台本を読んでみたい、という名目だった。神山は両手を擦《す》り合わせて拝む。

「本当はもう一度観たいけど、映像で残ってないよね？　台本読めば、頭のなかで思い出せるから。お願い」

「うち、汚いんで」

「俺の家よりましだと思うよ。うち、本当に汚いから」

居酒屋のカウンターで神山をいなしながら、つい笑ってしまった。あまりに下心が見え透いていたから。役者とは思えないくらい、口説《くど》くのが下手だった。こういう時に器用さを発揮しないで、いつ発揮するのか。

「台本読んだら、すぐ帰るから。頼みます」

私は考えこむふりをした。どうせ、いずれはこうなると思っていた。体調も悪くない。でも安易に了承すると調子に乗るかもしれないから、慎重に答える。

「終電まであとどれくらいあります？」

「えっと、二時間ちょっと」

「終電までに帰ってくれるなら、いいですよ」

「マジで？」

神山の顔がぱっと明るくなる。

舞台を降りた神山は、本当に裏表がない。少なくとも私にはそう見える。いいなぁ、と素直に思った。神山は、仮面を被《かぶ》る必要がない。素顔のままでいてなんの問題もない。それがどれだけ幸福なことか、この人はわかっていないんだろう。

「神山さんって、嘘つけなさそうですよね」

「あ、役者にそれ言う?」

言葉の割に、神山は楽しそうだった。この人は私にないものを持っている。嬉《うれ》しさや喜びを、素直に表現できる。

ふたりで居酒屋を出て、コンビニで飲み物を買ってからうちに向かった。神山は玄関に足を踏み入れるなり、顔をこわばらせた。たぶん、予想以上に汚かったからだろう。ドアを開けてまず視界に入るのは、ワインの瓶を詰めこんだビニール袋だ。捨てる日を逃したせいでかなりゴミが溜《た》まっていた。これで幻滅して帰ってくれても、私としては一向に構わない。

「ワイン、好きなんだ?」

神山の一言に、そこかよ、と胸のうちで突っこむ。

「寝酒が習慣なんで」

「酒飲んで寝ると、逆に眠り浅くなるらしいよ」

「もともと眠れないからいいんです」

神山と話していると、自然と軽口の応酬になる。

畳んでいない衣類を爪先《つまさき》で端に寄せ、空いたスペースに神山を座らせる。さっき買った缶チューハイで乾杯してから、私はすぐに『落雷』の台本を取り出した。散らかっている部屋だけど、台本の置き場所は本棚のいちばん上と決めているから、探す必要はなかった。

「はい、これ」

「拝読します」

あぐらをかいた神山は、ほとんど中身が減っていない缶を置き、うやうやしい手つきで台本を受け取る。指先でページをつまむと、音も立てずに開いた。緩《ゆる》んでいた横顔が引き締まる。

それから、神山は『落雷』に没頭した。

一言も発さずに読んでいる横で、私は黙々と酒を飲んだ。缶チューハイは早々に空《から》になったから、買い置きの赤ワインをコップにそそいで、神山の反応をうかがいながら過ごした。

彼の仕草を観察していると、飽きなかった。時おり首を回したり、鼻から深く息を吐いたりしながら、ゆっくりとページをめくっている。目を細めている箇所があれば、私も横から覗《のぞ》きこんだ。スマホをいじる気にもならなかった。

一時間半して、ようやく神山は最後のページを閉じた。

「ありがとう」

体育座りをする私に、両手で台本を差し出す。

「そんなに好きなら、貸しましょうか」

えっ、と神山の口から声が漏れた。

「いいの？」

「ちゃんと返してくれるなら。コピーしてもいいですよ」

ほんの少し躊躇《ちゅうちょ》してから、神山は「じゃあ、お借りします」と頭を下げた。コップに視線を落とすと、血の色をした液体に私が映っていた。中身を一息で飲み干し、手の甲で口元を拭《ぬぐ》う。皮膚に付着した赤黒い液体を見つめた。

「そろそろ帰るわ」

申し訳程度に缶チューハイを飲んでから、神山が腰を浮かせた。終電の時刻が目前に迫っている。

「泊まっていってもいいですよ」

「別に、そういうつもりじゃないから」

「いやですか？」

神山の動きがぴたりと止まった。中腰で固まり、きょろきょろと無意味にあたりを見回してから、「それじゃ」と再び腰を下ろした。

「遠野さんにそう言ってもらえるとは思ってなかった」

つぶやいた神山に、ふふっ、と笑ってみせる。神山一喜は私にないものを持っている。もう少し、近くでこの男を観察してみたかった。

神山の胸に顔を埋《うず》めると、温かい手のひらが私の後頭部をそっと撫《な》でた。

夜の下北沢には、小雨が降っていた。

舞台を観た直後だった。折りたたみの傘を広げて劇場を出ると、正面の階段下で見覚えのある人影を見つけた。ベージュの傘をさし、紺のジャージを着た女だ。下北沢で舞台を観れば、必ずと言っていいほど知り合いに遭遇する。

目が合うと、向こうも私に気がついて「茉莉子さん」と声をかけてきた。城亜弓の指の間には、細長い煙草《たばこ》がはさまっていた。煙草の銘柄はあのころと同じだけど、栗色《くりいろ》に染めていた髪の毛は黒くなっている。

「久しぶり」

「さっきの舞台、観てたんですか？」

「付き合いでね」

チケットは知り合いの演出家にもらった。ぜひ観てほしい、というからわざわざ観に来たけど、賞賛したくなる出来ではなかった。城はさらりと「なんか、ぎこちなかったですね」と言う。

「話は面白かったと思いますけど」

「たぶん、作家と演出家の意思疎通がうまくいかなかったんだろうね。こういう時の打ち上げって気まずいんだよね」

煙草の煙は、立ち上る先から雨に打たれて消えていく。城は目を細めた。

「どこか入りません？」

この後の予定はない。「いいよ」と答え、並んで夜の表通りを歩いた。

城亜弓が突然アパートに押しかけてきたのが、二年と少し前。それから年に数度のペースで顔を合わせている。約束して待ち合わせることもあれば、こうして偶然出会うこともある。

——教えてください。どうすれば役者になれますか？

そう尋ねた彼女に、私は自分が役者になった経緯をぽつりぽつりと語った。演技論を語れるような言葉は持ち合わせていないし、私のやり方が彼女に適合するとは限らない。伝えられるのは事実しかなかった。役に立っているのかどうかは知らない。

城はデリヘルの仕事を続けながら、役者として活動をはじめた。彼女は私と違って、着実にステップを上ることを選んだ。俳優養成所に入り、各所のワークショップへ通い、テストに合格して大手劇団の所属となった。たった二年でそこまでたどり着いたのだから、やっぱり才能があったのだろう。

私たちはチェーンのコーヒーショップに入り、そろってホットのラテを注文した。まだ暑さは残っているけど、雨に降られていると温かい飲み物がほしくなる。四人がけのテーブルにはす向かいに座り、カップの中身をすする。

「まだあの店で働いてるの？」

城はにやっと笑った。

「辞めたんですよ、ついに。稼げるし、居心地よかったんですけどね。劇団のホームページに思いっきり顔載ってるんで、さすがにバレそうで」

今はデリヘル時代の貯金を崩しながら食いつないでいるという。昼職をやる気はないようだった。

「茉莉子さんはすごいですよね。芝居一本で生活できて」

無用な謙遜《けんそん》はしたくないから、答えは返さなかった。

役者の仕事だけで食っていけるのはひと握りであり、私がそのひと握りに入っているという自覚はある。とはいえ、会社員や公務員に比べればたいした収入じゃない。この稼ぎがこれから先、続くとも限らない。

「変なこと訊《き》くんだけど」

城は首をかしげた。その反応も演技だということを、私は知っている。

「この世界から消えたくなったことって、ある？」

「そんなのしょっちゅうですよ」

即答だった。

「理想は痕跡《こんせき》も残さずに消え去ることですけど、そんなのできないから死ぬしかないですよね。私、風俗で働く前に何度か自殺未遂やってるんです」

「そうなんだ」

驚きはしなかった。最初に会った日、城の手首には刃物で切った傷痕《きずあと》があった。デリヘルで働いていたころは、ほかにもそういう子を何度か見かけた。

「昔付き合ってた男がものすごく自分勝手なやつで。付き合ってる時は毎日消えたいと思ってたし、そう思うたびに自殺できないか試してました。そんなことやってたから地元にいられなくなって、こっちに出てきたんですけど」

ははは、と笑う城の声は乾いていた。その男とは修羅場の末、失踪《しっそう》に近い形でどうにか別れたらしい。

「最初に働いたのはキャバクラだったんですけど、お酒弱いんで半年も続かなかったです。それからお酒飲まなくていいっていうんで、セクキャバで働いて。付き合ってた男にされてたことと比べたら、全然余裕でした。しばらくして、デリのほうが稼げるっていうんでそっちに転職して」

それも転職っていうのか、と妙なところに感心する。

「あの店に来てから、死のうとはしてないんだ？」

「やってないですね。通帳の金額で自分を納得させてました。これだけお金を稼げるんだから、自分は価値がある人間なんだ、って思いこんで、どうにかこうにか。貯金の額を減らしたくなかったから、無駄遣《むだづか》いもしなかったし」

城はジャージの胸元をつまんで見せた。服には無頓着《むとんちゃく》らしい。

「けど、消えたい気持ちはずっとありますよ」

「今でも？」

「今でも。演劇やり出してから、多少ましになりましたけど」

城の答えに興味を引かれた。私が消えたいと思うのは、きっと演劇のせいだ。それなのに、城は逆にましになったと言う。

「なんでだろう？」

何気ない風を装って訊くと、城は「うーん」と言った。

「演技してる時って、自分でいる必要がないじゃないですか。その役になり切っていればいい。自分が自分として存在しなくていい。だから、その間だけは消えたさも虚《むな》しさも忘れられるんですよね」

「それはわかるけど、舞台の外では消え去りたくならない？」

「茉莉子さんはそうなんですか？」

問い返され、私は口をつぐんだ。肯定も同然だった。

「普通だと思いますけどね。茉莉子さんじゃなくても、この世界からいなくなりたい、くらいは誰だって思いますよ。その辺のサラリーマンでも。週一で指名くれてたおじさん、いっつも死にたいって言ってましたもん」

「みんな、なんで死にたいんだろうね」

「知るだけ無駄ですよ。その人の地獄は他人には絶対わからないですから。役者になって、それが余計わかりました」

一時間ほど話して、私たちはコーヒーショップの前で解散した。城はジャージのポケットから煙草を取り出した。

「私、吸っていくんで」

「じゃあここで」

「ありがとうございました」

律義《りちぎ》に頭を下げる城に、手を振った。

井の頭線下北沢駅のホームに立つ。東京に来たばかりのころは、ホームの自販機やベンチまで新鮮に見えたけど、とっくに見飽きた風景の一部と化した。上京してから少なくとも週に一回として、ざっと四百回は下北沢へ来ているのだから、慣れるのは当たり前だった。

男たちの幻影は、今も目の前を浮遊している。

行列の先頭に立っていると、ふとした瞬間、線路に飛びこんでしまうんじゃないかと自分で心配になる。強い希死念慮は湧いていないけど、いついなくなってもいい、という思いは地下水脈のように心の底を流れている。飛びこまないのは、なんとなく現状維持を選んでいるからに過ぎない。

車内は空《す》いていた。発車の直後、スマホに神山からのメッセージが届いた。

〈明日の夜、家行っていい？〉

私が断るとは微塵《みじん》も思っていないんだろう。すぐに〈いいよ〉と返すと、今度は〈着替え置く場所あるかな？〉と来た。ない、って言ったらどうするつもりなんだろう。〈好きなところ使っていい〉と送る。家に来るのは次で三回目なのに、もう着替えを持ってくるのか。ちょっと早くないか？

神山とは、あの夜から付き合いはじめた。付き合うにあたって私はひとつだけ条件を出した。私たちの関係については他の誰にも口外しないこと。これは、今までの男たちにも言いふくめてきたことだった。

意図は単純で、バレると面倒だから。演劇界隈《かいわい》は世界が狭い。誰と誰が付き合って別れたなんて話は、あっという間に出回る。どちらかが名のある役者ならなおさらだ。自分で言うのもなんだけど、私は若手の舞台女優では注目株ということになっている。男との交際が知れ渡れば、好奇の目で見られ、不快な思いをすることになる。

神山のほうも心得ているようで、すんなり了承した。むしろ彼もそれを望んでいるようだ。口先だけで約束を守らなかった男もいるから、その反応には安心した。

吉祥寺で降りると、雨はやんでいた。

アパートに戻り、玄関ドアの前に立つと同時にいやな予感がした。室内から人の気配がする。神山には合鍵《あいかぎ》を渡していない。空き巣のおそれもあったが、なんとなく気配の正体はわかっていた。

解錠し、ゆっくりとドアを開ける。正面に立っていたのは母だった。

「おかえり」

部屋に入った私は後ろ手にドアを閉め、サンダルを脱ぐ。無言で横をすり抜けようとしたら、再び母が耳元で言った。

「おかえり」

家族が帰ってきたら玄関で出迎える。母は幻影になっても、我が家のルールを頑《かたく》なに守ろうとしている。これは現実じゃない。私の脳が見せている偽物の母だ。わかっていても、その圧力に抗《あらが》うことができなかった。

「……ただいま」

満足したのか、母は鼻から息を吐いて去った。疲労感がどっと押し寄せる。このところ、頻繁に母が出現するようになった。姿を見せるのは決まって家のなかだ。なぜ今になってそんな幻影を見るようになったのか、理由はわからない。

リビングではテレビがつけっぱなしになっていた。

「最近の番組はほんとつまんないねえ」

そう言う割に、視線はテレビから動かない。私は台所に立ったまま、コップで赤ワインを飲んだ。母が振り返る。

「あの男となんで付き合ってるの？　甲斐性《かいしよう》なさそうなのに」

「ほっといて」

「変な気起こさないといいけど」

「変な気って？」

「結婚する、とか言い出すんじゃないの。あんたのほうが」

まさか。笑い飛ばそうと思ったけど、うまく笑えなかった。私は少しだけ残っていたワインを飲み干す。母はこの話題にも飽きたらしく、「つまんない、つまんない」とあくびをする。

「東京なんかに来るからつまんないんだよ。あっちに残ってればよかったのに」

冗談はやめてほしい。もしも地元に残っていたら、私はもっとめちゃくちゃになっていた。

最後に帰省したのは昨年の夏だった。父とはろくに会話もせず、日帰りで東京に戻ってきた。故郷に長居すると東京を忘れてしまいそうで怖かった。父は依然、群馬でひとり暮らしをしている。定年前だからまだ仕事はしているはずだけど、どんな暮らしを送っているのかは知らない。

「だいたいが、あんたが役者なんかやってものになるわけがない。あんた鏡見たことあんの？　女優ってのは小さいころから美人でちやほやされてる人間がやるもんだよ。あんたくらいの見た目の女、東京にはいくらでもいるからね」

べらべらとしゃべっている母に、反論せずにいられなかった。

「私、見た目で役者やってるんじゃないから」

「だったらなんで？」

「演技がしたいから。他人を演じているほうが楽だから」

「おっかしい。誰を演じたって、結局役を脱いだらあんた自身に戻ってくるのに」

母の顔に、はっきりわかるくらいの嘲笑《ちょうしょう》が浮かんだ。

とっさに空のコップを投げつけていた。ガラスのコップは母の額《ひたい》に命中して、粉々に割れた。母は悲鳴を上げてひっくり返る。片付けが面倒だな、と思いながら、後始末のためにゴム手袋をはめた。

振り返ると母の姿はなく、床にはガラスの破片が散らばっていた。

*

下北沢駅前には木枯《こが》らしが吹いていた。喫煙所から煙たい空気が流れてくる。新規開店を知らせる居酒屋のチラシが、風に舞っている。

十二月に入り、気温はぐっと下がった。つい最近まで半袖を着ていた気がするのに、いつの間に冬になったのだろう。季節の変化はいつも不明瞭《ふめいりよう》だ。人間に気付かれないよう、あえて境目を濁しているのかもしれない。

喫茶店に入ると、奥のテーブル席に丸眼鏡《まるめがね》の男が座っていた。やや顔色は悪いが、視線には力がこもっている。私は迷わずその向かいの席に腰を下ろす。

「ご無沙汰《ぶさた》してます」

名倉敏史は「うん」と応じた。ここは名倉が打ち合わせに好んで使う店だ。名倉の前には、冷めきったブレンドが置かれている。私も同じものを頼んだ。

「どうですか、最近は」

「それなりに」

無駄話をする気はないようだった。

昨日、名倉から電話があった。次の舞台の顔合わせ中で出られなかったけれど、自宅に帰ってからかけ直した。

――明日、会おう。

名倉からの用件はそれだけだった。話したいことは会ってから話す、と言われた。でも私には予想がついていた。名倉と私が話すのは舞台のことだけだ。

「茉莉子」

名倉は肘をつき、両手を組み、そこに額を押し付けた。まるで祈るようだった。

「次の公演、主演をお願いしたい」

「わかりました」

迷う余地はなかった。ずっと、バンケットの舞台を待っていたのだ。承諾以外の返事はありえない。あまりに即答だったので、名倉のほうがたじろいでいた。

「……いいの？」

「いい、っていうか、それを待ってたんで」

「しばらく先まで、他の舞台が入ってるんじゃないの？」

「キャンセルします。今なら代演も見つかります」

昨日顔合わせをしたばかりだが、あの舞台は断ることにしよう。誘ってくれた主宰者は激怒するだろうけれど仕方がない。名倉よりも魅力的な人物を造形できない、劇作家が悪い。名倉は「恨まれそうだな」と苦笑したが、どうせたいして気にしていない。悪魔だから。自分の野望と心中する人間がいれば、あとはどうでもいいのだ。安堵《あんど》に頬が緩んでいるのが、その証拠だった。

「書けたんですか」

「ずいぶんかかったけどね」

「かかりすぎですよ」

名倉は冷めたブレンドをちびちび飲んだ。そういえばこの人は猫舌だった。私は音を立てて、熱いブレンドをすする。

「小屋は？」

「宮下劇場」

思わず「えっ？」と問い返していた。

渋谷にある宮下劇場は、可動舞台で知られる。二つの主舞台を、コンピューター制御された機構によって入れ替えることができるのだ。観客として訪れたことはあったが、舞台に立ったことはなかった。

「なんで宮下劇場？」

「都合がいいんだよ、いろいろと」

今日は話さないと決めているのか、名倉の口から具体的な説明は出てこない。

「もう押さえたんですか？」

「うん。渡部くんがね」

劇団バンケットの舞台監督といえば、渡部だ。名倉の後輩にして忠実な右腕。渡部とも長らく会っていない。たぶん彼も喜んでいるだろう。台本は後日、自宅へ送ってもらうことになった。

もう少し考え事をしていく、という名倉と別れ、喫茶店を出た。

久しぶりに会う名倉は、これまでの子どもっぽさが洗い流された感じがした。視線やしぐさから愛嬌《あいきょう》が薄れ、荒涼としたものが漂っていた。劇作家としてひと皮剝《む》けた、ということなのだろうか。だとしたら、スランプに苦しんだのも無駄ではなかったのかもしれない。

次の舞台は新生バンケットの第一歩になる。そう思うと、心が奮い立つ。

このまま帰宅するのが惜しくて、平日の下北沢をぶらついた。毎週のように通っているはずなのに、あらためて気付くことが多かった。上京直後にワンピースを買った古着屋はつぶれ、ハンバーガー店になっていた。季節と同じで、街もグラデーションで変化していく。人間が視認できないくらい、少しずつ。

「あの、すみません」

背後から声が聞こえた。私にかけられた声だとは思わず無視をしていたら、もう一度「すみません」と今度は強い声で呼びかけられた。振り返ると、二十歳《はたち》くらいの女の子が立っていた。金色に染めた髪。濃いメイク。彼女は目を見開いてこちらを見ている。

「私?」

「違ったらすみません。遠野茉莉子さんですか?」

あー、とつぶやきが漏れた。プライベートで声をかけられるのは初めてではない。普段であれば、違います、と答えて立ち去るところだった。できるだけ、生活は他人に見せたくない。

舞台の外の私には興味を持ってほしくない。

否定しようとしたが、彼女が次の言葉を発するほうがわずかに早かった。

「ファンなんです。握手。握手だけ、してもらえませんか」

こちらが答える前から、彼女は私が遠野茉莉子だと確信していた。断って、足早に去ることもできた。ただ、この時の私は普段と違った。名倉の復活を聞き、バンケットの舞台に出演を依頼された。いつになく興奮していた私は、「どうぞ」と右手を差し出していた。

「あっ、ありがとうございます」

金髪の彼女は、両手でおそるおそる私の右手を包む。手のひらの湿りけから緊張が伝わってきた。ラメをまぶした彼女のネイルが、冬の空気のなかできらめいていた。

「爪《つめ》、綺麗《きれい》だね」

なにげなくつぶやくと、彼女はぱっと手を離した。

「すみません、変ですよね。演技の邪魔になるのに……」

「いや。綺麗だね、って言ったんだよ」

「あっ、ごめんなさい」

後ずさっていく彼女が気の毒に見えてくる。よほど緊張しているらしい。このまま別れてもよかったが、演技の邪魔になるのに、という言葉が気にかかった。

「もしかして役者さん？」

そう問うと、途端に表情が明るくなった。わかりやすい子だ。

「一応、舞台俳優志望です。まだ養成所なんですけど」

どこの養成所か尋ねると、城が通っていたのと同じ有名どころだった。

「名前は？」

「クリスです」

姓なのか名なのかもわからなかったけれど、それ以上詮索《せんさく》するつもりはなかった。ファンへの義理はもう十分果たしたはずだ。「頑張ってね」と告げると、クリスは「はい」と勢いよく返事をして、深々と頭を下げた。私は感じよく見える笑顔で立ち去る。

前を向き、駅へと歩く。さっきまでの興奮は醒めていた。

役者が髪を金色に染めようが、派手なネイルをしようが、構わない。それ自体が役作りの一環かもしれないし、クリスはまだ役者と呼べるかどうかすら怪しい。そんな子に心構えを求めるのは酷だろう。

ただ、彼女には表現したい「自分」があるように思えた。役者を目指し、養成所に通い、遠野茉莉子に憧れている自分に満足しているように見えた。クリスはたぶん、ことさら演技をしなくても生きていける人間だ。

舌の上に苦味が広がる。やっぱり、声をかけられた時点で拒否しておけばよかった。

チーズが溶けたピザ。黄金色《こがねいろ》に揚がったフライドポテト。薄桃色の生ハム。テーブルに並べられた食べ物からは脂《あぶら》や塩気《しおけ》をふくんだ香りが立ち上り、鼻腔《びこう》を刺激する。

食べたくないわけではない。だが、食べてはいけない。食欲をごまかすため、ひたすらギネスを胃袋に流しこむ。

「本当に食べないの？」

神山はピザを頬張りながら、心配そうにこちらの顔を覗きこんできた。私はそっと視線を逸《そ》らして、またグラスを傾ける。ジャズクラブの店内にはトランペットの音色がこだましていた。

「ボクサーの減量みたいなものだから」

「どういうこと？」

「痩《や》せないと、人前に立つ資格がない」

すべては次の舞台のためだった。

名倉が書いた新作のタイトルは『火焔《かえん》』。これまで現代劇を書いてきた名倉が手がける、初めての時代劇だった。

時は明治時代後期、場所は実在した洲崎遊廓《すさきゆうかく》。大店《おおだな》に所属する娼妓《しょうぎ》、亜矢乃《あやの》のもとに、問屋を営む富商から身請《みう》けの話が舞いこむ。実家の借金のために客をとっていた亜矢乃は、これで足を洗える、と喜ぶ。

しかし、亜矢乃は妓楼《ぎろう》に押し入った何者かによって斬りつけられる。亜矢乃はからくも一命をとりとめるが、顔には醜《みにく》い傷痕が残ってしまう。変わり果てた亜矢乃の容貌《ようぼう》を見て、富商は身請けの話をなかったことにしてしまう。

やむなく娼妓の仕事に戻った亜矢乃だが、顔の傷痕のせいで客が寄り付かず、お茶を引くことになる。妓楼に押し入り、己《おのれ》を傷つけた犯人は顔を隠していたせいもあり、いまだ捕まっていない。亜矢乃は屈辱から復讐《ふくしゅう》に燃え、娼妓たちを焚《た》きつけて遊廓の転覆を計画する——。

私が演じるのは、主役の亜矢乃だ。亜矢乃は顔に傷をつけられ、さらに身請けを反故《ほご》にされるという、二重の苦しみのなかで立ち上がる。彼女の原動力は燃え盛《さか》る怒りだった。なにをおいても、今回の舞台では怒りの感情が必要だ。これほど激しい怒りを求められる舞台は『落雷』以来だった。

台本を受け取ってからの二週間、来る日も来る日も記憶と向き合い続けた。腹が立つ。イライラする。ムカつく。悔しい。かっとなる。そういう瞬間を掻《か》き集めて、巨大な怒りの塔を組み上げている最中だった。

肉体的な面では、大幅な減量が必要だった。苛烈《かれつ》な状況に置かれた亜矢乃は、食事もろくに喉を通らないほどのショックを受けたはずだ。それも半端な痩せ方では足りない。客席からでもわかるほど、凄絶《せいぜつ》な風貌に生まれ変わらなければ意味がない。目標は体重四十キロ以下。

「もう、だいぶ痩せてると思うけど」

神山はポテトをかじりながら言った。

「まだ全然ダメ。あと五キロは減らさないと」

「名倉さんがそこまでやれって言ってるの？　だとしたら、ひどくないかな」

「口出さないで。自分の意思でやってることだから」

「わかった、わかった」

同じ役者のはずなのに、神山は察しが悪い。私と彼とでは、演技に対する考え方が根本的に違うせいだ。私は効率よく八十点の芝居がしたいんじゃない。百点、いやそれ以上の芝居を観せるためには、これくらいのことは当たり前だ。

空腹を紛らわせるため、新しいギネスを注文する。

「酒はいいんだ？」

「お酒までやめたら頭がおかしくなっちゃう」

心療内科に通いはじめたことを話そうか、と一瞬思う。けれどやめた。別に心配してほしいわけじゃない。

ハイペースで飲み続ける私につられるように、神山も杯を重ねた。二時間後にはふたりともすっかり泥酔していた。テーブルに寄りかかった神山は、ろれつの回らない口ぶりで「あのさあ、茉莉子」と言った。

「怒らないで聞いてほしいんだけど。名倉さんとは、本当になにもなかったの？」

酔ってはいたけど、神山の目は剣呑《けんのん》だった。私は呆気《あっけ》に取られてしまった。

「嫉妬《しっと》してるの？」

神山はむすっとした顔で黙りこんだ。図星らしい。

女優が劇作家や演出家と付き合っている、という話はたまにある。だが私と名倉の間にそのような関係は成り立たない。性行為をする理由がないからだ。名倉は作家として、私は役者として、互いを必要としている。それ以外の部分に興味はない。

「作家と寝てもいいことなんかなにもないから。役者ならわかるでしょ」

ごく稀《まれ》に「あの女優は役をもらうために寝ている」という噂《うわさ》が立つこともあるけど、真偽の程はわからない。仮にそんな作家や演出家がいたとして、私が相手にするはずがない。

神山は拗《す》ねたように口をとがらせていたが、「それならいいけど」と自分で話を終わらせた。子どもみたいだ。けれど、いやな感じじゃない。

私は今まで、付き合っている男たちを見下してきた。芝居しか取り柄のない女を選ぶ時点で、信用するに値しなかった。けれど神山を相手にしていると、なぜか見下すことすらバカバカしくなってくる。蔑むより先に、つい笑ってしまう。

彼なら、私の「お願い」も叶《かな》えてくれるかもしれない。

その後、神山は当然のようにうちへ来た。躊躇なくベッドに腰を下ろす。水の入ったグラスを差し出すと、うまそうに飲んだ。

「今日、泊まっていい?」

「最初からそのつもりだったんでしょ」

神山はベッドの下の衣装ケースから、慣れた手つきで寝間着を引っ張り出した。私の部屋には二泊分の着替えが常に置いてある。

「風呂入る?」

無邪気に問いかけてきた神山の前に立つ。

「その前に、ちょっとお願いがあるんだけど」

「なに、あらたまって」

「私のこと殴ってくれない？」

神山はぽかんと口を開けたまま、固まってしまった。

「……は？」

「殴ってほしいの。顔とか腕みたいな、外から見えるところはダメね。お腹とか、背中とか、太ももとかなら隠せるから。遠慮しないで、思いっきり殴って」

ぐにゃっ、と神山の顔が歪《ゆが》んだ。恐怖と困惑と愛想笑いが入り交じったような表情。笑い飛ばそうと努力しているけれど、どうしても笑えないみたいだった。

「なに言ってんの。酔いすぎじゃない？」

「道具使ってもいいよ。定規とか、ハサミとか。救急車呼ばない程度なら」

「やめろって。頭おかしいんじゃないの」

「誰にも言わないから。警察にも、医者にも」

「やめろ！」

当惑した神山が怒鳴《どな》った。大声の余韻が、しばし部屋に残っていた。

「『火焔』はね、怒りの舞台なんだよ」

動揺している神山にも聞き取れるように、ゆっくりと語りかける。

「遊廓に通う男、身請けしようとする男、傷つけようとする男。あらゆる男に虐《しいた》げられてきた女たちが、怒り、憤《いきどお》り、抵抗するために立ち上がる物語なんだよ。だから私には怒りが必要なの。この世の女、いや、もうこの世にいない女の分までふくめて、全員の怒りを煮詰めたような感情が必要なの。わかる？」

神山はうなずかない。ただ息を呑《の》んで、目をみはっている。

「私の生半可な実体験じゃ、とうてい怒りが足りない。もっともっとひどい目に遭って、屈辱を舐めないといけない。特に男から虐げられないといけない」

それは『火焰』を読んだ時、真っ先に考えたことだった。

私は、明治に生きる娼妓たちと同程度の辛酸《しんさん》を味わってきただろうか。答えは否《いな》だ。少しデリヘルで働いたくらいで、彼女たちの屈辱は追体験できない。でも、顔が売れてしまった私は今さら性風俗店で働けない。

ならば、やはり暴力しかない。男が私の肉体を痛めつける、その光景を目に焼き付け、憎しみの火を灯《とも》すのだ。

「芝居のため、ってこと？」

神山の声は、喉の奥から絞り出したみたいにか細い。見方によっては滑稽《こっけい》な状況だった。殴られるほうが胸を張り、殴るほうが怯《おび》えているのだから。うつむいた神山の耳元に顔を寄せ、優しくささやく。

「これは役作りだよ。体重の増減とか、トレーニングと同じ。役者ならわかるよね」

「無理。できない」

「やってくれないなら、誰か他の人に頼むから」

この一言は効いた。神山は顔を上げ、「他の人って？」と軽く睨んできた。私はなにも言わずに微笑を返す。

「私のことを想うなら、殴って」

神山の顔はすぐそこにある。少し前のめりになれば唇と唇が触れそうだった。お互い酒臭い息を吐きながら、しばし黙っていた。神山は目を逸らし、また私の目を見て、下唇を強く噛《か》んだ。あまりに強いせいで血が滲《にじ》んでいた。

「芝居のために、必要なんだよな」

「そう言ってるよ、ずっと」

「……少しだけな」

とうとう、神山が折れた。

私は「ありがとう」と告げ、さっそく準備に入る。やるなら気が変わらないうちにやってしまいたい。シャツを脱ぎ、下着を外す。いそいそと服を脱ぎはじめた私に、神山が「おい」と狼狽《ろうばい》した声を上げる。

「なんで脱ぐの？」

「痣《あざ》が見えたほうが、いいでしょう？　どこが傷つけられたか、はっきりとわかる。そっちは着たままでいいから」

ほんの数秒で全裸になった私は、ベッドに腰を下ろしている神山の前で両手を広げた。天井の照明が、私の裸体に陰影を刻んでいる。舞台に立つための、ただそれだけのための肉体。

「さあ、どうぞ」

神山の目に、私の身体はどう映っているだろう。きっと、ベッドの上で見るのとは違うはずだ。その証拠に、彼は興奮するどころか、青白い顔で胸のあたりを見ている。何日か前にまさぐり、吸っていた乳房を、血の通わないモノのように凝視している。浮き上がった肋骨《ろっこつ》に濃い影ができていた。

「早く」

イライラが募り、つい神山の手首を握ると、振りほどかれた。

「うるせえんだよ！」

叫んだ神山が右手を握りしめる。私は身構える。神山の拳《こぶし》が、小指側から私の腰に打ち付けられる。痛みは一瞬で過ぎ去ってしまう。

「もっと」

神山はもう一度、同じように右の拳を打ち付けた。まだまだ痛みが足りない。人を殴ることに慣れていないらしい。

「もっと、もっと」

私の求めに応じて、神山はひたすら右拳を振り回した。太ももや下腹に拳がめりこむ。たまにクリーンヒットすると、うっ、と声が漏れた。そのたびに神山が手を止めるので、毎度「やめないで」と言わなければならなかった。

続けているうちに、だんだん神山も要領をつかんできた。空手の正拳突《せいけんづ》きのように、まっすぐに拳をぶつけてくる。下腹を殴られると、内臓をえぐられたような感じがして、一瞬息が止まる。

身体が悲鳴を上げている。もうやめてくれ、というメッセージを無視して、神山の前に身体をさらし続ける。

「終わりにしていいか？」

「あと少し」

そんなやり取りを何度か繰り返し、とうとう神山が手を止めた。私も神山も汗みどろになっていた。ふたり分の荒い呼吸が部屋に満ちている。

「……勘弁してくれ」

神山は限界だった。泣き出す寸前の表情で、恨めしそうに私を見ている。今日はこの辺で打ち止めにするのがよさそうだ。この男には、これからまだまだ痛めつけてもらわなければならない。

「このままお風呂入ろうか？」

さらっと訊くと、神山は化け物でも見るような目をした。それから、さっき引っ張り出した寝間着を衣装ケースに押しこんでしまった。

「ごめん。帰るわ」

神山は目を伏せたまま、ろくに私の姿を見ることもなく消えてしまった。

腰骨に痛みを感じる。何度か痛烈に殴られた箇所だった。赤く腫《は》れているが、ちゃんと痣になってくれるだろうか。痕が残ったほうが、より屈辱を味わえそうだ。

目を閉じると、泣きそうな神山の顔が瞼の裏に浮かんだ。きっと、恋人を殴りたくなんかなかっただろう。悪いことしたな、と一瞬だけ思う。

——もしかしたら、別れることになる？

それは困る、と反射的に思った。

「あんたって本当に愚かだね」

声に振り返ると、ベッドの縁《へり》に母が腰かけていた。


年の瀬の真昼、都心にほど近い住宅街はひっそりとしていた。

「木場《きば》って初めて来ました」

隣を歩くクリスがはしゃいだ声を出す。「そうなんだ」と適当に流したが、彼女の話は止まらない。

「シモキタとか高円寺とか中野とか、そういう街ばっかり行っちゃうんですよね。なんか肌になじむっていうか。だからこういう渋いところ来るの、新鮮です。あ、別にいやだって意味じゃないですよ」

私は早くも、この女に声をかけたことを後悔しはじめていた。

わざわざ木場まで来たのは、『火焔』の舞台がこの周辺だからだ。かつて洲崎遊廓があった場所は、現在の地下鉄東西線木場駅の東側にあたる。戦後も一帯は赤線地帯――つまりは風俗街として盛んだったらしい。

だが、洲崎が色街として栄えていた時代から半世紀以上が経過している。下調べで、遊廓の名残《なご》りはすでに跡形《あとかた》もないこともわかっていた。それでも構わないから、娼妓たちが吸った空気を感じてみたくてここに来た。

クリスを連れてきたのにも理由がある。

今回の舞台は私の演じる亜矢乃が主役だが、準主役にあてがわれているのは新米の娼妓だ。地方から東京へ出てきたばかりの彼女は、新造《しんぞう》と呼ばれる見習い遊女の立場であり、右も左もわからない。初心《うぶ》な新造を連れた亜矢乃が、洲崎遊廓を案内するシーンは序盤の山場だった。

木場での街歩きには、敬意と恐れを抱きつつ、先輩遊女の後ろをついてくる小娘がほしかった。そうでもしないと色街のイメージが掻き立てられない。

新米の娼妓を演じるのは、私より六つ下の若手女優だった。本来ならその女優を連れてくるのが筋なのかもしれない。だが、彼女は若くして芸歴十年のベテランだ。とてもじゃないけど、舞台の外で初々《ういうい》しさなど発揮してくれない。ならば、本当に初心な女を連れてきたほうがまだましだ。

最初は城亜弓を誘おうかと思ったが、彼女はデリヘル勤務で擦れている。元風俗嬢がふたりで旧色街を歩いても、荒涼とした会話しか生まれないのは目に見えていた。舞台のイメージをつかむには役に立たない。

その点、クリスが相手であれば気兼ねする心配はない。養成所に通っている素人《しろうと》だし、私への畏敬《いけい》の念も持っているはずだ。連絡先は養成所の講師をやっている知り合いの伝手《つて》で手に入れた。クリスに電話をかけ、ある舞台のため街歩きに付き合ってほしい、と誘うと、彼女は狂喜し、ぜひおともさせてほしい、と応じてくれた。

木場駅周辺に広がる住宅街を、私はずんずん進む。クリスは斜《なな》め後ろをぴたりとついてくる。

「あっ、あの、遠野さん」

「なに？」

「なんで私を連れてきてくれたんですか？」

クリスは期待のこもった視線を向けていた。私はふんわりと笑《え》みを浮かべる。

「なんとなく」

詮索する言葉は返ってこなかった。意味ありげな態度だけで、彼女は満足したようだ。クリスは鼻の穴を膨らませ、大股で歩きだした。話しかけてくるのは面倒だが、扱いやすい、という意味ではこの子を選んでよかったのかもしれない。

木場の東側は、ごく普通の雑居ビルや住宅が並ぶ街だった。寂《さび》れた飲み屋やトタン壁のあばら屋から、かすかに往時の残り香が立ち上っていた。私はその街並みに、かつて存在した遊廓を重ね合わせる。想像のなかで廃屋は立派な和風建築へ変わり、通りには和装の客が行き交う。

「次に出演するのって、どんな舞台なんですか？」

クリスが雛鳥《ひなどり》のように、後ろでピーピー鳴いていた。

「時代劇」

「めずらしいですね。衣装とか、大道具とか大変そう。言葉遣いもいつもと違うんですか？」

さらっと無視してもよかったけれど、想像の上で私はいっぱしの娼妓、彼女は右も左もわからぬ新造ということになっている。尋ねられたことは、きちんと教えてやるのが筋だろう。

「台詞は全部現代の言葉遣いにしてある」

「時代劇なのに？」

「観客に伝わらなければ意味がないんだから、当時の言葉遣いにこだわる必要はない。それが名倉さんの方針」

「次の舞台、名倉敏史の作品なんですか」

バンケットの舞台に出ることは隠していたのに、つい口を滑らせてしまった。この子といると調子が狂う。始終イライラさせられるせいだろうか。クリスは呑気《のんき》に目を輝かせていた。

「バンケット、復活するんですね」

「もともと、休止してはいないけど」

「そうですよね。ごめんなさい。でも嬉しくて」

クリスはひとりで浮足立《うきあしだ》っている。かわいげがないわけではない。ただ、それよりも軽薄さのほうが目についた。

「なんで役者になろうと思ったの？」

素朴な疑問が、するりと口から転げ出た。「え？」と問い返すクリスの顔には、あどけなさが残っている。質問の意味がよくわかっていないようだった。

「あなた、役者じゃなくても生きていけそうだから」

そう告げると、クリスは真面目な顔で考えこんだ。歩きながら腕を組む。

「……憧れですかね」

「誰への？」

「舞台に立っている人への憧れです」

クリスは「私、昔から地味だったんです」と言う。

「小中高と目立たないタイプで。教室の端っこにいて、同じように目立たない子たちとぼそぼそ話してる感じでした。でも本当はみんなの視線を浴びてみたかったし、注目されてる人たちが羨《うらや》ましくて」

金髪の髪を指先でねじりながら話す。

「高校の時、クラスでいちばん目立つ子が演劇部だったんです。何気ない発言とか、動きとか、いちいち周りの視線を集める子でした。カリスマ性のある子で、校内の有名人で」

「その子に憧れて、役者になろうと思ったんだ？」

「きっかけはそうです。東京に来て、とにかく地味な自分がいやで、思い切って金髪にしてみたりネイルしてみたりしたんですけど、似合わないんですよね。あの子なら絶対、ばっちりハマるんだろうけど」

後半はまるで独り言だった。

クリスは「目立ちたい」という意思がある分、私よりずっとまともだ。たぶん、役者にならなくても生きていける。むしろ、ならないほうが幸せかもしれない。

私たちは公園に足を踏み入れた。寒空の下、先客は誰もいない。

「遠野さんは、どうして俳優に？」

「直感」

適当にいなしただけなのに、クリスは目をみはった。

「すごい。さすがです」

彼女のまぶしい笑顔を見ていると、罪悪感が湧いてくる。誤解だ。私はそんなにすごい人間じゃない。ただ空っぽなだけ。空虚さを見透かされるのが怖くて、人の皮を被っているだけだ。恥ずかしさから顔をそむける。

公園には巨大な石碑が立っていた。言葉らしきものが彫られているが、ほとんど読めない。ただ、左下にこう書かれているのは判別できた。

〈洲崎遊廓開始以来先亡者追善供養執行記念〉

それは、ここがかつてたしかに遊廓だったことを示す、唯一の物証だった。

たくさんの遊女がここで亡くなったのだろう。尊厳を捨て、身体を売り、籠《かご》のなかの鳥として生涯を終えていった女たち。ここには無数の遊女の嗚咽が渦巻いている。涙はいずれ乾く。

だが、染《し》みついた感情は容易に消えない。

虐げられた女たちの視線を感じながら、誓った。私はあなたたちの無念を演じる。燃え上がるような憎悪を、必ず舞台に蘇らせてみせる。


「限界だ」

神山は首を前に折り、消えそうな声でつぶやいた。

自分の部屋で、私は痣だらけの裸体を彼の前にさらしていた。肋骨の下や腰のあたりに、青黒い痕跡が刻まれている。指で押すだけで声が漏れるくらい痛い。それは、このひと月あまりの成果だった。

週に二、三度、神山を呼び出して殴らせた。彼はもはや口答えせず、指示するまま拳を振るってくれた。おかげで私の胸のうちには、熱く暗い憎悪がたぎっていた。傷つけられた娼妓の魂が乗り移っていた。

神山はうちに泊まっていくこともあったが、身体は求めてこなかった。私たちをつなぐのは暴力だけだった。すでに体重は四十キロを切っている。劇場で偶然会った知り合いからは、「たいした役作りだね」と褒められた。生理は止まっていた。

「もう無理？」

「無理だ。ついていけない」

神山は両手で顔を覆った。彼の手にも痣が残っている。ついさっきまで、その両手は凶器となって私の下腹をえぐっていた。

「あと少し頑張ってくれる？」

「お前、おかしいよ」

おかしいのは承知のうえだ。女のほうから懇願してＤＶさせるなんて尋常じゃない。でも私は役者であって、これは感情の引き出しを作る行為だ。要は仕事。仕事に熱心であることを、誰が責められるだろう。

神山は頭を振った。

「心療内科、通ってるんだろ。いつからだ？　薬は飲んでるのか？　舞台に立つより先に、やることあるんじゃないか？」

「……なんで知ってるの？」

通院について話した記憶はなかった。神山は苛立《いらだ》ちを隠そうとしない。

「どうでもいいだろ。なんで通ってるんだ。言えよ」

とにかく、殴る気はないらしい。私はベッドに座りこんだ。神山は立ったまま私を見下ろしている。

「いなくなりたいから」

宙に向けて、私は語りかける。

「朝起きて、あ、消えたい、と思う。暗い記憶が、目の前をふわふわ飛んでるの。無理やり犯されたとか、ひどい言葉で罵倒《ばとう》されたとか、そういう記憶。なんでまだ生きてるんだろう、って思う。あと、たまにお母さんの幻が見える。とっくに死んでるのに。この歳になってもまだあの人に監視されてる気がする」

神山の顔は引きつっていた。きっと病気だと思っているのだろう。別に構わない。たぶん、それは事実だろうから。

「消えたいけど、死にたくはない。生き延びるためには演技をしなきゃいけない。だからこうして殴ってもらってる。あなたがやってることはただの暴力じゃなくて、私の命をつなぐ行為だよ。だから、遠慮なく殴ってほしい」

ごうっ、とエアコンが鳴っていた。温かい空気が室内に吐き出される。裸の私はうっすら汗ばむ程度だが、神山の顔は汗でぐっしょり濡れていた。暑くて流れた汗なのか、冷や汗なのか、区別がつかない。

神山は額の汗を手の甲で拭い、唐突に白状した。

「診察券」

ああ、と納得する。私は病院の診察券を全部財布に入れてある。泊まった時にでも、こっそり盗み見たのだろう。ただ、どうしてそんなことをしたのかわからなかった。お金を盗むために財布を触ったとは思えない。じっと見つめていると、神山は苦しそうに言った。

「名前が知りたかった。茉莉子の、本当の名前」

「知ってどうするの？」

私は遠野茉莉子。それじゃダメなんだろうか。生まれついての名前なんて、役場や病院でしか使わない記号みたいなものだ。私はいつでも遠野茉莉子を演じている。神山は今までいちばんつらそうだった。

「俺は、本当の名前を呼びたい」

ぎゅっ、と心臓をつかまれた。

男の言葉に動悸《どうき》を覚えるのは初めてだった。見下している男からは、なにを言われても興奮しない。けれど神山の一言に、私の神経は反応した。やっぱり神山は例外だ。この人は、知らなかった感情を次々と引き出してくれる。

神山は裸の私に背を向け、歩み去っていく。ここで引き止めなければ、きっと関係は断たれてしまう。それはいやだ。

台所に走り、包丁を手に取る。

「待って」

靴を履こうとしていた神山が振り返る。視線は真っ先に包丁へそそがれた。

「いなくなりたい、って言ったよね。あれ、嘘じゃないよ」

私は包丁を逆手《さかて》に持ち直し、先端を痣の残る下腹部へ向ける。神山が息を呑んだ。

「変なことするな」

「するよ。うまく演技できないなら……」

切っ先をゆっくりと近づける。確実に死ぬなら腹なんかより首の動脈を傷つけたほうがいいんだろうけど、首はやっぱりダメだ。人目につく。お腹なら、服を着れば綺麗なまま死ねる。

明治時代の遊女は、どうやって命を絶ったのだろう？

神山は眉間《みけん》に皺《しわ》を寄せ、固く目を閉じていた。迷っている。止めるか、帰るか。あるいは警察に連絡するつもりかもしれない。

「死ぬな」

身体をねじるようにして、絞り出した声だった。

「ここで死んだら、痴情のもつれ、ってことになるのかな」

「よせ」

「なら、どうしてほしいかわかるでしょ？」

私は包丁を下げない。先端をさらに近づける。鈍《にぶ》く光る刃先がほんの数ミリ、肌を押す。皮膚の張力が、ギリギリのところで刃の侵入を防いでいる。

「早く」

とうとう、神山が瞼を開いた。

無言で歩み寄り、私の手首を握る。包丁は奪い取られ、靴脱ぎ場に捨てられた。金属音が鳴る。次の瞬間、仰向《あおむ》けに押し倒された。腰を打ち、痛みで顔がゆがむ。神山は馬乗りになり、血走った目で私を睨んでいた。

振りかぶった右拳が、私の左頰に打ちおろされた。ごりっ、と音がして、肌が熱を持つ。見える場所には傷をつけないでほしいと伝えたのに、よりによって顔を殴った。この男は私の言うことを聞かなかった。

抗議をする暇もなかった。今度は左の拳が飛んできて、右の頬桁《ほおげた》を殴りつけた。唇が切れ、鉄の味が口に広がる。私は顔の前で両腕を交差した。

「やめて！」

意外にも、神山はすんなり応じた。腹の上に感じていた重みがなくなり、這《は》うようにリビングへと逃げる。振り返ると、神山は温度のない目で私を見ていた。

「屈辱だったか？」

背筋に寒気が走った。

その一言で、神山が顔を狙った理由を悟った。

神山は、自分が私にとって都合のいい道具であることを知っている。私が男に虐げられる体験を求めていることも。すべてをわかっているからこそ、あえて私の指示に逆らい、最も傷つけてほしくない箇所を傷つけた。その行為こそが、私に深い屈辱をもたらすとわかっていたから。

神山は、遠野茉莉子を完璧に理解している。私はただ殴ってほしいわけじゃない。怒りの、憎悪の感情がほしいのだ。そのために裏をかき、屈辱を味わわせた。他にこんな真似のできる人はいない。

二度、三度と寒気の波が来て、そのたびに身体が震えた。ふふっ、と笑いが漏れた。私は初めて、喜びの感情の一端に触れた気がした。

「ありがとう」

表情を見られるのを避けるように、神山は顔を伏せた。その反応に、再び私の胸は高鳴った。

五日間にわたる『火焔』の公演はほぼ毎回、満員だった。

話題性は高かった。『落雷』以来、約三年ぶりに名倉敏史が書いた台本であり、主演は注目株の遠野茉莉子。その他の出演者も手練《てだ》れの役者ばかりで、隙《すき》はない。スタッフもふくめて万全の体制だった。

衣装や大道具にも予算をかけた。娼妓たちのまとう絢爛《けんらん》な着物。明治時代の遊廓を再現した書き割り。可動舞台がある宮下劇場を使ったのは、妓楼の内と外、二つの場所を交互に出現させるためだ。

とにかくこだわりが詰まった舞台だった。そのせいで、チケットが売れたにもかかわらず主宰の名倉は赤字らしい。だが後悔はしていないだろう。名倉は演劇の悪魔なのだから、舞台さえよければ破滅しようが関係ない。

私も久々に、心ゆくまで舞台の上で役柄を演じた。やはり名倉の作り上げた人物が最も肌に合う。結った髪に簪《かんざし》を挿《さ》し、着物の袖を振りながら、男たちに復讐を遂げようとする遊女を演じ続けた。

神山からの暴力はきわめて役立った。男たちにいたぶられる瞬間、神山の振るう拳が重なり、恐怖が蘇った。屈辱的な記憶は怒りの源泉となった。神山は一度も舞台に足を運ばなかった。

今、緞帳《どんちょう》の裏で私はひっそりと幕開けを待っている。

これから千秋楽《せんしゅうらく》の夜公演がはじまる。これが終われば、亜矢乃を演じることはなくなる。

真っ白な死《し》装束《しょうぞく》を身に着け、正座をして開演を待つ。舞台上にはただひとり。周囲には真っ暗な闇が広がっている。さっきまで客席のざわめきが聞こえていたが、開演時刻まで五分を切ったころから不思議と静まりかえった。

開演のブザーが鳴る。

するすると緞帳が上がり、暗闇に一筋の光がさす。スポットライトに照らされた私は、背筋を伸ばし、正面を見据えている。客席は静寂に包まれていた。幾度となく繰り返した台詞が、ひとりでに口を衝《つ》いて出る。

亜矢乃　ご来場の皆々様、私の姿が見えますでしょうか。

身に着けておりますはご覧の通り死に装束。行き着く先は極楽かはたまた地獄か、絶命せぬことには判じられません。ただし皆々様、ご注意を。極楽にせよ地獄にせよ、もとは人間がこしらえた作り事でございます。しかしながらその作り事がいつからか形を持ち、実在するかのようにふるまっているのもまた事実。人は作り事という現実のなかでしか生きられぬ性《さが》なのかもしれません。

私がおりますのは洲崎遊廓。一夜限りの芝居をうって、酔わせることが手前ども娼妓の仕事です。ここでは愛も情も苦も楽も、すべて作り物。真が偽になり、偽が真になる。虚実の裏返る瞬間を見逃さぬよう、これより先まばたきすらも惜しんでくださいますよう、謹《つつし》んでお願い申し上げます。

私は両手をついて、深々と頭を下げる。余韻を断ち切るようにスポットライトが消え、可動舞台が動き出す。

次に照明が灯った時、観客たちの前に現れるのはある妓楼の一部屋だ。そこにいるのは男と女がひとりずつ。私はなじみ客との別れを惜しみ、背中を撫でている。まもなく、その男に身請けされる予定なのだ。遊女は外の世界へ出られる日を夢見て浮足立つ。しかしその夢は、あっけなく打ち砕かれる。覆面の男たちに斬りつけられ、醜い傷が残ったことで身請け話は立ち消えになってしまう。

私はひとり、部屋の隅《すみ》でうなだれて独白する。

亜矢乃　傷ひとつで捨てる男なら、いっそ貰《もら》われないで正解だった。そう考えようともしたけれど、身体は思うように動いてはくれない。男、男、男。この世は男の理屈で回っている。楼主も客も、男ばかりだ。私らは男に飼われている畜生だ。悔しくて悔しくて、また傷が熱を持ってくる。止まったはずの血が滲む。

壊してやる。この洲崎で、男の論理をぶち壊してやる。

顔に醜い傷をつけられた私は客を取ることもできず、温情だけで妓楼に残されていた。暇を持て余した私は若い新造を引き連れ、洲崎遊廓を案内する。監視のためについてくる男衆を引き離してから、私は彼女の耳元でささやく。

亜矢乃　致し方ない事情はあったとて、こんな場所で死ぬまで男に媚《こ》びを売るのは御免だろう。それならいっそ、ひっくり返してしまわないかい。籠から出るのに飼い主の許しはいらないんだ。内側から壊しちまえばいい。

同じような手管《てくだ》を使って、私は幾人かの遊女を味方につける。狙うは娼妓による蜂起。そして、洲崎遊廓の転覆であった。遣《や》り手《て》のばあさんや楼主の監視をかいくぐり、私たちは着々と計画を立てる。

私は男衆のひとりを金で抱きこみ、大量の油を用意する。これを遊廓一帯の建物に撒《ま》いて火を放つ算段だった。混乱のなかを、遊女たちは思うように逃げればいい。借金など知ったことか。

一方、警察の働きによって、私の顔に傷をつけた犯人たちが明らかになる。正体は、とある商家の番頭とその仲間であった。番頭はかつてこの妓楼で私を指名しようとしたが、勝手に

「嘲笑された」と勘違いして帰ったらしい。顔を傷つけたのはその意趣返しであり、つまりは独りよがりの思いこみによる行動だった。怒りはさらに掻き立てられる。

亜矢乃　ふざけるな。私は男の憂《う》さを晴らす小道具じゃあないんだ。同じ人間なんだよ。傷つけていい、いたぶっていい人間なんて、この世のどこにいるんだい。この顔は、誰かの溜飲《りゅういん》を下げるための的じゃない。

絶叫が、劇場の天井にこだまする。

クライマックスに向かうにつれて、客席の熱気は静かに高まっていた。手ごたえはある。あとは、ありったけの感情を炸裂《さくれつ》させるだけだ。場面転換の直前、一気呵成《いっきかせい》に台詞を言い放ち、ふと客席を見て、一瞬固まった。

最前列の座席に母が座っていた。あの日と同じ服装で、つまらなそうに舞台を観ていた。

その視線は、羞恥心《しゅうちしん》を強く刺激した。

舞台に立って「恥ずかしい」と思ったことは、これまで一度もなかった。演技の場面が日常から劇場に変わっただけで、恥ずかしいことなんてなにもないはずだった。でもなぜか、母には観られたくなかった。

とっさに思ったのは、バカにされる、ということだった。あんたが女優なんて笑っちゃうよ。恥かく前にさっさと辞めなよ。いい服着せてもらっても、田舎《いなか》出のつまらない女だってことは隠しようもないからね。　私が死んだ途端、舞い上がって夢みたいなこと言い出してさ。　みっともない子だよ。

音が鳴るくらい、強く奥歯を噛んだ。

かろうじて演技を続けることができたのは、亜矢乃という役に没頭していたおかげだった。バンケットの舞台でなければ、もしかしたら役を忘れていたかもしれない。場面転換のため、照明が落ちる。

そこから十分ほど私の出番は空く。水を飲み、呼吸を整え、さっき見た幻影を忘れようとした。だが、肌にこびりついた母の視線は消えてはくれない。母の言葉はまだ頭のなかに響いている。

あんたはそんな、器用な性格じゃないよ。お母さんがいちばんわかってるんだから。分相《ぶんそう》応《おう》、って言葉知ってるかい。地元に残ってちゃんとした仕事を持った男と結婚して、普通に暮らせばそれでいいんだから。

――うるさいな。

誰のせいで演技する羽目になったと思ってる。あんたが産んだから、あんたが育てたから、私の人生はこうなった。演じることがみっともないと思うなら、それはあんたがみっともなく育てたせいだ。

心のなかで母への反論をぶちまけ、再び舞台に立つ。母はやはり最前列で待っていた。

ひそかに妓楼を抜け出した私たちは、用意していた油を遊廓に撒き散らす。あとは火を放つだけだった。しかし買収したはずの男衆が楼主に密告していたことから、企《たくら》みは露見する。逃げる遊女たちはひとり、またひとりと捕らえられ、ついには私だけになる。

逃げ延びた先で、私は松明《たいまつ》の炎を頭上に掲げる。

亜矢乃　**これからこの火が私らの命を解放してくれる。いばりくさっている楼主も、下卑《げび》た目つきの常連客も、燃えてしまえばみなが灰。たとえ、飢えてくたばる運命《さだめ》だろうが、飛び立つ鳥は止められない。見ろ、この炎を。誰にも消せない、地の底の業火《ごうか》を。**

松明の火をそっと油に移す。炎は瞬《またた》く間《ま》に燃え広がり、洲崎遊廓の建物を呑みこんでしまう。熱風が吹き荒れ、火の粉《こ》が舞う。遊女も客も男衆も、悲鳴をあげて我先に逃げ惑う。その様子を見て私は高笑いする。

亜矢乃　**可笑《おか》しいねえ。死ぬかもしれない、と思った途端に誰もが仮面をかなぐり捨てて、目の色変えて駆けずりまわる。所詮私らのやっていた芝居は、平穏無事な日常という舞台あってのものだったってこと。これじゃ、今まで命を絶った女たちがなんのために死んだのかわからない。だってそうだろ。死ぬくらいなら、さっさと火ぃ付ければよかったんだ。**

放火は重罪だ。捕まれば、死罪は免《まぬが》れない。人目につかぬよう遊廓から逃げ、松林へと入りこむ。息をついたのもつかの間、配備されていた警官たちが私の存在に気が付き、追いかけてくる。必死で松林のなかを逃げるけれども、前後をはさまれて逃げ場を失う。左手には切り立った崖《がけ》、眼下には燃え盛る遊廓。飛び降りれば無事では済まない。

集《つど》った男たちを前に、私は最後の啖呵《たんか》を切る。

亜矢乃　あんたら男がなにもかも思い通りにできると思ったら、とんだ勘違いだ。

そして、私は崖下へと身を投げる。

舞台には高さ二メートルほどの台が設《しつら》えられていて、下手《しもて》に隠してあるもうひとつの台へ飛び移る仕組みになっていた。練習でも本番でも、飛び損なったことは一度もない。けれど私は台を蹴《け》る直前、横目で客席のほうを見てしまった。母がどんな顔で観ているか知りたかった。

飛びながら見た母の顔は、冷たい無表情であった。

ほんの一瞬視線を外したせいで、飛び降りたはいいものの、着地の時に左足を踏み外した。そのまま派手に転落し、ものすごい音があたりに響いた。気がついたら、舞台袖で仰向けに寝転んでいた。

控えていたスタッフが飛んできた。顔が真っ青だ。

「大丈夫ですか。立てますか」

「うん。平気……」

身体を起こそうと力を入れると、左足首の関節に激しい痛みが走った。叫び出しそうになるのを気力で堪える。舞台上ではまだ芝居が続いている。すでにフェードアウトしている私が、ここで叫ぶわけにはいかない。額に脂汗が滲んだ。

スタッフに肩を借りて、右足だけでどうにか立ち上がる。少しでも左足を踏みこめば激痛が走るため、歩くことはできない。くるぶしが腫れあがり熱を持っていた。ただの捻挫《ねんざ》ではなさそうだ。舞台監督の渡部が駆けつけ、患部を見るなりぎょっとした顔をした。

「なんですか、その腫れ方」

「まずいですよね」

「骨、折れてるんじゃないですか。早く病院行ったほうが」

私はとっさに、「出番あるから」と渡部の言葉を遮《さえぎ》る。

私にはまだやるべきことが残っている。『火焔』は、冒頭と同じく亜矢乃の独白で幕を閉じる。足が痛もうが、熱が出ようが、やり遂げなければ舞台が終わらない。しかし渡部は首を横に振った。

「どう見ても普通の怪我《けが》じゃない。だいたい、歩けるんですか?」

「少しなら」

左足を慎重に踏み出してみる。ほとんど体重をかけていないのに、足首を鉈《なた》で切られたような痛みが走る。激痛に頭がくらくらする。渡部は周囲のスタッフに聞こえるくらいのため息をついた。

「一歩も歩けないじゃないですか。諦めましょう」

「名倉さん、呼んで」

渡部は苦い顔をしたが、構っていられない。出番まであと五分もなかった。

「早く。時間がない」

気を利《き》かせたスタッフが走り出し、客席にいた名倉を舞台袖に連れてきた。名倉は左足を押さえてうずくまる私を見て、すぐに状況を察したようだった。彼の問いかけは簡潔だった。

「どうする？」

「出ます」

話はそれで済んだ。名倉は渡部に向かってひとつうなずき、「あとはよろしく」と言い残して客席へ戻っていった。信じられない、とでも言いたげな渡部だったが、名倉の意思に逆らえるはずもなく、私の出演を黙認するしかなかった。

間もなく、最後の出番がやってきた。舞台上には誰もいない。背筋を伸ばしてしゃんとした表情を作る。私は亜矢乃だ。観客に無様《ぶざま》なところは見せられない。たとえ心臓を突かれても、演じきらなければ舞台は完成しない。

みなの視線を一身に浴び、一歩、また一歩と舞台中央に近づく。神経を刻まれるような痛みが、左足首に走った。それでも涼しい顔のまま進んでいく。

中央にたどりついた私はその場に正座をして、正面を見据える。私の顔にはいまだ醜い傷がこびりついていた。


亜矢乃　人は生前の行いによって死後の居場所が振り分けられると申します。火付けという重い罪を犯した私に用意された居場所は、当然地獄。霊魂となった後も、永遠に火に焼かれ続けるのでしょう。

しかしながら火付けが重罪と申すのであれば、そこに至るまで私どもを追い詰めてきた男たちは、罪人でないと申せましょうか。彼らは極楽へ行き、私は地獄へ落ちる。それが道理であれば従うまでですが、その道理もどなたが定めたものやら、わかりようもないことです。

私はこうも思います。所詮、現実はすべて作り事。私は命を捨てたことで、作り事の世界からようやく解き放たれたのです。ここから先、とうとう真実の人生がはじまるのです。たとえ行き先がどこであろうと、偽物の人生を生きるよりはましではありませんか。そのような繰り言を申すことができるのも、命あってのこと。私はそろそろお暇《いとま》せねばなりません。

善男善女の皆々様におかれましては、いずれ極楽へたどりつくことができるよう、心の底からお祈り申し上げます。

両手をついてゆっくりと頭を下げる。それと同時に、示し合わせたように一斉に拍手が湧いた。私はつむじで喝采《かっさい》を浴びる。緞帳はしずしずと下りていく。いつもならこのまま閉幕する。だが最後の最後で、あと一度だけ、母の顔を見てみたくなった。冷たくても、無表情でもいい。母の前で演じきったという証《あかし》がほしかった。

私は擦《こす》りつけていた額をかすかに上げ、上目遣いで母のいた最前列の席を見た。

そこには、クリスが座っていた。

視線が宙で交錯すると、彼女は息を呑んだ。拍手はしていない。両手は強くアームレストをつかんでいる。わずかな時間だったが、私には、剝《は》がれかけた人差し指のネイルまでよく見えた。

幕が閉じるが、拍手はまだ続いている。この後はカーテンコールが待っているが、私は立ち上がることができなかった。閉幕した瞬間、忘れていた左足首の激痛が蘇り、その場に情けなく転がった。

「遠野さん」

スタッフに左右から担がれ、私は退出させられた。悔いはなかった。ともかく、舞台は終わったのだ。大役を務めた達成感と、責任を果たした安堵が、胸のなかにじんわりと広がっていく。

救急車を待っている間、楽屋に寝かされた。遠くからまた拍手が聞こえてきた。私抜きでカーテンコールをやっているのだろう。潮の満ち引きのように寄せては返す喝采を聞きながら、別種の思いがふつふつと湧いてきた。

――降りそこねた。

この怪我は、演じることから降りるためのまたとない好機だったかもしれない。私はたぶん、健康的な人間になるためのチャンスを反故にした。

でも、そうするしかなかった。

たとえ二度と立てなくなったとしても、舞台に出ない、という発想は微塵もなかったのだから。

*

夜明け前の待合室で、私はナースセンターの照明をぼんやりながめていた。

退屈だけれど、やることがない。スマホは手元になかった。たぶん、家だろう。神山が持ってきているかもしれないが、それどころじゃなかったはずだ。気を失っている私を見て、彼はどう思っただろう。そのまま死なせてやろう、とは考えなかったのだろうか。

――生き延びちゃった。

それが、率直な感想だった。

救急車で運ばれたのは二か月ぶりだ。前回は『火焔』の千秋楽で、足首を骨折した時。あの時は三週間入院することになった。左足首にはつい最近までギプスが装着されていて、いまだに痛みや腫れは残っているけれど、松葉杖《まつばづえ》なしで歩くことができる。

今日運ばれたのは、睡眠薬をアルコールと一気飲みしたからだ。胃洗浄もやった。意識が朦《もう》朧《ろう》としていて正直なところよくわからないけど、溺《おぼ》れるような息苦しさがあった。吐きまくったせいか、胃が焼けるように痛い。

自殺未遂、ということになるのだろう。

理由は自分でもはっきりと語れない。亜矢乃の言葉を借りれば、命を捨てて、作り事の世界から解き放たれたかった。死ぬまで芝居を続けることが、急にしんどくなった。衝動的に、ありったけの睡眠薬をチューハイで流しこんだ。

気鋭の女優による自殺未遂を、演劇関係者が知ったらどう思うだろう。傍目《はため》には、私は成功者と言っても差し支えないと思う。主観を抜きにしても、遠野茉莉子は舞台演劇の第一線で活躍している。だが、それは死なない理由にはならない。

城はこう言っていた。

——その人の地獄は他人には絶対わからないですから。

名倉には名倉の、城には城の地獄がある。それらが私には見えないように、私の地獄もまた他者には見えない。演じる者同士であっても、他人のことを理解なんてできるはずがない。

『火焔』の千秋楽から数日後、名倉の事務所に手紙が届いた。送り主はクリスで、宛先は私になっていた。手紙は骨折の入院中に手渡された。

そこには舞台の感想が記されていた。私の演技に圧倒され、感動したという。あまりのすごみに自信を喪失し、養成所をやめようかと考えている、とも書いてあった。クリスは私より幸せなのだろうと思う。どんなにしんどくても、私にはその選択はできない。

空が白《しら》んできた。早朝の日差しを背に、神山が歩いてくる。待合室の隣の席に座った神山は、目頭《めがしら》を揉《も》んでいた。

「医者に説教されたわ」

私のほうを一瞥《いちべつ》もせずに語り続ける。

「彼女の身体に不自然な痣があるけどDVか、って言われた。俺は知らないってごまかしたけど、あれは確信してたな」

「ごめん。迷惑かけて」

「そう思うなら、自殺未遂とかやめてくれない？」

ナースセンターから話し声が聞こえてくる。シフトの引継ぎだろうか。私のようなおかしな人間を助けるために、この病院は二十四時間稼働している。

「帰ろうか」

神山が歩き出し、私が後ろに続く。夜間出入口から外に出ると、日差しがやけにまぶしかった。内臓は痛くて重い。けれど、それ以外は運ばれる前となにも変わらない。不思議だ。昨夜、たしかに死のうとしたのに。

ふたりでタクシーで家まで帰った。玄関ドアに鍵を差しこんだところで、神山は立ち止まった。

「このタイミングで悪いんだけど」

差し出された右手には、合鍵が載っていた。無言で受け取る。彼はよく我慢してくれた。さんざん無茶を言った私に、引き止める権利なんてない。

「今日のことは誰にも言わないから。付き合ってたことも」

「うん」

「じゃあ、元気で」

早朝の光へと溶けていく背中に、私はつい「あっ」と声をかけていた。なにを言いたかったわけでもない。ただ、もう一度だけ顔を見たかった。神山は普段と変わらない、無垢《むく》な顔で振り返った。

「本当の名前で呼んでいいよ。一回だけ」

まだ覚えているだろうか、という懸念はすぐに吹き飛ばされた。神山は晴れ晴れとした表情で右手を振った。

「ありがとう、――」

今度こそ彼は去っていった。その背中を追いかけたい衝動に駆られる。けれど、そうはしない。役者としての私が、行くな、と叫んでいるから。手がじんじんと痺《しび》れるくらい、合鍵を強く握りしめた。

こんな気持ちになるくらいなら、やっぱりあの男と付き合うんじゃなかった。

幕間

時刻はすでに二十時を回っていた。

そろそろ、この舞台もクライマックスに差しかかっている。ここまで出演したのは主に三人。名倉敏史、城亜弓、神山一喜。三人は口々に私との思い出を語り、私が死んだ理由を言い当てようとした。無責任な観客である私は、その様子をただ傍観している。

「私もいい？」

手を挙げたのは蒲池多恵だった。この会がはじまった時は斜《しゃ》に構えたような態度だったが、今は神妙な顔つきをしている。

——来た。

私はひそかに期待する。いずれ、この人が発言するはずだと思っていた。私との間にあったことを黙っていられるほど、彼女は強くない。そう踏んでいた。

「どうかしましたか」

ステージに立つ名倉が応じると、みなも自然と蒲池を見る。彼女はたくさんの視線を、ベテランの風格で受け止めた。

「少し意見したいんですけど」

「茉莉子の死について、何か思い当たる節《ふし》が？」

「なくはないですよ」

蒲池は神山のように物怖《ものお》じしなかった。ゆっくりと、だがよく通る声で続ける。

「遠野茉莉子は自殺だった。これはまず、間違いない。彼女は誤って奈落に落ちるほど腑抜《ふぬ》けじゃない。役者としての実力だけを理由に言ってるんじゃないです。気構えの問題。演じることに誰よりも精魂こめていたからこそ、そんな初歩的なミスをするわけがない」

城が不機嫌そうに顔をしかめた。偶然の事故だと主張する彼女にしてみれば、これ以上、余計な意見で掻《か》き回されるのは本意ではないのだろう。名倉が言葉をはさんだ。

「蒲池さんは、俳優として茉莉子を買っていたんですね？」

「共演は今回が初めてだったけど、一目見てすぐにわかりました。あれは物心ついたころから演技をしてきて、その結果として役者になったクチの人間ですよ。すぐにわかる」

神山が顔を伏せた。自分にはわからない、と拒絶するかのように。

「なら、自殺の理由はなんだと思いますか？」

「当てつけでしょうね」

蒲池は断言した。その答えを吟味するかのような沈黙が漂う。

「……それは、どういう意味で？」

名倉は戸惑いの滲《にじ》んだ声で問うた。蒲池は「そのままの意味ですよ」と応じる。

「わざわざゲネプロの最中にみんなの前で死ぬ理由なんて、当てつけ以外に考えられないでしょう。ここにいる全員を目撃者にしたかったんですよ。自分が死ぬところを見せて、トラウマを植え付ける。それが遠野の目的だった」

「意味がわからないんですけど」

苛立《いらだ》たしげに振り返った城に、蒲池は鼻息で応じる。

「あんたもわかってるんじゃないの。あの子の生活は隅《すみ》から隅まで演技だった。そういう人間が自殺する時、ほしいのはなんだと思う？　観客だよ。観客がいなきゃ舞台は成立しない。遠野は最後まで役者として死にたかった。だから、みんなに目撃してもらえる機会を狙って死んだ」

城は沈黙した。蒲池の推測の正当性を量りかねているようだった。

「当てつけ、というのは？」

代わって名倉が尋ねる。

「当てつけのために自殺したと言いましたよね。復讐《ふくしゆう》だったということですか。茉莉子は誰への当てつけのために死んだんですか」

「名倉さんですよ」

平然と、蒲池は言い放つ。名倉がたじろぐ気配があった。

「正しくは、名倉さんをふくむみんな。さっきから話を聞いてれば、ここには遠野の人生に関わりのある人間ばかり集まっている。名倉さんだけじゃない。城や神山もそう。スタッフも同じですよ。たとえば渡部さんも、遠野とは何度も仕事したんでしょう？」

　舞台監督の渡部が、無言でうなずいた。

「関係の薄い人間なら、不幸な事故、で済ませて忘れてしまうかもしれない。でも、自分の人生に深く関わっている人間は違う。遠野茉莉子の死を忘れることができず、いつまでも引きずることになる。まさに、この状況がそう」

「つまり茉莉子は、ここにいる関係者の記憶に自分の死を植え付けるため、わざと人目のあるゲネプロを選んで死んだ、と言いたいんですね？」

　慎重に問い返す名倉に、蒲池は「ええ」と言う。

「本番でやれば、観客にまでその死をさらすことになる。それはプロの俳優として許容できない。かといって稽古《けいこ》では、面子《メンツ》がそろっていないこともある。遠野にとって、ゲネプロこそがちょうどいい環境だったんじゃないですか」

　拍手を送った。よくぞ、そこまで考察できるものだ。蒲池と共演するのは『幽人』が初めてだったのだが、きっと私の出た舞台を観《み》たことがあるのだろう。そうでなければそこまで考えが及ばない。もちろん、私が手を叩《たた》いてもその音は誰にも届かない。

「茉莉子はぼくたちを恨んでいたんですか？」

　名倉はまだ、蒲池の唱える説が腑に落ちないようだった。馴《な》れ合っていたわけではないが、恨まれる筋合いもない。そう言いたげだ。

「逆に、恨まれていないと思っているんですか？」

蒲池は怪訝《けげん》そうに目を細めた。

「遠野にとって、生きることと演じることは同義だった。それは彼女の性質のせいでもあるけど、彼女だけの責任じゃない。私たちが、遠野茉莉子をそういう人間に仕立ててしまった。名倉さんは、遠野にメソッド演技という武器を与えた。だから彼女は追い詰められた。他の人も同罪。みんなで寄ってたかって、遠野茉莉子という偶像を作り上げてしまった。彼女は死ぬことで最大限の抗議を示した」

とうとう、名倉も言葉を失った。城も口を開かない。みな、沈鬱《ちんうつ》な面持《おもも》ちで蒲池の話を聞いていた。それでもまだ言い足りない人間が、ひとりだけいた。

「関係ない人はいいですね」

神山が、独り言のようにこぼした。

「蒲池さんは、茉莉子の人生に関係ないですからね。共演も今回が初めてでしょう。部外者は好き勝手言えていいかもしれませんけど、その意見を聞いた我々がどう思うか、想像できないですか？」

「関係ない、って言った？」

蒲池は小皺《こじわ》の刻まれた目元を細めて、薄く笑った。

「いちばん恨まれていたのは、たぶん私だよ」

「……はい？」

「私、遠野に言ったの。『あなたの演技は認められない。役者を辞めたほうがいい』って」

その一言で、宮下劇場の空気が変質した。

蒲池にそう言われた瞬間を思い出す。生まれついての役者だと評されることはあっても、役者を辞めたほうがいい、と言われたのは初めてだった。胸の奥がざわつく。幽霊になっても、感情の揺れはなくならないらしい。

よく見れば、蒲池の二の腕に鳥肌が立っていた。効きすぎた空調のせいか、あるいは押し殺した本心のせいか。彼女もまた、手練《てだ》れの演者だった。

私は誰の目にも触れられないまま、この舞台の行方を見守っている。

第四幕

吉祥寺の駅を出ると、みぞれが降っていた。

水気をふくんだ白い塊《かたまり》が、夜の空からぼたぼたと落ちている。駅前を歩く人たちはそろって傘をさしていた。地面はびしょびしょに濡《ぬ》れて、風情《ふぜい》なんてかけらもなかった。

折り畳み傘を持ってこなかったことを、今さらながら後悔する。私にはテレビを見る習慣がないし、天気予報もたまにしかチェックしない。公演期間とあればなおさらだ。天気を気にするより、今日の舞台をよりよくすることだけを考えていたい。

コンビニに入ったけど、傘は売り切れていた。仕方なく、駅ビルの雑貨屋で三千円の傘を買う。うちにはもう傘が十本以上眠っている。いずれも出先で悪天候に遭った時、購入したものだ。埃《ほこり》を被《かぶ》った傘たちは、シューズボックスの一角を圧迫している。

三十歳になっても、私はあいかわらず「生活」が下手《へた》なままだった。

クリーニングに出した服は、一年近く引き取るのを忘れている。シンクにはいつも洗われていない食器が溜《た》まっている。他の女たちがどういう生活をしているのか知らないけれど、少なくとも私は器用なほうではないのだと思う。それでもどうにかしようとは考えない。生活を上手《うま》くやったところで、演技が上手くなるわけじゃない。

三千円の傘をさして、みぞれが降る街を歩く。夕方の公演を終えて、帰路につく今は二十時半。帰宅途中の会社員や、飲みに来たらしき若者が多い。心なしか、誰もが足早で不機嫌そうだった。服が濡れたり、靴のなかが水浸《みずびた》しになったりするのが不快なのだろう。みぞれ、というのがまた厄介だった。雪であれば綺麗《きれい》だし、雨であれば諦めがつく。でも、みぞれというのはどこか中途半端だった。雪のように美しくもなく、雨ほど慣れてもいない。非日常のくせに、あまり楽しくない。

――早くやまないかな。

空は願いを聞き届けてはくれない。家に着くまで私はみぞれに降られ続けた。重たいぐずぐずの氷片が、頑丈な傘を揺らした。

マンションのエントランスで傘を畳み、リーダーにカードキーをかざす。電子音とともに自動ドアが開いた。奥にあるもうひとつの自動ドアをくぐって、エレベーターパネルのボタンを押す。

ここに越したのは昨年だった。

前に住んでいたアパートに、女性ファンが押しかけてきたのがきっかけだった。どうやって探し当てたのか知らないけど、彼女はある日、いきなりドアチャイムを鳴らした。茉莉子さん、開けてください、ファンなんです。彼女はそう連呼していたが、私はずっと室内で息をひそめていた。一時間ほど経《た》つと、ようやく諦めて帰っていった。

怖いというより腹が立った。赤の他人が、私の時間を一方的に奪おうとすることが許せなかった。私はその時、次の舞台に向けて台本を読みこんでいる最中だった。私の芝居を邪魔する権利は誰にもない。

また例のファンが押しかけてきたら迷惑だから、セキュリティがしっかりしたマンションへ引っ越すことにした。ただし吉祥寺から出るつもりはなかった。私は他の街をほとんど知らない。群馬の高校生だった時から、東京で暮らすということは、吉祥寺に住むということと同義だった。

そうして昨年引っ越したのが、今のマンションだ。

カードキーでロックを解除し、玄関ドアを開ける。靴脱ぎにはサンダルやスニーカーが散乱していた。その隙間《すきま》に、履いていたショートブーツを押しこむ。ずぶ濡れだけれど気にはしない。放っておけばそのうち乾く。傘は適当に水滴を払ってから、カビ臭《くさ》いシューズボックスに放りこむ。これでまた、死蔵する傘が一本増えた。

暖房をつけてから、濡れた服を脱ぎ、熱いシャワーを浴びる。考えるのは今日の芝居のことだった。

あまりいい出来とは言えなかった。怒りを堪《こら》える場面では指先の震えが思うようにいかなかったし、会話の間《ま》もしっくりこなかった。共演者たちは誰も気付いていなかったけれど、私にとっては明白な違いだ。やはり台本との呼吸が合っていない。引き受けるべきじゃなかった、と後悔する。

自然と、劇団バンケットのことが思い出される。

名倉は『火焰』で大きな演劇賞を獲《と》り、名声を手にした。大規模なワークショップをたびたび開くようになり、テレビや映画の脚本も手がけるようになった。それ自体に不満はなかった。名倉の劇作家としての才が評価されることに異論はない。

ただし、名倉の才能そのものが涸《か》れてしまったのは、私にとって大きな問題だった。『火焰』の翌年、名倉はバンケットで上演するための新作を書いた。当然のように主演のオファーがあり、私は企画内容すら聞かずに了承した。それほど名倉に信頼を置いていたのだ。けれど、出来上がった台本を読んで愕然《がくぜん》とした。

どう考えても、質が落ちていた。

あの名倉敏史が書いたとは思えないほど、その台本は退屈だった。いや、退屈であっても優《すぐ》れた演劇は存在する。ただ退屈なだけでなく、そこには私が演じたいと思える魅力がなかった。底が見えないほどの絶望も、焦《こ》がれるような熱情もなかった。ただただ、輪郭《りんかく》をなぞっただけの女性がそこにいた。空洞の、女性の形をした容《い》れ物《もの》。そんなものを演じるのはまっぴらだった。

しばらく考えて、私は出演をキャンセルした。翌日、喫茶店に呼び出された。名倉は見たことがないくらい険《けわ》しい顔をしていた。

——茉莉子の他に、バンケットで主役を張れる俳優はいない。なにが気に食わない？　指摘してくれれば、直す。

——全部。

そう答えると、名倉は呆気《あっけ》に取られていた。もしかすると、私のワガママだと取られたかもしれない。でもそう言うしかなかった。

結局、名倉は台本を直さず、私の出演キャンセルを受け入れた。代役には同世代の役者が抜《ばっ》擢《てき》され、その舞台は予定通り上演された。チケットは完売だったらしい。けれど、私は出なくてよかったと思っている。

以後、バンケットからのオファーは来ていない。観客としては幾度か観《み》たけれど、案の定台本はよくなかった。観客の間でも評価はまちまちで、古参のファンはかなり去ったらしい。それでも、バンケットの舞台に出たがる俳優は後を絶たない。客の入りだって悪くない。

ただこのままなら、私が名倉の戯曲を演じることは永遠にないだろう。納得できない役を渋々やるほど、仕事の当てがないわけじゃない。

遠野茉莉子の名前を知らない者は、演劇界隈《かいわい》にはいなくなっていた。舞台をやっている人間なら、必ずと言っていいほど私の名前を知っている。ただの小娘だった私は、仕事を求める側から、仕事を選ぶ側へと変わっていた。

ここ三年ほど、いろいろな劇団の舞台に出演している。出演の可否は、基本的に台本を読んでから決める。ミスマッチが起こると互いに不幸だ。

ちょうど今やっている舞台は、初稿台本でいい感触を得たから引き受けた。けれど、修正稿で違和感が増した。再修正で多少ましになったけど、完璧にはフィットしていない感じがある。だからといって土壇場でへそを曲げるほど、こっちも子どもじゃない。

――完璧な演技なんて、そうそうできるもんじゃない。

私にとっては、『火焔』での演技が現時点での最高到達点だった。いまだにあれを超える芝居はできていない。私に責任がないとは言わないが、心中してもいいと思える役柄にめぐり合えていないのも事実だ。なにを演じても、体に合っていない服を着ている感じがする。たるんだ袖《そで》や裾《すそ》を持て余す。

浴室を出て、寝間着に着替えてから髪を乾かした。外ではまだ白い礫《つぶて》が降りそそいでいる。窓ガラスに付着したみぞれが、水となって流れていった。

冷蔵庫から冷えたボトルを取り出した。赤ワインを無造作にグラスへ注《つ》ぎ、一気に中身をあおる。酔いが回ってきたところでキッチンの換気扇をつけ、電子煙草《たばこ》を吸った。揺らめく白い煙をながめていると、徐々に焦りが落ち着いてきた。

煙草をはじめたのは、薬代わりのつもりだった。

これまで三か所の心療内科にかかって、適応障害とか発達障害とか診断され、そのたびにいくつかの薬を出されたけれど、どれもろくに飲まなかった。飲めば気持ちが落ち着き、苛立《いらだ》ちが消えるのもわかっている。でもそれは時に芝居を妨げる。

たとえば、処方された薬を飲んで別人みたいになったことがある。急に頭が冴《さ》えて、視界が明瞭《めいりょう》になった。家事がてきぱきとこなせるし、心も軽《かろ》やかだった。これが普通の人の精神状態なのか、と感動した。けれど台本を読んで驚いた。読めるには読めるけど、入りこめない。無理に演じようとするとただの棒読みになる。我ながら、ものすごい大根役者ぶりだった。

演じられなくなるのなら、薬に意味などない。むしろ逆効果だ。そういうわけで、病院の薬は役に立たなかった。その代わり煙草に頼ってみることにした。役者には喫煙者が多いから、心理的な抵抗もない。

今では日に七、八本は吸う習慣がついている。たいして鎮静効果があるとは思えないけれど、吸っている間は余計なことを考えずに済む。煙草のメリットがあるとすれば、そのくらいだ。

私が心療内科に通院していたと知ったら、きっと知人たちは驚くだろう。「メンタル強そうだよね」とか「強心臓でうらやましい」とか言われたことはあっても、「病んでそう」とは言われたことがない。でも案外、そんなものなのかもしれない。心は他人には見えない。そして人は、目に見えないものにはどこまでも鈍感だ。

機械的に手を動かし、ワインを腹のなかへ流しこんでいく。明日も十三時から公演がある。早く眠らなければいけない。

ボトルが三分の一になったころ、ようやく頭がくらくらしてきた。身体《からだ》が熱い。キッチンの引き出しに常備してある睡眠薬を数錠飲む。最近はこうでもしないと寝付けない。水で口をゆすいでから、ベッドに倒れこんだ。あとは眠りを待つだけだ。

「ろくな死に方しないよ」

いつの間にか枕元に立っていた母が、私を見下ろしていた。私は知っている。この母が幻影であることを。

「バーカ」

スイッチを切ったように、ぷつっ、と意識が途切れた。

翌日は昼公演だけだった。

終演後はさっさとメイクを落として、私服に着替え、誰よりも早く楽屋を出る。仕事が終わったら、できるだけすぐ帰ることにしている。演出家や他の俳優と馴《な》れ合ってもいいことなんかない。千秋楽《せんしゅうらく》の打ち上げにも出なくなった。

すれ違うスタッフに挨拶《あいさつ》だけして、劇場の裏口から外に出る。十六時過ぎ、真冬の空はすでに夜の支度をはじめていた。ダウンジャケットの隙間から入ってくる寒気に首をすくめる。たまにファンが待っていることもあるけれど、今日は誰もいない。しかし数メートル歩いたところで声をかけられた。

「茉莉子」

声だけではわからず、顔を見てようやく「ああ」と声が出た。コートを着た名倉敏史は、ポケットに両手を突っこんでいた。

「お久しぶりです」

「うん。少し話せるかな？」

とっさに拒絶の言葉が出なかったのは、迷ったせいだ。用件はわかっている。どうせ出演依頼かそれに近いことだ。現状、バンケットの舞台に出るつもりはない。でも心の片隅《かたすみ》には、再び傑作を書いてくれるかもしれない、という淡い期待も残っていた。

返事をする前に名倉は歩き出した。仕方なくついていく。

「舞台、観てたんですか」

「もちろん。いい芝居だったね」

「ありがとうございます」

「でも、茉莉子はもっといい芝居ができる」

こちらを振り向かずに話す名倉には、自信がみなぎっていた。今の彼は、世間の評価も集客力も持っている。出会ったころの飄々《ひょうひょう》とした感じは消え、どこかぎらついていた。

好きじゃないな、というのが正直な感想だった。

ぎらついていても、台本が良ければ文句はない。でも名倉の場合、その変化が悪い方向に影響している。あくまで私にとっての悪い方向であって、世間的には歓迎すべき変化なのかもしれないけど。

喫茶店の席につくと、名倉はブレンドを二つ注文してから切り出した。

「どうすれば、バンケットの舞台に出てくれる？」

――やっぱりか。

予想していた通りの台詞《せりふ》に、ため息が出た。

「なんで私なんですか。別に私である必要ないですよね。役者は掃《は》いて捨てるほどいるんだから」

「茉莉子じゃないと駄目だ」

「どうして？　出世作に出ていたから？　名倉さんと私のタッグなら客が呼べるから？」

つい尋ねていたけど、実際のところ、名倉がどう答えても出演するつもりはなかった。試したんじゃない。純粋に、そこまで遠野茉莉子にこだわる理由が知りたかった。

「それもあるけど」

安易に否定しないところは、悪くない。

「でも、もっと本質的な欲求だ。どんなに作家が頑張っても、いい役者がいなければ、いい舞台はできない」

「名倉さんは精一杯頑張っているってこと？」

「当たり前だろ。俺より努力している劇作家が、他にいるか？」

さっき抱いた好印象を取り消し、はっきりと失望する。以前の名倉ならこんなことは言わなかった。他の劇作家なんてそもそも眼中になかったはずだ。しかし名が売れた今になって、他人が気になりはじめた。

かつての名倉がしていたのは熱中だが、いつの間にか努力にすり替わっている。その時点で劇作家としては底が知れた。

「いい役者はたくさんいるし、名倉さんの舞台にも出てるじゃないですか」

「上手な役者はいるよ。台本の意図をすくい取って、正確に表現してくれる役者なら。でもそれじゃ足りない。役者はある程度まで上達したら、今度は巧《うま》さの向こう側に行かなきゃいけない。わかるだろ。その人間にしかできない唯一無二の芝居。そこに到達している役者はほんのひと握りだ」

名倉の前に運ばれたブレンドからは湯気が立っている。彼が猫舌だったことを思い出す。

「ぼくが教えたメソッド演技。覚えてるか？」

「覚えてます」

「あれこそが、演じ手の資質を最大限引き出す演出なんだ。個人のなかに眠っている記憶を呼び覚ますことで演技する。だからこそ、芝居はその俳優固有のものになる。まったく同じ体験をしてきた人間はひとりもいないからね」

名倉の言わんとすることはわかる。私にも、遠野茉莉子の芝居ができるのは私だけだという自負がある。

「本当の意味で、ぼくが求める演技ができる役者はほとんどいない。でも、茉莉子にはそれができる。稀有《けう》な存在なんだ。だから茉莉子に出てほしい」

「……名倉さんには、感謝しています」

座ったまま、額がテーブルにつく直前まで頭を下げた。感謝しているのは嘘《うそ》じゃない。名倉がメソッド演技を教えてくれなければ、今の遠野茉莉子はいなかった。恩人と言ってもいい。

「でも、舞台に出ることはできません」

名倉は眉根《まゆね》を寄せ、首を横に振った。

「なんで？」

私が強硬に出演を断ることが、心底不思議なようだった。おかしい。台本が納得できないことは前にも伝えたはずだ。もう一度言わないといけないらしい。

「ちゃんと言いますから、よく聞いてください」

「うん」

「名倉さんの書く台本が、つまらないからです」

ぴたっ、と名倉が動きを止めた。レンズの奥の目が見開かれている。しばし絶句していた名倉は、えっ、と小声でつぶやいた。

「つまらない、って？」

「以前も言いましたよね。台本に納得できないって」

「本気だったんだ、あれ」

全身の力が抜けそうになる。まさか、名倉は私の意見を嘘か冗談だと思っていたのか。呆《あき》れた。でも、そう思わないと劇作家なんてやっていられないのかもしれない。他人の意見をすべて鵜呑《うの》みにしていたら、舞台は成り立たない。

「……『火焔』の後の名倉さんの作品は、駄作ばかりです。どんなに頼まれても、私は駄作には出演しません」

その一言を口にするのは、ひどくエネルギーが要《い》ることだった。言い過ぎたかな、と少しだけ思ったけど、きちんと言っておかないとまた勘違いの余地が生まれる。名倉は目を閉じていた。怒っているのかもしれない。だが、私は事実を伝えただけだった。喧嘩《けんか》別れになるならそれまでだ。

名倉は腕を組み、瞑目《めいもく》したまま言った。

「ぼくの作品じゃなければ、出演する？」

「はい？」

「茉莉子はぼくの作品がいやなんだろう。だったら別の誰かが作った、納得のできる作品ならバンケットの舞台に出てもいいってことだよな？」

想定外の反応だった。旗揚げ以来、バンケットの戯曲はすべて名倉が手がけたオリジナルだ。

「名倉さんは……それでいいんですか」

「茉莉子の舞台を演出できるなら、十分だ」

名倉は顔色を変えず、ようやく冷めたブレンドをすすった。

そうだ。忘れていたけど、この人は演劇の悪魔だったんだ。己《おのれ》の野望を実現するためなら、役者の人生が破滅することなど気にも留めない。しかもそれだけじゃない。自分の劇作家としてのプライドすら、たやすく手放してしまえる。理想の舞台のためなら、この人は自傷もいとわない。

「会ってよかった。茉莉子の本音が聞けたから」

今日初めて名倉が笑った。鳥肌が立つくらい、底なしに無邪気な笑顔だった。

焼肉行きませんか、と城亜弓から連絡が来たのは、公演が終わった翌日だった。偶然にしてはタイミングがよすぎるから、あえて公演期間を避けたんだろう。そういう気配りは地味に嬉《うれ》しい。

〈吉祥寺の店ならいいよ〉

メッセージを送ったら、すぐに〈ここで〉と返信があった。高そうなお店で、城は個室を予約してくれた。声をかけられる機会は多くないけれど、それでも個室は助かる。余計なストレスはないに越したことはない。

当日、少し遅刻して店に着いた。城は個室で待っていた。

「お疲れさまです」

紺のジャージを着た城はスマホからちらっと顔を上げて、また手元に視線を落とした。大げさに立ち上がったりはしない。それが私には心地いい。

「いいお店知ってるね」

「たまにですよ、こういうところ来るのは」

いつからか、城は金欠から脱していた。少し前から事務所に所属するようになり、ネットドラマや映画にもちょくちょく出演している。彼女いわく、「有名になりすぎないように気をつけている」という。舞台へのこだわりというより、風俗で働いていたことが公《おおやけ》になるのを避けたいらしい。

「ビールでいいですか？」

「うん」

「食べられないものあります？　ユッケとか」

「なんでもいいよ」

まかせると、城は店員を呼んで注文してくれた。先輩風を吹かせているつもりはない。たぶん城は、私が心の底から「なんでもいい」と思っていることを理解している。だから余計なことを訊《き》かない。

「茉莉子さんって、人を待ったことあります？」

注文を終えた城が、唐突に尋ねてきた。

「えっ？」

「あ、嫌味とかじゃないですよ。ただ、茉莉子さんってたぶん人を待つよりは、待たせることのほうが多いんだろうなと思って。なんていうか、それが許されるじゃないですか。茉莉子さんだったら」

たしかに、稽古場《けいこば》や劇場に入るのはだいたい最後のほうだ。でもそれは、仲良くもない人たちと一緒にいるのが苦痛なだけだった。時間にルーズなわけじゃない。

「人を待ったことくらいあるけど」

最初に思い出したのは、地元の総合病院の待合室だった。高校生だった私は、事故に遭った母の処置が終わるのを待っていた。その次に、名倉のワークショップを思い出した。私は『撃鉄』の脚本を読みながら、順番が来るのを待っていた。それから、神山と付き合っていた時のこと。私のほうがよく待たされた。

こうして考えると、むしろ私は待ってばかりだった。みずから人生を選んでいる気がしていたけど、実は他人から与えられるのを待ち続けていたのかもしれない。

「だいたい私たち、待つのが仕事だったよね。待機室、って呼んでたぐらいなんだから」

「ああ、たしかに」

まだ六年しか経っていないというのに、デリヘルで働いた日々ははるか過去に遠ざかっていた。そういえば、他人に選ばれるという構造は役者の仕事も同じだ。劇作家や演出家に声をかけてもらえなければ、役を与えてもらえなければ、舞台には立てない。どこまでも受け身の存在。

肉が来た。城はビールを飲みながらハラミやタンを焼いていく。私にはトングを渡そうとしない。

「人に焼かせるの、嫌いなんで」

鮮やかな赤色だった牛肉が、焼けて褐色《かっしょく》に変わる。私は城の焼いた肉を素直に食べる。

「茉莉子さん、バンケットの舞台にはもう出ないんですか?」

城は昨年、名倉に誘われてバンケットの舞台に出演していた。出ない、と答えようとしたけど踏みとどまった。

「内容による」

それから、先日の名倉との会話について話した。城は「へえ」と目を剝《む》いた。

「名倉さん、プライド捨ててますね」

「なんでそこまで私に執着するのか、わからない。ただの頭おかしい女なのに」

「頭おかしいからこそ、じゃないですか」

毒気のある言葉も、城が口にすると不快に感じなかった。

「あの人は、茉莉子さんがどうかしている女だってこと、ちゃんと見抜いてるんですよ。ほとんどの男って、そこに気が付かないじゃないですか。私たちが演技していることすらわからない。そのくせ演技だってわかると、騙《だま》された、みたいな被害者面《ひがいしゃづら》をする。でも名倉さんは違う。私たちが演技する生き物だってことを理解している。そこは信じていいですよ。茉莉子さんに才能があるのは大前提として」

最後の一言は蛇足に聞こえたけど、まあいい。

「名倉さんだって、私の本当の顔は知らないと思うけど」

「それはみんな一緒じゃないですか。演技だってわかったうえで、その演技の隙間から覗《のぞ》く本音を観察しながら、付き合っていくしかない」

脂《あぶら》の爆《は》ぜる音を立てながら、肉は焼けていく。城はトングで肉をひっくり返す。片側はちゃんと焼けているけれど、その裏はぬらぬらと光る生肉だった。

言われてみれば、私だって城の本当の顔を知らない。今ここにいるのが本当の自分か、わかるのは自分自身だけだ。いや、自分だってわかっているかどうか怪しい。他人と話を合わせて笑顔をふりまく私も、無表情で焼肉を食べている私も、どっちも演技なのかもしれない。そう考えると、本音というものの存在も頼りない。

どこまで覗いても、私の中身は空《から》っぽだった。空っぽだからこそ、永遠に見つかることのない理想を追い続けてしまう。

「私、役者になれてよかったです」

城が網の上を注視しながら言う。

「役者になってなかったら、死ぬまで自分を肯定できてなかったと思うんで。あの時茉莉子さんがチケットくれてなかったらって思うと、真剣に怖いです。間違いなく、今もまだあの待機室にいたはずなんで」

「じゃあ私がチケットをあげたのは、ファインプレーだったたってことだ」

「茉莉子さんがいなかったら、城亜弓もいないですから」

私も彼女も、互いの芸名しか知らない。でもそれでいい。私たちは肉親でも友達でもない。芝居が唯一の共通点なんだから、芝居をする時の名前さえ知っていれば。

「役者なんて、ならずに済むならならないほうがいいよ」

格好をつけているわけじゃなかった。それは、私の数少ない本音だった。

書店に足を踏み入れたのは、偶然だった。

スーパーからの帰り道、いつもは通らない駅前商店街のなかを通った。吉祥寺には十年以上住んでいるけど、自宅のある方向とは逆だから、商店街はあまり使ったことはなかった。その日通ったことに、取り立てて理由はない。

私の足はある書店の前で止まった。見覚えがあるような気もするし、ないような気もする。大型店に比べれば、間口は広いとは言えない。いわゆる町の本屋さんだ。急ぎの用はなかった。元より、公演期間を除けば急用なんてない。

私はふらふらと店に入り、書棚に近づいていた。書店に引き寄せられたのは、名倉との会話が記憶にあったせいかもしれない。

――ぼくの作品じゃなければ、出演する？

彼はそう言っていた。別にバンケットの舞台に出演したいわけじゃない。ただそこまで言うからには、私が希望した書き手にオファーしてくれるかもしれない、という下心はあった。名倉が魅力的な台本を書けなくなったのなら、私が選べばいい。並みいる文芸作品のなかから、私好みのものを選んで提案すればいい。遠慮する必要はなかった。むしろ、演劇の悪魔は喜んでその提案を受け入れるはずだ。

店内の客はまばらだった。通路が広いこともあり、本が見やすい。読書家とは言えないけれど、たまに小説や演劇に関する本を読むくらいはする。

案の定、小説やコミックスに比べて、戯曲はほんの少ししか置かれていなかった。そうそう売れるわけでもないし、置いているだけありがたいと言うべきだろうか。適当に手に取ってぱらぱらとめくってみる。けれど胸に刺さるようなものはなかった。もしかしたら、私はある種の不感症になってしまったのだろうか。あるいは、演劇を観る目が肥えすぎたのか。

諦めて文芸の棚に移る。陳列されているミステリーや恋愛小説を手に取ってみるが、やっぱり惹《ひ》かれない。表現形式が違うから？　いや、もっと根源的な問題だ。私が求めているのは、私が演じるべき役柄だ。そこに戯曲とか小説とかいった違いはない。

平積みの台に置かれていた、一冊の単行本が目についた。紫色を基調とした装幀《そうてい》が、たくさん並ぶ本のなかで映《は》えていた。

タイトルは『幽人《ゆうじん》』。著者は山本明日美。どちらも初めて目にする。

試しにページをめくってみた。さして期待はしていない。少し読んでつまらなければ、すぐ戻すつもりだった。


生まれた時から、私は幽霊だった。

その産院では、新生児は足にサインペンで母親の名前を書かれるのが規則だった。それなのに、助産師だか看護師だかが名前を書くのを忘れてしまったせいで、私は一晩名前のない赤ん坊として過ごした。無名の新生児は幾重《いくえ》にもわたる確認の末、翌日の朝にようやく、正しい母と引き合わされた。

それくらい、私には存在感がなかった。母親の身体を離れた途端、いてもいなくてもいい半透明の存在になった。

心臓を鷲《わし》づかみにされた。

呼吸を忘れて息苦しくなり、あわてて本を閉じる。たった数行で水中に溺《おぼ》れた気がした。すぐに『幽人』を持ったまま、レジへと歩く。私は確信していた。この小説には、私の求めているものがある。

書店から自宅までの短い時間すらもどかしかった。歩きながら読もうかと思うくらいに。代わりに、さっき目にした文章を頭のなかで幾度も味わう。生まれた時から、私は幽霊だった――。

私のことだ。これは、私の物語だ。

エントランスを抜け、エレベーターを降り、玄関ドアを開ける。本だけ手にしてバッグを床に投げ捨て、ベッドにうつぶせになって開いた。スーパーで買ったヨーグルトは要冷蔵だけど、そんなことはどうでもよかった。

私は文字の海に飛びこむ。そこには、もうひとりの私がいる。

幼かった私は、至る場所で置き去りにされた。

ショッピングモールで、遊園地で、商店街で、私は家族とはぐれ、そのたびに保護された。動物やアトラクションに夢中になっているうち、周りから人が消えている。心細くて泣いていたのは最初だけだったと思う。そのうち寂しさも感じなくなった。また置き去り

にされたんだ、と思うだけだった。

家族の名誉のために言っておくと、父や母に悪気はなかったはずだ。大人になってから当時のことを振り返っても、虐《しいた》げられてはいなかった。それなのに、何度も置き去りにされ、ひとりぼっちになった。誰にも見られず、注目されない、何者でもない私。それこそがアイデンティティだった。

意思も欲望もないから、私はいつも「それらしく」ふるまうしかなかった。教室や家庭で、私は年頃の少女に擬態する。少女らしく笑い、泣き、怒る。そうすることで、やっと人目に触れられる気がした。

本当の私は、誰にも見えない幽霊だ。幽霊が人間になるためには、人間のふりをしなければいけない。

語り手は今日子という名だった。生まれてからずっと存在感の薄かった今日子は、自分の人生を自分のものだと感じられず、常に他人事《ひとごと》のように思っていた。やりたいことも、なりたい職業もなかった。

大学を卒業して公務員となり、職場で知り合った男性と二十五歳で結婚した今日子。趣味もなく、主張もなく、ただぼんやりと平凡な日々を送っている。自分がいてもいなくても、この世界はなんら変わらない。なぜなら、生まれながらにして死んでいるから。自分はすでに幽霊だから。今日子は本気でそう思っていた。

ある日、今日子は本物の幽霊と出会う。

白い服を着た、髪の長い女性。部屋で待っていた幽霊は、名乗りもせず、驚く今日子にこう語りかける。

――友達になりましょう。

途中で本を置くことなんてできなかった。夜更けまでかけて、私は『幽人』を読み通した。最後の一行を読み終え、顔を上げると、読む前とは世界が違って見えた。脳の芯《しん》がじんじんしている。仰向《あおむ》けに寝転んでぼうっと天井をながめた。昨年住みはじめた部屋の天井は、まだ見慣れない。

決まった。私が演じるべき役は、ここにあった。

いてもたってもいられず、名倉にメールを送った。すぐに『幽人』という小説を読んでほしい。この小説を舞台化するのであれば、バンケットの公演に出てもいい。

深夜だというのに、すぐに返事が来た。読んでみる、とだけ書いてあった。

きっと名倉は、私の希望を聞いてくれる。私はどうかしている女で、名倉はそのどうかしている部分を観たがっているのだから。

幡ヶ谷の稽古場に行くのは、久しぶりだった。

今まで何度か使っているけれど、最後に来たのは五年ほど前だ。ここ数年は下北沢の舞台に出る機会が少なくなったこともあり、一時期ほど井の頭線に乗らなくなった。それでも月に

二、三度は乗っているから十分な頻度かもしれないけど。
昼下がりだった。あらかじめ指定されていた部屋に入ると、一面鏡張りの空間でふたりの男が待っていた。丸眼鏡《まるめがね》をかけた中年の劇作家と、その後輩である舞台監督。人を待たせることのほうが多い、と城に言われたのを思い出す。

「お疲れ」

渡部が片手を挙げた。彼と会うのも『火焔』以来だ。名倉はクリップで留めた書面に目を通していた。傍《かたわ》らに置かれた『幽人』の単行本には、無数の付箋《ふせん》が貼りつけられていた。

「稽古場なんて借りなくていいのに」

私は率直な感想を伝える。ここに呼び出されたのは、『幽人』の舞台化に向けた作戦会議のためだと聞いていた。

「いいんだ。ぼくがそうしたかったから」

名倉は顔を上げずに口だけ動かす。

「なんで?」

「稽古場のほうが、緊張感がある」

それはそうかもしれない。でも、まだ台本もないのだから、喫茶店でいいような気もする。

フローリングにあぐらをかくと、名倉は付箋だらけの単行本を手にして、こちらに表紙を見せた。

「面白かった」

「よかったです」

渡部が「実は」と口をはさむ。

「さっそく、出版社に舞台化の許諾を申請している」

「もう？」

『幽人』のことを連絡してから、まだ二週間も経っていない。名倉は事もなげにうなずく。

「正式な返事はまだだけど、感触からするとたぶん問題ないと思う。台本はぼくが書く。早ければ夏のうちに上演したい」

名倉が原作のある舞台を手がけるのは初めてだった。オリジナルの作品よりは早く書けるだろうが、上演まで約六か月というのはずいぶん短い。

「急いでますね」

「茉莉子の気が変わらないうちに。スケジュールは？」

「なんとでも」

『幽人』を舞台化できるなら、他の予定はすべてキャンセルしてもいい。そもそも私から言い出したことだ。

「配役なんだけど。茉莉子は今日子を演じるってことでいいよね？」

名倉はその前提で話を進めようとした。しかし私は首を横に振る。

「私が演じたいのは、幽霊です」

名倉と渡部はそろって怪訝《けげん》そうな顔をした。無理もない。

「たしかに、この小説の語り手は今日子です。でも、主役は今日子じゃない。彼女が出会う幽霊こそが、本当の主人公です」

今日子が序盤で出会う幽霊は要所要所に登場する。今日子にとっては無二の友人であり、その人生を大きく変容させる存在として描かれていた。

「……茉莉子は、幽霊役がいいってこと？」

「はい。不満ですか？」

名倉は腕組みをして、しかめ面で考えこんだ。たぶん、私を今日子役に据えた台本を構想していたのだろう。計画が狂ったみたいだ。けれど、譲歩するつもりはなかった。

「それに、今日子を演じてほしい役者は別にいます」

「誰？」

「城亜弓」

この小説を読んだ直後、真っ先に浮かんだのが城だった。

「仲良くしてるからってわけじゃないです。今日子の空虚さを表現するにあたっては、彼女がいちばんの適役だと思います」

存在感が薄く虚無的な今日子は、我が強くオーラのある俳優には演じられない。空っぽで、演技をすることによって人間のふりをしている女――つまり城のような役者こそがふさわしい。

名倉は「わかった」と言い、スマホになにかを打ちこんだ。まだ難しい顔をしているが、一応は私の希望を呑んでくれるらしい。

「ギャラとスケジュール次第だけど、オファーは出してみる」

「よろしくお願いします」

「もし城が受けたら、茉莉子と城のダブル主演という名目にさせてもらう。台本はその方向で書く」

有無を言わせない口調だった。舞台で幽霊を演じさせてくれるなら、主演だろうがなんだろうが構いはしない。

「他に言っておきたいことはある？」

「ないです。おまかせします」

部屋の鏡に、私と名倉と渡部、三人の姿が映っていた。稽古場にいると実際よりも多くの人に囲まれているように感じる。鏡のなかの名倉が口を開いた。

「いろいろあって、小屋は宮下劇場にしようと思っている」

「えっ？」

『火焔』でも使った宮下劇場は、可動舞台で知られる。『幽人』でも場面が頻繁に変わるため、舞台装置の使い甲斐《がい》があるのかもしれない。だがそれよりも気になることがあった。

「宮下劇場って、今年の夏で閉館するんじゃ？」

「うん。たぶん、あの劇場での最終公演になると思う」

宮下劇場の閉館は、二年前に発表されていた。独自の装置を持ち、数多くの演劇やイベントを上演してきた劇場の閉館は、関係者たちからはナーバスに受け止められている。その最終公演を、このタイミングで名倉が取れるとは思えなかった。

「今からで取れるんですか？」

「実は別件でやる予定だったけど、そっちをキャンセルする」

名倉はさらりと言う。

「もともと、違う演目をかけるつもりだったってことですか？」

「でも、それは中止するから。ぼくは『幽人』に懸ける」

この時期なら、おそらくすでに関係者には本来の演目でいく旨を伝えていたはずだ。スタッフや役者にも連絡済みだったろう。それを半年前になって根本から変更するとなれば、抗議の声が上がってもおかしくない。補償問題に発展する可能性すらある。しかし名倉には、躊躇《ちゆうちよ》も恩着せがましさもなかった。そうするべきだからそうする。ただそれだけだった。

事前の打ち合わせの段階から、わざわざ稽古場を使っている理由もうっすらとわかった。名倉にとってすでに舞台ははじまっている。私は久しぶりに身震いした。手足がぴりぴりと痺《しび》れるのは、緊張のせいだろうか。上等だ。鏡のなかの自分に、挑むような視線を送る。

――楽しみにしていろ。

もうひとりの自分が、私を見つめ返していた。


夫は優しい男だ。

私の体調がすぐれない日には、いっさいの家事を引き受けてくれる。友達や同僚との飲み会で遅くなっても小言ひとつ言わず、身の回りのことは自分でこなす。誕生日や結婚記念日は忘れず、食事やプレゼントの準備をしてくれる。

いい夫だと思う。私にはもったいないくらいに。

でも、私は知っている。夫が愛しているのは「人間に擬態している」私だ。どこまでも存在感がなく、主体性も意思もない、空虚な私ではない。公務員として真面目に働き、たまに愚痴をこぼしながら、アクセサリーにときめいたり、アニメ映画に涙ぐんだりする普通の女性。そういう私だから、優しい夫でいてくれる。それが擬態であることを知らないから――。

時おり、すべて引きはがして素《す》の私を見せつけてやりたい衝動に駆られる。無表情で出勤し、自宅に帰ってきて、無言でただじっとテレビを見ている私。食べているものをうまいともまずいとも思わず、生命を維持するためだけに摂取している私。どれだけ愛撫《あいぶ》されても眉ひとつ動かさない私。

そういう私を知ったら、夫は絶対に愛してはくれない。

だから私は今日も演じ続ける。平凡で、どこにでもいる二十代の女性を。

夫の役は神山一喜に決まった、と電話で聞いた時、ちょっと驚いた。私も『幽人』を読んでいる間、彼のことが頭にあった。城と違って配役の希望を出さなかったのは、元恋人という関係がわずらわしかったからだ。

別れてから、神山とは一度も会っていない。対面しても動揺が顔に出ない自信はある。ただ、向こうがうまく振る舞えるかどうかはわからない。舞台の上では器用に演じる俳優だけど、日常では別だ。

「茉莉子、聞いてる？」

電話の向こうの名倉に呼ばれ、はっとした。

「すみません。大丈夫です」

「ならいいけど。あと、今日子の母親は蒲池さんにお願いすることにした」

蒲池多恵。バイプレイヤーとして名高い、五十代のベテラン俳優だ。映画やテレビドラマの経験も豊富で、実力は間違いない。彼女の舞台は何度も観たことがあるけれど、共演するのは初めてだった。

そうしてくれと頼んではいないのだけれど、名倉はすべてのキャスティングを教えてくれた。ただし、肝心の役柄だけは後回しになっていた。焦《じ》れた私は自分から尋ねた。

「それで、今日子役は？」

「あ、悪い。言ってなかった。城は即答でオーケーだった」

その答えにほっとする。城が今日子を演じてくれるのなら、心配することはなさそうだ。その他の役者たちも手堅い実力者ばかりである。これで、舞台が破綻《はたん》する恐れはなくなった。自宅のベッドで電話していた私は、仰向けに寝転がった。

「いい役者さんばっかりじゃないですか」

「当たり前だろ。ところで、相談なんだけど」

名倉の声が低くなった。

「今、原作者の山本先生に台本をチェックしてもらっている。今度、対面で打ち合わせするんだけど、茉莉子も来てくれないか」

「私、いりますか？」

とっさにそう尋ねていた。

「先方の希望でね。茉莉子が『幽人』に惚《ほ》れこんだことがきっかけだって話したら、ぜひ一度お会いしたい、って先生が。演じるにあたって原作者の意見を聞いておくのも悪くないと思うけど、どうかな」

すぐには応じられなかった。あの小説を書いた本人と会う。嬉しいとか光栄とかより、怖い、という感情が先に立った。『幽人』を読んだ時、あまりにも私に似た人がそこにいた。まるでドッペルゲンガーみたいに。もし会えば、私の内面をすべて見透かされてしまいそうだった。

沈黙する私に、名倉はぼそぼそと言う。

「いやなら断ってもいいんだけど。ただ、こっちも原作を使わせてもらってる立場だし、どちらでもいいなら受けてくれると……」

「わかりました」

恐れを断ち切るように、勢いで言い切った。どうせ実質的には拒めないのだ。それなら深く考えずに会ってしまったほうがいい。それに、山本明日美という人への興味もある。名倉は安堵《あんど》したようだった。

「日程は別途、調整するから」

電話が切れると、すぐに母の声が聞こえた。

「バカだねえ」

身を起こして振り返ると、リビングの隅に積んだゴミ袋の横に母が立っていた。蔑《さげす》むような薄笑いを浮かべている。

「なにが?」

「目の前に本物の幽霊がいるのに、どうしてこっちに訊こうとしないのか」

母は自分の顔を指さした。私は鼻から息を吐く。

「幽霊じゃない、あんたは。私の妄想」

「幽霊も妄想も一緒だよ。触れられない、けど目には見えて、語りかけてくる。これが幽霊じゃないならなんだっていうの」

母に背を向けてベッドに寝そべり、強く瞼《まぶた》を閉じる。これ以上戯言《たわごと》に付き合ってはいられない。じっとしていると、母の気配はすぐに遠ざかった。代わりに誰かが話す低い声や、電子音が聞こえてくる。父の声がした。

「寝てるのか」

ゆっくりと瞼を開くと、そこは総合病院の一角だった。私は自室のベッドではなく、待合室の長椅子《ながいす》に寝ていた。ああ、まただ。起き上がって長椅子に座り直すと、父が隣に腰を下ろした。私は口にすべき台詞を発する。

「……看護師さん、なにか言ってた？」

「意識は戻っていない。処置が終わるまではここで待て、だと」

「それだけ？」

いつも通り、父の返事はない。この後の展開はわかり切っている。ほどなく看護師が私たちを呼び、小部屋へ案内される。男性医師がやってきて、母の死を伝える。私は鼻水を垂《た》れ流して号泣する。

何度も、何度も、繰り返しなぞってきた記憶だ。舞台上で慟哭《どうこく》の芝居をする時、必ずと言っていいほどこの時のことを思い出してきた。身体の一部になっていると言ってもいい。

「午後七時二十七分、お亡くなりになりました」

男性医師の声がこだまする。それを聞くだけで勝手に涙が溢《あふ》れる。もはや悲しくて泣いているのか、反射で泣いているのかもわからない。午後七時二十七分、という時刻は頭にこびりついていた。

飽きるほど泣いてようやく顔を上げると、そこはホテルの廊下だった。目の前にはドアがある。今度はここか。私は覚悟を決めて、勢いよくノックする。スーツを着た男がドアを開け、表情を緩《ゆる》める。

「いいねえ」

「指名してくださって、ありがとうございます」

「うん。かわいくてよかった」

これからなにが起こるか、私は知っている。シャワーを浴びて、ベッドへ移動して、この男に首を絞められる。思い出すだけで血の気が引いて、その場にくずおれそうになる。しかし逃げることは許されない。この記憶も、私の肉体の一部だから。

怒り、悲しみ、恐怖。そうした感情を表現するうえで、これほど都合のよい記憶はなかった。私は幻想のなかで数えきれないほど首を絞められ、生死の境をさまよってきた。そのたび、心のなかのほの暗い部分が刺激される。苦しめば苦しむほど、舞台の上の私は輝きを放つ。

裸になった私の首に男の両手が伸びる。息ができない。爪《つめ》を立てて引きはがそうとしても、男の手は離れない。視界がちかちかと点滅する。

「綺麗だね」

男のつぶやきを聞きながら、私は目を閉じる。いっそ殺して、と思いながら。

首を絞めていた男の手が、ふっ、と緩められる。苦しさに激しく咳《せ》きこみ、目を開けると、私は自宅に立っていた。ひとつ前に住んでいたアパートだ。私はまた裸だった。右手に包丁を持っている。眼前には、怯《おび》えた顔の神山が立っていた。

「いなくなりたい、って言ったよね。あれ、嘘じゃないよ」

逆手《さかて》に持った包丁を下腹部へ向けた。肌は痣《あざ》だらけだ。

「変なことするな」

神山の声は切羽詰まっている。私は次の台詞を口にする。

「するよ。うまく演技できないなら……」

この後、私はさらに脅しを続け、神山に包丁を奪われ、押し倒されて顔を滅多打《めったう》ちにされる。手ひどく殴られ、床を這《は》って逃げる私に神山が問いかける。

「屈辱だったか?」

惨《みじ》めで、悔しくて、腹立たしい。そういう芝居をする時、私の脳裏にはこの時の記憶が蘇《よみがえ》る。殴られた痛みよりも、神山にすべて読まれていたという事実のほうが、私には屈辱的だった。

伏せた顔を上げると、オートロックが完備されたマンションの一室に戻っていた。部屋着をまとった私は冷たい床の上に寝転んでいる。心臓がどくどくと音を立てている。どれくらいの間、こうしていたのだろう。酒と睡眠薬がほしい。今すぐに、なにもかも忘れて眠ってしまいたい。

「バカだねえ。本当にバカだよ」

足元には母が立っていた。

「演じなきゃ生きられないとか言ってるけど、結局、あんたは自分を壊してる。自分で自分の寿命を縮めてるくせに、それで立派に生きているつもりなんだから笑っちゃうね」

母の言う通りだった。私はまだ生きている。ただし、それは自分の身体を食べて生き長らえるようなやり方で、いつまでも続けられるわけじゃない。食べる部分がなくなれば、飢えて死ぬしかない。

床に仰向けに寝そべって、天井を見た。

私の肉体からは、涙の跡も、首の絞め痕《あと》も、顔の痣も、全部消えてしまった。でも記憶は消えない。それどころか、日に日に深く刻まれている。

私はあとどれくらい、役者でいられるのだろう？


山本明日美はマネキンのような女だった。

スタイルがいいという意味だけではなく、顔がないという意味でもそうだった。セミロングの黒髪、起伏の少ない顔立ち、華奢《きやしゃ》な体形。どれもが印象に残らない。名前からしてそうだろうと思っていたが、今日子という登場人物は彼女自身がモデルなのだと確信した。

「遠野茉莉子といいます。よろしくお願いします」

「山本です」

伏し目がちに、山本は頭を下げた。

彼女の経歴はざっと調べていた。昨年、新人賞を受賞してデビューした駆け出しの小説家だ。デビュー作は読んでいないが、私小説だったらしい。父親も著名な私小説作家で、無頼《ぶらい》で有名だったらしいが、山本明日美は見たところおとなしそうだ。『幽人』は作家としての第二作にあたる。年齢は非公開だが、三十代後半くらいだろうか。

出版社の会議室にいるのは、私と名倉、山本、そして彼女の担当編集者の四人だった。担当編集者は山本と同世代で、人当たりのいい男性だった。打ち合わせは彼と名倉が中心となって進んだ。

「台本、拝読しました。私と山本先生が気になったポイントは、すでに名倉さんにお伝えした通りですが……あらためて、先生から伝えておきたいことがあれば」

名倉は無言で山本の反応に注目していた。その台本は私も一読している。原作に忠実で、大きな不満はない。名倉には申し訳ないけれど、最近のオリジナル作品よりもずっと魅力的だった。

山本はひと呼吸置いてから切り出す。

「そうですね。特に、ありません」

「それはよかった」

名倉が子どものような笑顔を見せた。名の売れた劇作家も、原作者を前にして緊張していたらしい。

「そのうえで、うかがいたいんですが」

山本の言葉はまだ続いていた。彼女は私のほうを振り向いて、「遠野さん」と呼んだ。正面から見ても、やはり彼女の顔は捉《とら》えどころがない。

「……なんでしょう」

「最初にこの本を読んだ時、どう思いましたか？」

柄にもなく、私の顔は引きつっていた。いつもならもっとうまく取り繕えるのに。これじゃ名倉と同じだ。作者を前に感想を口にすることが、これほど緊張するとは思っていなかった。口をつぐんでいる私に、山本が問いを重ねた。

「じゃあ、面白かったですか？」

きっと彼女なりの助け舟だったのだと思う。その質問であれば、肯定か否定かで答えればいい。それなのに私はまだ躊躇していた。喉《のど》から出てくるのはか細い声だけだ。

「面白いと思いました……たぶん」

たぶん、と言った途端、編集者と名倉が同時に私の顔を見た。ふたりの顔には、非難というより困惑の色が浮かんでいる。険しい表情の名倉は、お前が持ってきた話だろうが、と言わんばかりだった。動揺していないのは山本だけだ。

「正確にはどう思いましたか？」

「……ただ、すごい、私がここにいる、と。それが最初の印象でした」

商店街の書店で『幽人』を手に取った時のことを思い出す。あの時、私は自分の内面を読まれた気がした。面白いとか面白くないとか、そんな呑気《のんき》な感想を考えている余裕はなかった。

「この小説のどういう要素から、そう感じましたか」

質問は止まらない。もしかして、私は試されているのだろうか。答えが気に食わなかったら降板させるつもりか。まさか。

「擬態、という言葉が出てきますよね」

それでも私は質問に答える。山本が気に入らなかったとしても、私の感想は私のものだ。たとえ物語の生みの親であっても、その権利を侵害されるいわれはない。

「自分を幽霊だと思っている今日子には、意思や野望がない。まったくの無です。それでも今日子は人並みの存在としてふるまわないといけない。そうしないと、生きる資格がないことを知っているから。だから、彼女は人間に擬態する」

山本は視線だけで先を促《うなが》した。

「私も同じなんです。高校生まで、母や周囲の人の言う通りに生きてきました。やりたいことも、なりたいものもなかった。でも母が死んで、急に無のなかに放り出されたんです。私にできるのは、それらしく演じること……擬態だけでした。だから役者になったんです。他人を演じている間だけは、ここにいていいんだと思える。気持ちよく呼吸ができる。今日子は私と同じです」

一気に話したせいか、喉の渇きを覚えた。山本はしばし黙っていたけれど、編集者から「先生?」と言われ、ようやく口を開いた。

「やっぱり、私だけじゃないですよね」

彼女の視線は私の目をまっすぐに射抜いていた。

「この小説、あまり売れていなくて。感想をもらう機会も少ないんです。でも、遠野さんの話を聞いてわかりました。擬態しているのは私だけじゃない。少なくとも、ここにいるふたりは擬態しながら生きている。それがわかっただけでも、書いた甲斐がありました」

山本の顔に明確な感情は浮かんでいなかった。ただ、下の瞼が痙攣《けいれん》していた。彼女もやはり緊張している。

「今日子ではなく、幽霊を演じたい、とおっしゃったそうですね？」

名倉が話したのだろうか。「ええ」と応じると、山本は同調するようにうなずいた。

「私が遠野さんでも、同じことを言うと思います」

会話にピリオドを打つように、山本は顔を伏せた。

会う前からわかっていたけど、やっぱり私と彼女は似ている。私たちは、自分に中身がないことを自覚している。私は芝居で、山本は小説で、その空洞を埋めようとしている。幽霊を演じたいという切実な願いを真に理解しているのは、山本だけだった。

「……では、追加の修正依頼はなし、ということで話を進めますね？」

「どうぞ」

編集者の問いかけに、山本は短く答えた。

打ち合わせは滞《とどこお》りなく進行する。その間、私と山本は部外者のように黙りこくっていた。山本の役目は最初のバトンを渡すことで、私の役目は最後のバトンを受け取ることだ。中間の部分は名倉たちにまかせておけばいい。

ふたりの幽霊は、ただひっそりと、会議室の椅子に腰かけていた。

五月に入り、台本の読み合わせがはじまった。

私は普段着で、指定された新宿のレンタル会議室へ足を運んだ。ドアを開けると、すでにほとんどの関係者がそろっていた。「おはようございます」と告げると、ぱらぱらと挨拶が返ってくる。今日は顔合わせを兼ねているから、初対面のメンバーも少なくないだろう。そのせいか雰囲気が硬い。

テーブルが長方形を作るように並べられ、出入口から近い側に役者が、遠い側にスタッフが集まっているようだった。最も遠い席には、ホワイトボードを背にした渡部が座っている。名倉は席を外しているようで、姿はなかった。

城の隣の席が空《あ》いていたので、迷わず腰を下ろす。同じ並びには神山がいた。何食わぬ顔でスマホをいじっている。少しだけ肌がたるんでいる他は、最後に会った時と変わらない。

その横に座る蒲池多恵は、ボールペンを手に難しい顔で台本を睨《にら》んでいる。優しげに垂れた目元とは裏腹に、全身から放たれる雰囲気はとがっていた。五十代なかばという年齢で、精気を失わずにいるのは異様だと言ってもいい。キャリアのある俳優でないと、この気配は身につかない。

「私、この箱――宮下劇場でやるの初めてです」

城は膝《ひざ》の上の台本に目を落としたまま、言った。

「そうなんだ」

「これが最初で最後になりますけど」

会場以外のこともすでに諸々《もろもろ》が確定していた。公演は八月下旬から九月上旬にかけての二週間。演者もスタッフも決まっていた。三か月足らずでここまで整えるのは相当大変だったはずだが、名倉はそうした苦労をおくびにも出さない。

定刻を数分過ぎて、名倉が会議室に入ってきた。

「すみません。急な電話で遅れました。お集まりのようなので、さっそくはじめましょう」

そう言って、司会役の渡部に目配せする。

はじめに八名の演者が自己紹介をする。集まっているのは、相応に名の知れた俳優ばかりだった。

続いてスタッフが名乗り終えると、すぐに読み合わせに入った。名倉は、演出家自身による台本の読み聞かせ、いわゆる本読みをやらない主義だ。毎回、役者に台本を読ませたうえで演技プランを指示する。

八名いる演者のうち、特に台詞の数が多いのは城、神山、蒲池、そして私の四名だった。今日子を演じる城は全員と関わりがあるけれど、幽霊役の私はもっぱら城との出番しかない。

私は長い髪を下ろし、白い服を着て今日子の前に現れる。

今日子の自室。下手《しもて》近くに幽霊がたたずんでいる。上手《かみて》からやってきた今日子は、突如現れた幽霊を目撃して息を呑む。身動きがとれない今日子に、幽霊はゆっくりと顔を向ける。

幽霊　友達になりましょう。

　　　幽霊が歩み寄り、今日子は無言で後ずさる。

今日子　誰？
幽霊　誰だっていいじゃない。
今日子　なんのつもり？
幽霊　私はただ、あなたの友達になりたいだけ。わかってるんでしょう？　あなた以外の誰にも、私の姿は見えない。声も聞こえない。ここで話すことはふたりだけの秘密。

　私が台詞を読み終えたところで、城が挙手した。

「あの、確認なんですが。今日子はこのタイミングで、話している相手が幽霊だと確信するんですよね？」

　名倉が「うん」と応じる。台本の意図を確認するのは読み合わせの重要な目的だ。

「なにをもって、今日子はそう判断するんですか？」

「雰囲気、かな」

城は明らかに戸惑った様子で「雰囲気？」と問い返す。

「そう。相手の身体にまとわりつく温度とか、発している声のいびつさとか」

「それって……」

「幽霊を幽霊だと信じこませるのは、茉莉子の仕事だから」

名倉をふくめた全員の視線が私にそそがれる。城は私を横目で見ている。神山は口元を引き締めて、目を細めた。私は視線を浴びながら即答する。

「もちろん」

この舞台の出来は、私次第で決まる。

私がいかに、幽霊を幽霊らしく演じられるか。そのリアリティこそが要《かなめ》だった。失敗すれば、観客たちはたちまち冷めてしまう。求められているのは幽霊のふりをした人間ではなく、幽霊そのものだった。

リアリティと言っても、本物の幽霊を目にしたことはない。存在しないものを存在するように見せる。私は芝居によって、その不可能を可能にしなければいけない。

「すごい自信」

小さい声だがはっきりと聞こえた。つぶやいたのは、蒲池多恵だった。蒲池はこの役の難しさを理解している。だからこそ漏れ出た感想なのだろう。

手練《てだ》れがそろっているだけあって、読み合わせは滞ることなく進行した。

今日子は最初こそ戸惑っていたものの、たびたび現れる幽霊に少しずつ胸のうちを吐露しはじめる。自分が擬態しながら暮らしていること。常に嘘をついているような感覚に囚《とら》われているること。目が覚めるたび一日がはじまることに絶望し、一日が終わるとまた明日が来ることに絶望する。果てしない擬態の毎日。

幽霊は、今日子のそういう内面を正確に探り当てる。

幽霊は下手から近づき、ベッドに仰向けに寝転ぶ今日子に語りかける。

幽霊　時間とお金があったら、どうしたい？

今日子　なに？

幽霊　有り余る時間と、使いきれないくらいのお金があったら、なにをしたい？

今日子は上体を起こして考えこむ。やがて、独り言のようにつぶやく。

今日子　擬態しなくていい場所に行きたい。幽霊が、幽霊のままでいられる場所に。

幽霊　それって、どこ？　田舎町《いなかまち》？　外国？　人里離れたジャングルの奥地？

今日子　それは……。

今日子は絶句し、幽霊と目を見交わす。

今日子の夫や母は、次第に変貌《へんぼう》していく彼女に戸惑い、それまでと同じ今日子像を押し付けようとする。目立たず、穏やかで、平凡な女性像を。今日子は家庭や職場でたびたび摩擦を引き起こすようになる。擬態のためにまとっていた皮が剝《は》がれはじめる。

夫を演じる神山の芝居は堅実だった。あいかわらず、どんな役でも器用にこなす。とりわけ今回の役はうってつけだった。悪人ではないが、演じることから逃れられるという特権を自覚していない男。ほとんど芝居の必要がないんじゃないかと思うくらい、神山にはぴったりだった。

蒲池の力量もさすがだった。うまい役者は、読み合わせの段階からはっきりと違う。絞り出すような彼女の声音は、娘に理解を示しつつも、古き良き家庭像を捨てることができない壮年女性そのものだった。

いったん最後まで読んだところで、今日はお開きとなった。

渡部以下の裏方組は、居残って確認することがあるという。役者たちは次の集合日時を告げられ、先に解放された。真っ先に会議室を出ようとしたところ、名倉から呼び止められた。

「茉莉子。少しいいか」

私は廊下に連れ出された。城や神山がさっさと帰っていくのが見える。名倉は会議室から離れた自販機の前で立ち止まった。

「なにか飲む？」

「結構です」

「そっか……あのな。無理はしてもいいけど、無茶はするなよ」

言われたことの意味がわからなかった。黙っていると、名倉はその続きを語った。

「過去の公演で茉莉子が無理しているのはわかってた。でも、ずっと黙認してきた。というより、ある程度の無理が必要な時が役者には必ずある。劇作家がこういうこと言うと、傲慢《ごうまん》だと思われるかもしれないけど」

「いえ。事実だと思います」

私は芝居のため、無数のおぞましい記憶と向き合ってきた。それを無理と呼ぶのなら、公演のたびに私は無理をしてきたことになる。

「ただ、今回は踏みこんじゃいけない気がする。あの役は危険だ。のめりこんだら、一線を越える。無茶はするな」

やはり、名倉の言うことはよくわからない。私はとっくに一線を越えているつもりだった。演技のために身体を、尊厳を、傷つけ続けている。

「どうして、今回に限ってそう思うんですか？」

「死者を演じるからだ」

名倉の横顔が、自販機の強い光に照らされていた。

「今まで茉莉子は、どんなにつらく苦しくても、生きている人間を演じてきただろう。でも今回は違う。茉莉子が演じるのは死者だ。書いている最中から不安だった。もしかしたら、茉莉子が幽霊を完璧に演じるために……」

途切れた言葉を、私が補足した。

「死ぬんじゃないか、って？」

名倉は真顔のまま、黙りこくっている。私はあえて大げさに笑い飛ばした。

「勘弁してくださいよ。死んだら舞台に立てないじゃないですか」

「そうだね」

「舞台に立つために骨身を削るのはいいですよ。でも死んじゃったらおしまい。私の代わりに誰かが舞台に立つってことでしょう？　そんなの、耐えられるわけがない。名倉さんも面白いこと言いますね」

私がどんなに顔を歪《ゆが》めても、名倉は笑わない。

──演じなきゃ生きられないとか言ってるけど、結局、あんたは自分を壊してる。

母の幻影はそう言っていた。名倉も同じことを思っているのだろうか。

「大丈夫です。演じることを手放すほど、浅はかじゃないんで」

名倉はまだ疑わしそうな顔をしていたが、気が済んだのか、「それだけだ」と言った。

「お疲れさまでした」

私はとびきりの笑顔で挨拶をしてから、名倉に背を向けて廊下を進んだ。演じる必要がなくなり、自然と無表情に戻る。少ししてから、がこん、と自販機の飲み物が落ちる音がした。

初回の立ち稽古は、例の幡ヶ谷にあるスタジオで行われた。

鏡張りの部屋に名倉と役者たち、スタッフの一部が詰めている。さほど広くはないが、一度に舞台に出る人数が限られているためなんとかなる。蒲池はテレビの仕事があるとかで欠席だった。

「最初の稽古休むとか、ベテランだから許されることですよね」

開始を待っている間、城が小声でぼやいた。彼女の言うことは当たっている。裏を返せば、最初は休んでも問題ないという自負があるのだろう。

名倉はいつものように数分遅れて現れた。

「お待たせしました。やりましょうか」

初回は台本を持ちながらの稽古だ。名倉は演出助手をつけず、すべて自分で指示を出す。特定の役者とのやりとりに熱中し、稽古が滞ることもしばしばだった。

序盤はスムーズに進んだ。中盤の山場、今日子が夫と衝突する場面に差しかかる。


舞台中央のダイニングテーブルをはさんで、今日子と夫が向き合って椅子に座っている。ふたりは夕食を食べているが、会話はない。先に食べ終えた今日子が食器を手に席を立つ。

夫　待って。話がある。

今日子　いきなりどうしたの？
夫　いいから。

今日子は食器をシンクに置き、再び席につく。夫はためらいながらも、今日子の目をまっすぐに見て語る。

夫　最近の今日子、ちょっとおかしいよ。
今日子　どこが？
夫　どこ、って。どこかひとつって話じゃなくて。前とは全然雰囲気が違う。
今日子　だから、どう違うの？
夫　前はそんなに刺々《とげとげ》しくなかったっていうか。もっと柔らかかったと思う。
今日子　私はずっとこうだけど。
夫　その反応。答え方だって、前はもっと優しかった。こっちが指摘したら、いったん素直に聞き入れてくれたし。他人の言うことに耳を傾けていたのに。
今日子　それは、あなたがそう望んでいたからでしょう。
夫　えっ？

今日子は深くため息をつき、やっていられない、という風情で頭を振る。

今日子　あなたが、というのは正確じゃなかった。あなたをふくむみんなが、そう望んでいたから。私にふさわしいふるまいを規定して、無難にやり過ごすように仕向けたから。その空気を無視できなかった私にも責任はある。けど、もうたくさん。そういうことは。

夫　仕向ける、なんて。そんなことしてないだろ。

今日子　あなたの意見はどうでもいい。判断するのは私だから。

「ごめん。ストップ」

今日子と夫の口論を、名倉が中断した。ふたりは肩から力を抜き、各々《おのおの》の役柄から、城と神山に戻る。

「今日子はもっとけだるく、投げ出すように」

「もっと、ですか」

「擬態していた自分から脱皮しつつあるわけだから。まだ擬態している感じが見えるな」

「これ以上けだるくやったら、客席に声が聞こえません」

城は正面から異議を唱えた。

「それに、この段階では擬態が残っていたほうがいいと思います」

「そうなんだけど、今日子を演じている城そのものが残っているというか……」

名倉は口ぶりこそ柔らかいが、譲歩する気はないようだった。議論は数分続き、見かねた渡部が休憩を提案した。話しこんでいるふたりを残し、私はさっさと喫煙室へ移る。

ひとりきりの喫煙室で電子煙草を吸っていると、誰かが入ってきた。神山だった。

「吸う人だっけ?」

神山は隣に立ち、ペットボトルの水を飲んだ。

「そっちこそ」

「俺は吸わない。茉莉子と話したいだけ」

そういう言葉をさらりと口にするところも変わっていない。

「聞いてなくていいの? 名倉さんと城の話」

「途中からついていけなくなった。後で結論だけ教えてもらう」

神山はどこまでも自然だった。元恋人と再会した時、相手が変に意味ありげな行動をとることがある。目を見てにやにや笑ったり、妙に距離が近かったり。しかし神山にはそれがなかった。付き合っていたのは夢だったのだろうか、と思うほどに。

「なんで最近、バンケットの舞台に出てなかったの?」

「つまらなくなったから」

「言うね」

神山は心から面白そうに笑う。

「じゃあ、最近演じてハマったなと思う役は?」

「ない」

迷う余地はなかった。

「ひとつも？」

「うん。どんな役を演じても、なにかが違う気がする。もっと私に適した役があるように思える。自分でもワガママだってわかってるけど。でも違和感はごまかせない。全部、丈が足りなかったり、袖が余ってたりする」

誰もいないほうに向かって煙を吐く。話しすぎたかもしれない。そろそろ喫煙室を出ようと思ったころ、神山が「それって」と言った。

「名倉さんの作品がつまらなくなったんじゃなくて、茉莉子の感じ方が変わったんじゃないか」

一瞬、なにを言われたのかわからなかった。

「変わった？　私が？」

「前の舞台で、足怪我《けが》しただろ」

神山が言っているのは『火焔』のことだ。左足首を骨折して、長い間入院した。

「あの時、もしかしたら茉莉子、役者辞めるんじゃないかな、って思った」

「へえ」

「あんな大怪我したら、心折れるんじゃないかと思って。茉莉子に限ってそんなことないんだろうけど。ただ、あの舞台を境に変わったことはあるんじゃないか。燃え尽き症候群じゃないけど……怪我を押して、あれだけの大役をやりきったんだから、もうよっぽどの舞台じゃないと満足できなくなってる、とか」

神山の指摘は、今ひとつ腑《ふ》に落ちなかった。私はなにも変わっていない。母が死んだ時から、私は同じ役を演じ続けている。でも、変わっていないと思っているのは私だけなのかもしれない。

「一度も観に来なかったくせに」

つい、恨みがましい言い方になった。どうも神山の前だと演技がところどころほつれる。別れて数年経つのに。

「実は千秋楽、行ってたんだ。内緒で」

神山は気恥ずかしそうにうつむいた。

「終わってから怪我してたって聞いて、驚いた。耐えられないくらい痛いはずなのに、平然と芝居してたから。少なくとも俺には見抜けなかった。それ知って、別れたほうがいいと思った。茉莉子への劣等感を見て見ぬふりしてたけど、認めるしかなかった。完璧に打ちのめされた」

煙を細く吐き出す。少し前なら、私は神山を見下していただろう。劣等感なんてくだらないものにこだわるところが、いかにも普通の男だ、とかなんとか。けれど、普通であることにもつらさは伴うのかもしれない。

嘘をつかなくてもいいという特権は羨《うらや》ましいけど、それを行使し続けるのもまた楽ではないのだろう。多くの男は自分を大きく見せたり、小さな利益をかすめ取ったりするために、みずからその特権を捨てる。けれど神山は違う。等身大のまま、普通であり続けようとする。

「もう戻ろう」

返事を待たず、先に喫煙室を出た。振り返らずに稽古場へ戻る。話し合いは終わったらしく、名倉も城もスマホをいじっていた。パソコンに向かっていた渡部が顔を上げた。

「神山さんは？」

「さあ。外じゃないですか」

しらばっくれるのは得意だった。私はずっと、知っているのに知らないふりをしている。そうやって自分のことも騙している。

母は椅子に座り、ダイニングテーブルでコーヒーを飲んでいる。上手から今日子が現れ、母に気が付いた瞬間立ちすくむ。

今日子　なんで、いるの。

母　なんでって、ここの部屋借りる時に、合鍵《あいかぎ》渡してくれたでしょう。

今日子　あれは災害とか、非常事態が起きた時に使うって話じゃなかった？

母　非常事態でしょう。

母はゆっくりとコーヒーをすする。今日子は呆然《ぼうぜん》とそれを見ている。

母　このコーヒー、あんまりおいしくないね。

今日子　説明して。

母　説明するのは今日子でしょう。旦那が二日も無断外泊してるなんて、どう考えても普通じゃない。喧嘩？　それとも浮気？

今日子　……どうして知ってるの。

母　うちに連絡があったの。今日子の様子がおかしいから、話を聞いてやってくれないかって。できることなら、私も夫婦の話に首突っこみたくないけど。でも当事者から頼まれたらしょうがないじゃない。今日子は私の娘なんだし。

今日子と母はしばし、無言で睨みあう。

今日子　出て行って。

母　いいから、落ち着きなさい。そこ座って、順を追って話して。

今日子　出て行けよ。

母　あのね、今日子……。

今日子　消えろ！

今日子はテーブルの上のカップを手に取り、コーヒーを床にぶちまける。反射的に母は立ち上がり、怯えた顔で床と今日子を見やる。今日子は微動だにせず、冷淡な表情で母を見据えている。

今日子　私の視界から、消えろ。

二度目の立ち稽古も、同じスタジオだった。

私は鏡張りの部屋の隅で台本を見つめていた。過去の海に深く沈み、最も理想的な記憶を探《さぐ》り当てようとしていた。

幽霊の役には、感情を爆発させるシーンがない。強い怒りや屈辱が要らない分、消費するエネルギーは少なくて済む。しかし、だからといって過去のつらい記憶と向き合わなくていいことにはならない。

小説『幽人』では、幽霊の女性の素性《すじよう》や過去は一切明かされない。彼女がなにをしていた人物で、どのような経緯で亡くなったのか、最後まで不明のままだ。台本も原作を忠実に再現しているため、同様である。

つまり、幽霊役の私は背景がない状態から役作りをしなければならない。だからといって言い訳は許されない。優れた役者は人間どころか無生物さえも演じられるという。

それに、これは自ら志願した役だった。私なら解釈できる自信がある。

——どれだ？

片っ端から記憶をあてがってみるが、まだぴたりと当てはまるピースは見つかっていなかった。幽霊は今日子にとって無二の理解者だ。つまり彼女もまた、今日子と同じように擬態する女だったと考えられる。

必ず、どこかに突破口を開く鍵があるはずだ。

人知れず悶《もだ》えているうちに、休憩になった。城はフロアにぐったりと横になっていた。部分的にしか出演しない他の役者と違って、彼女は全編出ずっぱりだ。疲れきったのか、水を飲むのも億劫《おっくう》そうだった。

——ごめんね。

心のなかでひそかに謝る。名倉には、私の推薦であることは伏せてもらっている。余計な恩義を感じてほしくはなかったから。知り合いだという事実を抜きにしても、今日子は城にしか演じられない。後になって気付いたけれど、城も今日子も同じ二十七歳だった。偶然の符合とは言え、やはり彼女が演じる運命だったのだと思う。

喫煙室ではスタッフが談笑していたため、外で吸うことにした。今は雑談の相手をする気分じゃない。外に出て、電子煙草を取り出したところで声をかけられた。

「やめなさい」

振り返ると、ペットボトルを手にした蒲池が立っていた。追いかけてきたらしい。

「路上喫煙は駄目。くだらないことして、舞台の評判落とさないで」

私はすぐさま煙草をしまった。苛立ちを隠し、しおらしく頭を下げる。屋内へ戻ろうとすると「遠野さん」と引き止められた。

「ちょっと付き合ってよ」

正直、めんどくさかった。ろくな話じゃないのは目に見えている。説教めいたことを言われるのだろう。空気でわかる。それでも無視できず足を止めたのは、本能が働いたせいだ。ひとまずその場は丸く収める、という本能。

蒲池は水を飲み、しばし宙を見ていた。私はその隣でただ突っ立っている。通行人はひとりもいなかった。カラスが頭上を飛び、救急車のサイレンが聞こえた。蒲池の横顔を盗み見るのにも飽きたころ、ようやく彼女は切り出した。

「あなたの演技は認められない。役者を辞めたほうがいい」

「……はい？」

さすがに予想外だった。

稽古場でのふるまいにケチをつけるのか、そうでなければ独りよがりな演技論を語るのだろうと踏んでいた。まさか、芝居そのものを否定するとは思っていなかった。役者を辞めるよう勧められたのは、母の幻影を除けば、生まれて初めてだ。

「あなたみたいな役者を何人も見てきた。みんな、いい役者だった。巧《うま》いだけじゃない、人の心に印象を焼き付ける芝居をする人たちだった。私がどんなに焦がれても、手に入らないものを持っていた」

賞賛しているはずなのに、蒲池の目には哀れみが浮かんでいた。

「でもそういう人たちは、きまってつぶれる」

「つぶれる、って？」

「芝居を辞めるか、さもなくば、死んでしまう」

蒲池は思考を見透かすように、じっと私の目を見た。

「あなたは舞台に立つたび、命を磨《す》り減らしている。でも人の命は永遠じゃない。いつか尽きる時が来る。このまま役者を続けるのは危険すぎる」

「……蒲池さんになにがわかるんですか？」

「三十五年も役者やってたら、それくらいのことはわかる」

彼女の発言は、ハッタリと切り捨てるには的を射すぎていた。私自身、なにか大事なものと引き換えに演技をしている自覚はある。だからといって、役者を辞めることはできない。

「役者を辞めることは、それこそ死ぬことと同義です」

蒲池は「そうでもないよ」と軽やかに言った。

「人はありのままでも生きていける。たしかに他者との衝突はあるだろうし、生きにくさは感じるかもしれない。でも、それは演技していても一緒でしょう？　だったら、自分が楽だと思うほうを選べばいい」

「嘘です。そんなの、建前に過ぎない」

テレビやネットでよく耳にする、素顔のあなたでいいとか、偽《いつわ》りの姿を脱ぎ捨てようとか、そんな言説はすべて耳障《みみざわ》りのいい虚言だ。誰もが、演技をしなければ社会に受け入れられないと直感的に知っている。だから演技をする。

だいたい、ありのままの人間ってなに？

偽りの姿を捨てた私のなかには、なにも詰まっていない。空洞であることそのものが私だとするなら、そんなものは死ぬまで直視したくない。

「まあ、考えてみて」

蒲池は話を打ち切り、さっさとスタジオに戻ってしまった。休憩はそろそろ終わりだ。私は結局、一本も吸えなかった。舌打ちをして蒲池の後を追う。

――役者を辞める。

現実味のなかった選択が、ほんの少しだけ、手触りのあるものになった。


ベッドの上に幽霊がうずくまっている。上手から今日子が現れると、幽霊はおもむろに顔を上げて微笑する。

幽霊　終わった？
今日子　うん。

幽霊　時間、かかったね。
今日子　いろいろ話し合ったから。離婚することには、向こうも割と早めに同意してくれたけど。時間がかかったのはローンのこととかあったから。

今日子はカバンを置き、床に腰を下ろしてため息をつく。

幽霊　疲れてるね。
今日子　身体は疲れたよ。でも、心は疲れてない。
幽霊　それはよかった。よかったんだよね？
今日子　うん。あれ以上擬態していたら、本当の自分を忘れてたと思う。素の自分を出せるようになったのは、あなたのおかげだよ。

幽霊の顔から微笑が消える。今日子はそれに気づいていない。

幽霊　今、私のおかげだって言ったよね。
今日子　そう。あなたのおかげ。
幽霊　本当にそう思ってる？　もしかして、また「いい人」に擬態していない？
今日子　……えっ？

幽霊　**私によく思われたいとか、そう口にできる自分が素敵だからとか、そういうこと考えて発言していない？　私のおかげだって言った、その発言は本当にあなたの本心なの？　演技じゃない？**

今日子　**ちょっと待って。**

今日子は困惑しつつ、立ち上がる。

今日子　**なんでそんなこと言うの。本心に決まってる。あなたには感謝してる。**

幽霊　**だったら証明して。それが嘘じゃないって。**

今日子　**無茶苦茶なこと言わないで。**

幽霊　**私はあなたと友達になりたいだけ。私の前では、なにも装う必要はない。自分のことだけを考えて、思うように行動して。そうすれば私もあなたを信じられる。余計なことを考える必要はない。ただ、素直に動けばいいの。**

「いいかげんにしてよ」

貸しスタジオに、蒲池の悪態が響いた。

通し稽古の最中だった。すでに本番は来週に迫っている。前売りの売れ行きも好調だと聞いていた。バンケットの公演というだけでなく、私が出演することもプラスの材料になっているらしい。

　蒲池の視線の先には、城がいた。

「……すみません」

　城にしてはめずらしく、素直に謝っている。怒られた理由が明白だからだろう。

　彼女はこの期《ご》に及んで、台詞を飛ばしていた。しかも今日だけで三度目だ。今回の台本にはそこまで複雑なやり取りも、長台詞もない。城だってそれなりに場数は踏んでいる。今さら、そんな初歩的なミスをする役者とは思えなかった。

　城が飛ばしたのは、母親との会話の場面だった。相手役の蒲池が頭を振る。

「実質、あなたが主役なんだから。しっかりして」

　城は「すみません」と繰り返す。見かねた名倉が間に入り、城をスタジオの隅に連れていった。蒲池は肩をすくめ、私のほうに近づいてくる。

「遠野さんも他人事じゃないよ」

　横に立った蒲池が耳元でささやいた。

「私？」

「自分でもわかってるでしょう？　あなた、まだ芝居にブレがある」

　無言で息を呑んだ。誰にも見抜かれていないと思っていたが、この人の目はごまかせなかったようだ。

　実際、私はまだ演技プランを固められていない。こんなことは初めてだ。

名倉の言う通りになったのは癪《しゃく》だけど、幽霊という特殊な役柄が枷《かせ》となっているのは事実だった。死者でもなんでも、私なら演じられる自信があった。けれど演じれば演じるほど、リアリティから離れていく。幽霊を演じること、それ自体が矛盾をはらんでいる。演じるもなにも、端《はな》からそんなものは実在しないのだから。

「できないなら役者辞めな。下手な芝居見せるくらいなら、公演中止にしたほうがましだね。それが誠実ってものだよ」

腹の底が冷たくなるような声音だった。

なぜ蒲池がつらく当たってくるのか、真意はわかっている。彼女は私が舞台に立つほど、死に近づくと思っている。だからこそ私を芝居から遠ざける。しかしそれは無駄な試みだった。

名倉との話し合いを終えた城は、青い顔で壁にもたれかかっていた。無視できず、正面から歩み寄る。

「大丈夫？」

「まずいかもしれません」

城は笑っているが、それが冗談ではないことくらいわかる。

「体調悪い？」

「そういうわけじゃないんですけど。演じているうちに酔ってくるんです」

城は私の顔を見ず、宙を見つめていた。

「日常のなかで演技することは当然だと思ってました。でも今日子を演じていると、そうじゃない生き方もあるんだって思い知らされるみたいで……なんか、自分の人生ってなんなんだろうって考えちゃって」

ありきたりな言葉しか思いつかないけれど、それでも励ましを口にする。

「間違ってない。演技することは当たり前だから」

「そうなんですかね。本当は私たち、役者になるべきじゃなかったのかもしれない」

城の悩みは深刻だった。このままでは彼女のほうが舞台を降りてしまいそうだ。

「名倉さんは、なんて？」

「難しい役なのはわかってる。でもこの山を越えれば、絶対にものにできる。だからあと少し踏ん張れ、って」

なんの効力もない言葉だけど、名倉もそうとしか言えないのだろう。

演出家としての名倉の弱みは、役者の力に頼りすぎている点だ。当て書きはうまいし、役者の適性を見抜く眼力も優れている。その代わり、役者が壁にぶち当たった時に手を差し伸べることができない。私も人のことは言えない。他人の気持ちがわからないから、型通りのことしか口にできなかった。

公演まで日数はない。城の戸惑いも、私の自問も置き去りにして、稽古は進んでいく。

私は自分の出番を終え、片隅で芝居を観ていた。役者たちは本番さながらに熱演している。

ふと、視線を感じた。

向かい側の壁沿いに、女が立っていた。半袖のトレーナーに半ズボン。中年の女が、私にまっすぐな視線を向けていた。母だった。

――見ないで。

反射的に、私は顔をそむけた。母が亡くなったのは、今日と同じ夏の盛《さか》りだ。

――私を見ないで。

その場にしゃがみこんで、顔を伏せた。瞼を閉じても母の視線を感じた。他人からの視線には慣れているはずだった。見られることが仕事なのだから。それなのに、不快感を振り切れない。肌を這う虫のようだ。寒気がする。あんなの、幻だ。実在してないんだ。そう言い聞かせても身体の反応は収まらない。

「遠野さん？」

近くにいたスタッフに声をかけられ、顔を上げた。

「どうかしました？」

「平気です。ありがとう」

私は逃げるように、スタジオのドアを開けて廊下に出た。そのつもりだった。

ドアを開けた先は、私の自宅だった。汚れたキッチンの手前に母が立っていた。

「バカだねえ」

もはや聞き飽きた言葉だった。

「私はね、ずうっとあんたを見てた。芝居をしている時も、部屋にいる時も、眠っている時も、ずっと。逃れられないんだよ」

私は、言葉にならない悲鳴を上げていた。

なにを言えば消えてくれるのか、見当がつかない。私は喚《わめ》き散らし、頭を掻《か》きむしるしかなかった。無理やり感情を爆発させて、目の前のものから意識を逸《そ》らす他に、楽になる術《すべ》がなかった。

我に返ると、そこはスタジオだった。

名倉が、城が、神山が、蒲池が、その場にいた役者やスタッフが、誰もが私を見ていた。耐えがたいほどの視線がそそがれていた。私は見られている。私は、遠野茉莉子を演じなければならない。

「見るなっ！」

そう叫んで、今度こそ私はその場を飛び出した。廊下に出ても、エレベーターのなかでも、タクシーに乗っても、視線は追いかけてくる。誰かが私を見ている。私は演じ続けなければいけない。

蒲池の言葉が蘇る。

――役者を辞めたほうがいい。

役者を辞めるか、死ぬか。生きている限りは演技から逃れられない。誰かが私を見ているから。でもそう思っている、この思考は本音なのだろうか。これもやっぱり、「遠野茉莉子が考えそうなこと」を考えているだけではないのか。だとしたら、本当の、本当のところではなにを考えているのだろう。

タクシーを降りて自室に逃げこんだ私は、懸命に心の内側を覗きこんだ。すべてを脱ぎ去って、仮面を外して、それでも残るものがあるのなら——。
けれど、どれだけ考えても本心は見つからなかった。
私の人格は、とっくに遠野茉莉子と境目がなくなっている。
それでも、私はまだ正常なはずだった。私はまだ演じられる。

上手から現れた今日子は、すぐに自室の異変に気がつく。

今日子　どこ？　いないの？

今日子は血相を変えて、無人の室内を探し回る。しかしどれだけ探しても、幽霊はいない。徐々に今日子の顔色が変わっていく。

今日子　ねえ。どうして。いやだよ。消えないでよ。なにが気に入らなかったの。なにが悪かったの。教えてよ。ひとりにしないで。私、また人間に擬態しないといけなくなっちゃう。このままじゃ人前になんて出られない。

幽霊はどこにも見当たらない。その事実に絶望した今日子は、泣き叫ぶ。

公演初日の午前、ゲネプロがはじまった。

本番は同日十八時から開演する。数時間後には観客を入れて、この舞台に立つことになる。

城はどうにか不調を立て直したらしい。つまらないミスを犯すこともなく、今日子という難役を着実に演じていた。他の役者たちの芝居も出来上がっていた。私だけが、当日になってもまだ迷っていた。たぶん、私はこの役を演じるべきじゃなかったのだと思う。『幽人』を選んだ私の目に、狂いがあったということだ。あるいは、『幽人』という作品そのものが人を狂わせるのかもしれない。

それでも周囲の目をごまかす程度の演技はできた。今日に至るまで、蒲池以外の人間から演技の穴を指摘されたことはない。それどころか、口々に賞賛してくれた。みな、立ち稽古で私が絶叫して逃げ出したことなんか忘れたみたいに。

今回も、宮下劇場の特徴である可動舞台を活用することになっている。一面は今日子の自室に固定し、もう一面はダイニングや職場として使う。今日子の自室のほうには、せり上がりの仕掛けも用意してあった。奈落と呼ばれる舞台装置で、幽霊の登場や退場に使用する。つまり、私専用の装置だ。

ゲネプロ前に奈落の下見もした。高さは三メートルほどある。渡部からは「落ちたらただごとじゃ済まないですから」と何度も注意されていた。『火焔』の千秋楽で足首を折ったことが念頭にあったのだろう。しかし今回の舞台では飛び降りたりはしない。意図的に足を踏み外しでもしない限り、落ちる心配はなさそうだった。

　最初の出番が近づいてきた。さっそく、舞台下の奈落にスタンバイする。白いワンピースに裸足《はだし》という出で立《いた》ちだった。下ろした長い黒髪は地毛だ。

「くれぐれも、気をつけて」

　傍らに控えている渡部がしつこく念を押した。私は「もちろん」と応じる。

　やがて、スタッフの合図とともに奈落がせり上がっていく。約二メートル四方の正方形の板が、するすると上昇していく。たん、という小さい音とともに停止した。客席には、名倉をはじめとした関係者が数名いるだけだ。

　上手から城が現れた。足を止め、目を見開いてこちらを見ている。私はゆっくりと、足音を殺して接近する。

「友達になりましょう」

　城が後ずさる。

「誰？」

「誰だっていいじゃない」

「なんのつもり？」

「私はただ、あなたの友達になりたいだけ。わかってるんでしょう？　あなた以外の誰にも、私の姿は見えない。声も聞こえない。ここで話すことはふたりだけの秘密」

　なにかが違う。

これでは、用意された文章を読んでいるだけだ。役柄の声になっていない。どこかしっくりこない。それらしい、いわゆる幽霊のイメージをなぞっているだけだ。私がやりたいのは物真似《ものまね》じゃない。演技だ。その人物として生き、その人物として語ること。そうでなければ演技とは呼べない。

場面が終わると、舞台が暗転し、私は下手へと去る。舞台下へ移動する途中、袖で出番を待っている蒲池とすれ違った。

「やめるなら、今だよ」

彼女がささやいた。その顔は真剣だった。

いっそ、蒲池の言う通りにしたほうがいいように思えた。こんな芝居は見せられない。損害はすべて弁償する。だからやめてほしい。そう叫んで土下座するのだ。これまで積み上げてきた信頼は全部失うけど、公演は中止できる。

ショウ・マスト・ゴー・オン。幕が開けば、なにがあろうとも最後までやり遂げなければならない。あまりにも有名な演劇界の格言だ。しかしこの格言には、もうひとつの意味がある。幕が開く前なら、まだ取り返しがつく。やめるなら開演前だ。

ひっそりとした舞台の真下で、膝を抱えて考える。

私はなぜ、幽霊を演じたいと思ったのだったか。演じ甲斐があるから？　私に似ていると思ったから？　違う。山本と話した時のことを思い出す。彼女が私の立場なら、やはり同じく幽霊を希望するだろうと言っていた。

なぜか。

幽霊は誰にも見られないからだ。

『幽人』では終盤、幽霊が今日子の前から姿を消す。そして二度と現れない。別の視点に立てば、幽霊は今日子の視線を遮断することを選んだ、とも言える。その気持ちが私には痛いほどわかる。

なぜなら視線こそが、私がこの世で最も恐れているものだから。

すれ違う男の視線。カフェで話している女の視線。共演する役者たちの視線。無数の観客の視線。そして、母の視線。視線がある限り、私は演じ続ける。与えられた役柄を、遠野茉莉子を、名もなき娘を。

もしもあらゆる視線から解放され、誰にも見られないという特権を得たら。想像するだけで、胸の奥がふわりと軽くなった。顔の皮膚が緩み、血が温《ぬる》むような感じがした。

その時だった。

脳裏にある妙案が浮かんだ。案、と呼べるほど立派なものではない。だがそれは、私を虜《とりこ》にするには十分なほど魅力的な考えだった。

スタッフたちが動き出した。再度、奈落を動かすためだ。

私は舞台下まで下ろされた板の上に立つ。頭上を見ると、四角い穴の開いた天井が見えた。それは、下から見た舞台の床面だった。

するすると上昇する板の上で、私は微笑している。舞台床面から奈落の底までは、深さおよそ三メートル。飛び降りても確実に死ねるような高さではない。しかし打ちどころが悪ければ、あるいは——まったく可能性がないわけではなかった。

たん、という音とともに装置が停止する。舞台上には私ひとり。そこに城が現れる。ふたりきりの芝居を淡々とこなす。もはや私は、芝居どころではなかった。思いついたアイディアをどう実現するかで頭が一杯だった。

下手から退出した私は、再び舞台下へ移動した。次の出番がやってくる。奈落の板の上に立ってから、傍らの渡部に声をかける。

「この奈落、ちょっと調子悪いかもしれません」

言い終わるより先に、渡部が顔をしかめた。ゲネプロとあって、彼も普段以上に神経質になっている。

「そうなんですか？」

「なんか、傾いてる気がする」

「いったん止めてもらいます？」

「みんな集中してるんで、途中で止めるのは……私が舞台に上がったら、すぐに下げて確認してもらってもいいですか？」

「了解」

渡部の返事に呼応するように、私の身体は上昇していく。三メートル上で板は静止した。城は私に背を向けて、うずくまっている。

「今日子」

はっとした顔で、城が――今日子が振り返った。

「いたの？」

「もちろん。私はずっとここにいる。あなたを見守っている」

数歩踏み出して今日子に近づく。背後から奈落の駆動音がした。私が頼んだ通り、板を下げてくれたらしい。これで舞台には深さ三メートルの穴ができた。

「放っといてよ」

今日子が拗《す》ねたように顔を伏せる。

「どうして放っておけるの。私たち、友達なのに」

私の身体には視線が浴びせられている。名倉や関係者たちの視線。袖から見ている役者やスタッフの視線。舞台上にいる城の視線。そして――これまでに浴びてきた無数の視線。射るような、舐《な》めまわすような、胡散《うさん》臭そうな、刺すような、焼き付けるような、数々の視線。

「あんたなんか、友達じゃない。そんなの認めてない」

「そうかな。私がいなくなったら、あなた悲しいんじゃない？」

「悲しくない」

「本当？」

私は踊るように、不規則なステップを踏む。白いワンピースの裾が揺れる。風に吹かれたカーテンみたいに。

「今日子は幽霊なの。私たちどちらも幽霊なら、仲良くなれるはずでしょう?」

奈落との距離を計算しながら、軽やかに後ずさる。残り一メートル。自然と芝居の熱量も増していく。

「誰にも見てもらえないというのは、決して悲しいことじゃない。そこには豊かで、綺麗で、かけがえのない生活が待っている」

「そんなはずない」

「どうしてわかるの。たしかめてみればいいじゃない」

「たしかめる?」

城が吐き捨てるように言った。いい芝居だ。彼女は今日子という人物をつかんだのだろう。残り五十センチ。視界の端で、客席の誰かが立ち上がるのが見えた。名倉だ。私の意図に気付いたのだろうか。だがもう遅い。

「あなたも一度、幽霊になってみればいい」

私は最後のステップを踏んだ。

勢いよく右足を踏み、胸を反らせ、背中から奈落へと落ちていく。ふわっ、と身体が浮き上がって、頭が下になった。舞台下の雑然とした風景がさかさまに映り、下へ下へと流れていく。

落ちていた時間は、正味一秒くらいだったと思う。床に叩《たた》きつけられる直前、私はたしかに見た。悲しげな顔をした母を。呆然と立ち尽くし、落ちていく娘を見ている母を。私は心からの笑顔で、母に告げた。

「さようなら」

終幕

「茉莉子さんは、そんな人じゃないです」

　蒲池の意見に真っ向から挑んだのは、城だった。

「誰かを恨んで復讐《ふくしゅう》しようと思うほど、茉莉子さんは他人に執着していなかった。それに、蒲池さんから嫌味を言われたくらいで気に病むような人でもない。茉莉子さんはもっと根本のところで病んでたと思う」

　すかさず神山がうなずく。

「意趣返しのために人前で死んだっていうのは、考えすぎだと思います」

「じゃあなにが理由だって言うの？」

　蒲池がなかば怒りながら問う。だが、応じる声はない。

　結局、生きている人たちがどれだけ考え、論じたところで、遠野茉莉子の死んだ理由には結論が出せない。本当の理由は私にしかわからない。だからどれだけ議論を交わそうが、終着点にはたどりつけない。

ぱん、と手を叩《たた》く音がした。静寂を破ったのは、舞台に立つ名倉だった。

「この辺にしておきましょう」

名倉は居並ぶ役者やスタッフを見渡す。眼鏡《めがね》のレンズが光を反射する。

「ぼくは別に、明確な答えを求めているわけじゃない。ただ、ここにいるメンバーで茉莉子のことを話したかっただけです。ぼくらはあわただしさにかまけて、茉莉子と正面から向き合うことを避けてきた。ここでもう一度、彼女について話すべきだと思った。ぼくが茉莉子の死に責任を感じているのは事実ですが、それは、彼女について話すための呼び水に過ぎない。現実には答えは用意されていません。議論はあってもいいけど、合意をする必要はない」

客席は無言のままだった。誰もが名倉の次の言葉を待っていた。

「茉莉子は今も、ここにいるはずです。本物の幽霊となって」

笑う人はいなかった。蒲池ですら、真顔で耳を傾けていた。

「理由はどうあれ、彼女は亡くなる直前まで演じていた。生粋《きっすい》の役者だった。そんな彼女が、『幽人』が公演中止になることを望んでいたと思いますか？　今ここでぼくらの話を聞いている彼女が、なにを望んでいると思いますか？」

名倉はさらに声量を上げた。

「今度こそ、『幽人』を上演にこぎつけること。それこそが、幽霊となった茉莉子の真の願いであり、最大の手向《たむ》けではないでしょうか」

客席は、しん、と静まった。

『幽人』の再演――正確には一度も上演はできなかったけれど――それこそが、どうやら名倉の目的だったらしい。

沈黙は劇場を隅《すみ》から隅まで埋め尽くしている。城は宙を見つめ、神山は顔を伏せていた。蒲池は瞑目《めいもく》していた。賛同する者はいないかのように思えた。それでも名倉は、舞台の上で待っている。

どれくらいの時間が経《た》っただろう。

「いいと思います」

最初に同意したのは、渡部だった。

「今も後悔しているんです。あの時奈落を下げなければ、遠野さんが亡くなることはなかった。彼女がそう指示したからとはいえ、転落した一因は私にもあります」

「渡部くんの落ち度じゃない」

名倉の慰めを、渡部は「そうだとしても悔いは残ります」と一蹴《いっしゅう》した。

「完璧な形であの舞台を上演したい。その思いは私だけじゃなくて、ここにいる全員が共有しているんじゃないですか。遠野さんの鎮魂のためだけでなく、残された私たちの問題として、『幽人』は上演するべきです」

「俺も賛成です」

神山が引きつった顔を上げた。

「俺はまだ、茉莉子が死んだことをちゃんと受け止めきれていません。でも客前で『幽人』をやれば、けりをつけられる気がする。だから名倉さんがやるというなら、出演させてください」

その後、名倉に賛同する者が次々に続いた。舞台監督と主要キャストが名乗りを上げたことで、心理的ハードルが下がったのかもしれない。多忙なはずの蒲池も「追悼公演ってやつだね」と出演を同意した。

最後に残ったのは城だった。城はじっと何事かを考えているようだった。

「大丈夫か？」

名倉が呼びかけると、城は目だけで舞台を見た。

「ずっと考えてたんです。茉莉子さんだったらどうするか」

私は城を見つめた。どんなに見つめても、この視線には気付かないのに。

「……茉莉子さんにとって、演じることは生きることと同じでした。そんな人にとって、公演が直前で中止になるなんて、耐えられないことだったと思うんです。だから」

城の瞳がきらめいた。

「私にも、やらせてください」

その答えに名倉はうなずく。

次第に客席は盛り上がってきた。日程はどうする。会場は。稽古《けいこ》はどこまでやり直すべきか。返却した機材の再レンタルは。役者もスタッフも、目を輝かせていた。やはりこの人たちは、演劇の世界に生きる人間だ。

私はひとり劇場の隅で、渦巻く熱気をながめていた。

*

無人の劇場には、先ほどまでの余韻が漂っている。

舞台に立つ私の眼前に、客席が広がっていた。つい数時間前まですべての座席が観客で埋め尽くされていた。『幽人』は今日、一日限定で上演された。宮下劇場の閉館が迫っているため、確保できた日程は一日だけだった。

舞台は、劇場の最終公演にふさわしい熱量に包まれていた。

遠野茉莉子に代わって幽霊の役を演じたのは、ほぼ演技未経験の十九歳だった。どこからか、名倉が連れてきたという。十九歳は、私が初舞台を踏んだ年齢だ。これから先、彼女には長い役者人生が待っている。

舞台に立つ役者たちはみな、潑剌《はつらつ》としていた。どの稽古の時よりもいい芝居をしていた。たぶん、彼ら彼女らは満足しているのだろう。自分たちは遠野茉莉子の鎮魂のために演じている。本気でそう信じているのだ。だから、あれほどまでに生き生きと演じることができた。生きている人たちがそれで充足するなら構わない。勝手にやって、勝手に満たされていればいい。

もうすぐ日付が変わる。

今頃は打ち上げの最中だろう。きっと盛り上がっているはずだ。遠野茉莉子の話題も出ているだろうか。神山が元恋人だと明かしたため、当時のエピソードも解禁しているかもしれない。もはや、どうでもいいことだった。

私はもう、遠野茉莉子という役から降りた。

私は今、誰でもない、ただの〈私〉だ。戸籍上の名でもなく、遠野茉莉子という名でもない。私を表す名はない。だって、その必要はないから。誰にも見られず、誰とも話さない。そういう存在に名前は要《い》らない。

この劇場に集まったあの日、みなは口々に私が死んだ理由を言い当てようとした。

名倉は、幽霊を演じる私が、死の淵《ふち》を覗《のぞ》くために飛び降りたのだと言った。城は、自傷すらしなかった私が故意に落ちるはずがないと考え、事故だと主張した。神山は、私が前々から希死念慮を持っていたことから、衝動的に身を投げたのだろうと語った。蒲池は、精神的に追い詰められた私が身をもって抗議するため、みなの眼前で死んでみせたのだと推測した。

全員、外れだ。

私が飛び降りた理由はきわめて単純だった。

本物の幽霊になりたかったから。それだけだ。

私が演じることに執着したのは、演技が好きだったからじゃない。演じないと視線に耐えられなかったからだ。演技なんてせずに済むなら、最初からしたくなかった。ずっとその事実にすら気がついていなかった。

誰にも見られず、のびのびと、思うがまま毎日を過ごす。そういう生活に憧《あこが》れた。

でも、この世にそんな場所はない。命ある限り、誰かと関わらなければいけない。視線から解放される手段はひとつ。幽霊になることだ。それを教えてくれたのが、『幽人』だった。

ゲネプロの最中に死のうと決めたのは、かすかに残った役者としてのプライドのためだった。役作りができていない状態で本番の舞台には立てない。ならば、上演前に死ぬしかない。

奈落から落ちても絶対に死ねるとは限らないけど、その可能性に賭《か》けた。

賭けに負けて命を落とした、と名倉は言った。事実は真逆だ。私は賭けに勝ち、思惑通り死ぬことができた。そして望み通り、幽霊になった。私の望みはすでに叶《かな》えられている。追悼公演も、生きている人たちの感情も、どうでもいい。

たったひとりの舞台で、私は踊った。

軽《かろ》やかに足を上げ、高く跳び、音もなく着地する。腕を振り、腰をひねり、頬《ほお》を撫《な》でる。ひとつひとつの動きに理由なんてない。そうしたいからそうする。ただ、それだけだ。

誰かにこの姿を見られる心配はない。美しいとか、演技が巧《うま》いとか、そういう陳腐な言葉で評されることもない。私だけが、私のことを見ていればいい。間もなく閉館し、壊されるこの舞台で、私はいつまでも踊り続ける。

あらゆる視線から逃れて――。


舞台には誰もいない。だが、そこには人知れず踊る幽霊がいる。触れることも、見ることもできない。生者にとっては存在しないも同然だった。彼女は二度と生きる喜びを感じられない。

しかし彼女の顔には、この上ないほどの歓喜が表れていた。

祥伝社WEBマガジン「コフレ」にて二〇二三年三月から二〇二四年三月まで連載され、著者が刊行に際し、加筆、訂正した作品です。また、本書はフィクションであり、登場する人物、および団体名は、実在するものといっさい関係ありません。

あなたにお願い

この本をお読みになって、どんな感想をお持ちでしょうか。次ページの「１００字書評」を編集部までいただけたらありがたく存じます。個人名を識別できない形で処理したうえで、今後の企画の参考にさせていただくほか、作者に提供することがあります。

あなたの「１００字書評」は新聞・雑誌などを通じて紹介させていただくことがあります。採用の場合は、特製図書カードを差し上げます。

次ページの原稿用紙（コピーしたものでもかまいません）に書評をお書きのうえ、このページを切り取り、左記へお送りください。祥伝社ホームページからも、書き込めます。

〒一〇一―八七〇一　東京都千代田区神田神保町三―三
祥伝社　文芸出版部　文芸編集　編集長　金野裕子
電話〇三（三二六五）二〇八〇　www.shodensha.co.jp/bookreview

切りとり線

◎本書の購買動機（新聞、雑誌名を記入するか、〇をつけてください）

＿＿＿新聞・誌の広告を見て	＿＿＿新聞・誌の書評を見て	好きな作家だから	カバーに惹かれて	タイトルに惹かれて	知人のすすめで

◎最近、印象に残った作品や作家をお書きください

◎その他この本についてご意見がありましたらお書きください

100字書評

舞台には誰もいない

住所

なまえ

年齢

職業

岩井圭也（いわいけいや）
1987年生まれ。大阪府出身。北海道大学大学院農学院修了。2018年『永遠についての証明』で第9回野性時代フロンティア文学賞を受賞し、デビュー。『最後の鑑定人』『楽園の犬』で日本推理作家協会賞（長編および連作短編集部門）候補、『完全なる白銀』で山本周五郎賞候補、『われは熊楠』で直木賞候補。『文身』（祥伝社文庫）でKaBoSコレクション2024金賞を受賞。他の作品に『水よ踊れ』『付き添うひと』などがある。

舞台《ぶたい》には誰もいない

令和 6 年 9 月 20 日　　初版第 1 刷発行

著者――――岩井圭也《いわいけいや》
発行者―――辻 浩明
発行所―――祥伝社《しょうでんしゃ》
〒101-8701　東京都千代田区神田神保町 3-3
電話　03-3265-2081（販売）　03-3265-2080（編集）
03-3265-3622（製作）
印刷――――萩原印刷
製本――――積信堂

ISBN978-4-396-63667-8 C0093
祥伝社のホームページ・www.shodensha.co.jp

祥伝社

四六判文芸書／祥伝社文庫

ＫａＢｏＳコレクション２０２４金賞受賞作
新感覚ミステリーの傑作！

文身

岩井圭也

この小説に書かれたことは必ず
実行しなければならない。
たとえ殺人であっても――。

祥伝社

四六判文芸書

照子と瑠衣

痛快で心震える、
最高のシスターフッド小説！

照子と瑠衣、ともに七十歳。
夫やくだらない人間関係を見限って、
女性ふたりの逃避行が始まる――。

井上荒野